내 남편이
대통령이었으면 좋겠다

정 승 재 소설집

초판 1쇄 발행 │ 2009년 5월 30일
초판 2쇄 발행 │ 2009년 8월 17일
초판 3쇄 발행 │ 2012년 10월 25일

지은이 │ 정승재
펴낸이 │ 김명숙

표지디자인 │ 민경영

펴낸곳 │ 책마루
등록 │ 제301-2008-133
주소 │ 서울시 중구 퇴계로 235 남산자이 304호
전화 │ 02-2279-6729 전송 │ 02-2266-0452

ISBN 978-89-961558-7-4-03800

내 남편이
대통령이었으면 좋겠다

정 승 재 소설집

책마루

작가의 말

   소설이란 말은 픽션 그러니까 거짓말이야기라는 말이다. 그런데, 그게 그렇지가 않다.

   결국 자기 이야기를 할 수밖에 없는 것이 소설 아닐까?

   그렇다고 자기 이야기를 있는 그대로 쓴다면 그것 역시 소설이 되기 어려운 것이 사실이다. 자기의 삶보다 더 의미 있는 타인의 삶이란 결코 있을 수 없는 일 아닌가. 그러니 소설이 독자에게 다가서려면 자신의 삶에 독자의 삶을 덧붙여야만 가능할 것이다.

   모르겠다. 나 나름대로 타인의 삶에 관심을 기울이면서 살고 있다고 생각하지만…, 내 삶이 어느 만큼이나 이웃에 대한 사랑을 갖고 있는지는 솔직히 자신이 없다. 나는 내 삶에 치여 그저 살아지는 상태가 아닌가, 하는 자괴감 속에 허덕이고 있으니, 어찌 독자들에게 내 삶에 관심을 가져달라고 할 수 있단 말인가.

그럼에도 불구하고 내 소설을 한 권의 책으로 묶는다.

그것은 아마도 삶에 있어서 누구라도, '지금이 내 삶을 되돌아 볼 시기'라고 느끼는 때가 있기 때문일 것이다. 그리고 소설이 어차피 우리 인간들의 삶 속에 뿌리를 박고 있다면, 사회에 관심을 갖고 있는, 혹은 하층민의 삶에 관심을 갖고 있는 작가라면, 이 즈음이 그때가 아닌가 하는 생각도 들었다.

인간이성의 발전이 최고조에 다다른 지금, 이제 오히려 사회 발전에 우려를 표명해야만 하는 이 즈음, 무언가를 세상에 외치고 싶은지도 모르겠다.

정 승 재

차 례

내 남편이
대통령이었으면 좋겠다

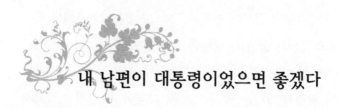

내 남편이 대통령이었으면 좋겠다

'남편이 대통령이 되었으면 좋겠다.'

로또판매점 돼지복권방 문을 밀고 들어가면서 저는 그렇게 생
각했어요. 어제 밤 특별한 꿈을 꾼 건 아니었습니다. 그런데도 1
등이 당첨된 명당이라는 플래카드를 보고, 저는 무작정 뛰어들
었죠. 사실은 어제 무슨 일이 있긴 있었어요. 순이 엄마는 저에
게 어떻게 할 거냐고 물었지요. 순이 엄마는 오늘 매장을 점거한
다면서 꼭 나와야한다고 강조했습니다. 그런데 저는 안 갔어요.
비겁하지만…, 안 가면 혹시 회사에서 저를 정규직으로 채용해
줄지도 모른다는 생각이 들어서였어요.

솔직히 로또판매점에 뛰어들었다는 표현은 조금 그래요. 그냥
플래카드를 보고 발걸음이 저절로 옮겨졌다고, 저도 모르게 문
을 밀고 들어갔다고 표현해야 옳을 거예요. 사실 어제 저녁부터

순이 엄마 때문에 정신이 멍했거든요. 그래도 남편에게는 뛰어
들었다고 말하고 싶어요. 남편은 표현이 조금 직설적이거든요.
말하자면, 감정표현을 조금 과장되게 하는 편이에요. 그러니 저
도 그에 맞춰서 말하는 게 좋겠지요. 그래야 제 감정이 정확히
전달될 거예요. 아무튼 남편이 대통령만 된다면야 얼마나 좋을
까요. 그런 생각을 하면 오줌을 찔끔 지릴 정도로 온 몸이 부르
르 떨려요. 지갑에는 만 이천 원이 있었습니다. 확실해요. 수박
을 사러 집을 나설 때 이미 확인했거든요. 가진 돈 전부로 로또
를 사기로 했어요. 오늘은 남편을 위해서 모든 걸 희생하고 싶어
요.

　제가 집을 나온 것은 아들에게 수박을 사주기 위해서였어요.
그런데 불행인지 다행인지 수박장수 트럭이 있는 곳까지 가기
전에 돼지복권방이 있었지요. 그것도 1등이 당첨된 명당 복권방
이요. 아니, 사실은 일부러 이 남쪽 길을 택했지요. 그러니까 로
또판매점을 찾아왔다고 해야 옳아요. 수박을 사러 나왔다는 것
은 거짓말이지요. 남편은 술이 들어갔다 하면 중얼거리곤 했어
요.

　"로또만 되면…, 대통령 선거에 나갈 텐데…."

　입버릇처럼, 아니면 한이라도 맺힌 것처럼. 요컨대 돈이 없어
서 출마를 못 한다는 뜻이었지요. 그러나 정작 로또를 산 적은
단 한 번도 없어요. 남편은 그런 사람이에요.

로또판매점 안에 들어서서 망설이지 않은 것은 아니었어요. 저를 쳐다보는 아저씨의 눈을 보는 순간 남편의 얼굴이 떠올랐거든요. 저에게 수박을 사오라고 하는 남편의 얼굴에는 눈물이 흐르고 있었지요. 아들이 여름에 제일 좋아하는 과일은 수박이에요. 아들을 위해 수박을 살 것인가, 아니면 남편을 위해 로또를 살 것인가. 그런데…, 솔직히 오늘은 꼭 로또가 당첨될 것 같아요.

정오 뉴스에 학력위조사건이 보도되는 것을 보며 남편이 아들에게 말했어요.

"얘야, 가서 공부해라. 지금 공부하지 않으면 나중에 어른 돼서 후회한다."

모처럼의 일요일이라서 온 가족이 함께 TV를 보고 있었거든요. 남편이 아들에게 공부를 하라고 다그쳤지요. 별로 공부하라는 말은 안 하는 편인데 왜 그랬는지 모르겠어요. 그리고 아들은 공부 잘하는 편이거든요.

"어른이 되면 아무리 노력해도 안 되는 것이 있단다."

"무슨 말씀이세요?"

"지금 공부하지 않으면, 너에게도 저런 일 벌어질 수 있는 거야. 너라고 학력위조하지 말라는 법도 없지."

"나는 이 다음에 수박장사를 하면서 소시민으로 살 거예요."

아들이 퉁명스럽게 반항이라도 하듯이 대꾸했어요. 자기는 학력위조라는 것이 필요치 않다는 말이겠지요. 수박장사가 무슨 놈의 학력위조가 필요하겠어요? 아들이 TV 앞에 앉은 것은 불과 20분 전이었거든요. 그러니 반발심이 생겼을 만도 하다는 생각이 들기는 해요.

"수박장사로 살겠다니, 그게 말이나 되는 소리냐? 너는 말도 안 되는 수박장사로 살겠다고 우기는구나. 그런 삶이 얼마나 어려운지 아니? 알고나 하는 소리니? 너 지금 진심으로 하는 말이니?"

남편의 얼굴이 조금 일그러지기는 했지만 그때까지는 잘 참고 있었지요. 아들에게 말하는 목소리는 여전히 인자했으니까요. 그런데 아들의 어투는 영 살갑지 않았어요. 사춘기라는 걸 금세 느낄 수 있었어요. 요즘 아들은 투쟁중이거든요. 공부와의 투쟁, 사회와의 투쟁, 입시경쟁과의 투쟁. 전쟁이란 말은 하고 싶지 않아요. 전쟁은 정말 끔찍하잖아요.

"권력자들은 모두 나쁜 사람들이잖아요!"

기어이 아들의 목소리가 커졌어요.

"권력을 잡은 사람들은 그 권력을 서민들을 위해 쓰지 않고, 자기들의 부귀영화를 위해 쓰잖아요. 그렇게 하기 위해서 약자들을 착취하고요. 나쁜 놈들…. 저는 착취를 하느니 차라리 당하겠어요. 힘들더라도 나쁜 짓은 하기 싫단 말예요!"

"뭐라구, 이 자식이?"

갑자기 남편이 소리를 내질렀어요. 아들이 깜짝 놀라 움찔했지만 이미 때는 늦었지요. 남편은 가끔 느닷없을 정도로 갑자기 화를 내요. 저도 그래서 싸우곤 해요. 남편은 소리를 지르며 베란다로 뛰어가 몽둥이를 들고 왔어요. 그 다음은 뻔하죠.

"이놈의 새끼. 내가 착취당하는 자의 삶이 얼마나 힘든지 보여주마. 엎드려 뻗쳐!"

그리고는 사정없이 아들의 엉덩이를 후려갈겼어요. 끔찍했지요. 아니 아들이 안쓰러웠어요. 그렇게 매를 맞는 것이 드물기는 했어도 가끔 있었거든요. 아들은 이를 악물고 참았지만, 열 몇 대를 맞더니 피식 쓰러졌어요. 남편은 쓰러진 아들을 일으켜세워 다시 쳤지요. 아들은 쓰러졌다가 일으켜지고 또다시 쓰러졌다가 일으켜 세워졌어요. 쓰러지고 일으켜세우는 일이 몇 번이고 계속되었어요. 아들 녀석이 우직하기는 하지만, 어쩌면 조금은 멍청한 것인지도 몰라요.

고등학교 1학년이면 사춘기인가요? 잘못했다고 빌면 될 것을 아들은 계속 언어맞았지요. 제가 남편의 팔을 잡고 말렸는데 남편은 그치지 않았어요.

"그래, 이놈아! 우리 집에선 내가 지배자고 넌 피지배자지! 그렇지? 그러니까 나는 너를 패고, 너는 맞을 수밖에 없지? 계속

맞아라. 너의 운명은 맞게끔 결정되어 있고, 내 운명은 너를 때리게 결정되어 있으니 그대로 하자. 너는 남 때리기를 싫어하는 착한 놈이니 계속 얻어맞고, 나는 때리기를 좋아하는 나쁜 놈이니 계속 때리고. 그런 세상이 계속 되어야 하겠지. 너는 계속 맞고…, 나는 계속 때리고…."

얼마를 그렇게 했을까요. 시간이 얼마나 흘렀을까요. 아들에게 매질을 하던 남편이 멈칫했어요. TV에서 케이마트의 점거농성에 대한 보도가 시작될 때였어요. 남편은 몽둥이를 떨어뜨리고 후들거리는 몸뚱이를 지탱하지 못하고, 아들 엉덩이 위로 쓰러졌어요. 그리고 흐느껴 울며 중얼거렸지요.

"너 같이 착한 놈은 아비가 되어도 자식을 때리지 않겠지…….
너 같이 착한 놈이 대통령이 되면 국민들의 고혈을 억지로 짜내지는 않겠지……. 왜 이 나라는 나쁜 놈들만 지도자가 되는 것일까……."

남편이 쓰러진 것이 저 때문이라는 거 알아요. 케이미트 점거농성 보도 말이에요. 오천 원 어치는 제가 번호를 찍었어요. 남편의 생년월일, 제 생일, 두 아들의 생일 날짜를 조합했어요. 절대로 1번과 2번은 안 찍어요. 남편 말씀이 1번이 제일 나쁜 놈들이고요, 2번이 그 다음으로 나쁜 놈들이래요. 제일 끝번호가 제일 덜 나쁜 놈이라더군요. 그리고 마지막 숫자는 예수 탄생일인 25로 했지요. 숫자는 제가 선택하고 싶었어요. 솔직히 로또 슬립을 집어든 순간 투표용지가 생각났거든요. 아, 혹시 슬립이 뭔지 모르시나요? 번호를 선택하여 표시하는 용지예요. 꼭 시험 답안지를 번호로 표시하는 카드 같더라구요. 슬리퍼를 신고 나왔는데 로또 용지 이름이 슬립이라네요. 재미있다는 생각이 들었어요. 아무튼 로또 슬립은 후보자가 난립한 선거 투표용지와 크기가 비슷해요. 그런데 색깔이 빨간 색이어서 조금 저어된 것은 사실이에요. 모르겠어요, 빨간색은 왠지 흥분되는 거 같거든요. 반공포스터가 생각나기도 하구요. 손이 조금 떨렸어요. 꼭 시험 보는 거 같았거든요. 로또점 아저씨는 감독관처럼 선 채로 제가 숫자에 검은 칠을 하는 것을 지켜보았어요.

마흔 다섯이 되도록 살아본 결과 인생은 운칠기삼運七技三이 분명해요. 운명이 70퍼센트를 결정한다는 거죠. 저는 이전에 주택복권도 자주 샀어요. 그런데 지금은 안 보이더라고요. 아마 없어졌나봐요. 스포츠복권은 안 해요. 그런데 오늘 보니까, 야구토토, 축구토토, 농구토토 뭐 이런 것들도 있군요. 이런, 골프토토도 있네요. 골프치는 부자들도 복권을 사는 모양이죠? 색깔도 빨간 거, 파란 거, 가지각색이구요. 그것도 몇 개 해보고 싶은데 돈이 없어요. 운동도 별로 아는 게 없고요. 로또점 벽에는 「247회 1등 당첨. 당첨금 24억원」, 이라고 크게 쓰여진 플래카드가 걸려 있지요. 「사는 행복, 로또가 좋다」, 라는 포스터도 있군요.

"내가 아무리 노력해도 안 되는 일은 안 된다. 그렇다고 노력을 안 해도 운으로 모든 것이 되는 것은 아니다. 노력을 다하고 운을 바라야 한다. 그러니 운이 따르면 나도 로또에 당첨될 수 있다."

저도 모르게 이렇게 중얼거렸어요. 나머지 칠천 원은 자동으로 번호를 매겼어요. 왠지 아저씨에게도 기회를 주고 싶었어요.

"일등번호로 찍어주세요."

사실 그렇게 말할 필요는 없었어요. 의미 없는 말이잖아요. 주인이 일등 번호를 알 리 없으니까요. 그래도 그렇게 말해야 할 것 같았어요. 복권번호 출력기는 마켓의 계산기 같아요. 물건 바코드를 찍으면 자동으로 물건 이름과 가격이 인쇄되는 거요. 저는 복권을 사도 추첨방송을 보지 않아요. 늘 당첨자가 확정된 이후 삼사일이 지난 다음에 확인했지요. 어떨 때에는 한 달 후에 확인한 경우도 있었으니까요. 그렇게 오래 버틸 수 있는 힘은 일등이 되었을지도 모른다는 기대감이었을 거예요. 그 기대감이 착각이었다는 사실을 빨리 알고 싶지 않았으니까요. 복권번호 출력기에 손을 갖다 대는 아저씨 등 너머 TV에서 케이마트 케셔들이 금호동점 매장을 점거하고 파업에 돌입했다는 뉴스가 또다시 흘러나왔어요. 남편도 지금 저 뉴스를 보고 있겠지요. 저는 눈을 질끈 감았어요. 남편이 쓰러진 것은 아들의 핏빛 엉덩이 때문이 아니라, 옆에 서 있는 저 때문이었던 거예요. 저에게 수박을 사오라고 말한 것은 사실 핑계였을 거예요. 저에게 농성장으로 들어갈 수 있는 기회를 주고 싶었던 거겠지요. 그러나 어떻게 제가 갈 수 있었겠어요. 로또는 꼭 당첨되어야만 해요. 남편은 꼭 대통령이 돼야 하니까요. 순이 엄마들이 생각났지만 참지 않으면 어떡하겠어요.

남편이 박사학위를 받은 것은 3년 전의 일이었어요. 석사학위는 고시공부 할 때 군대 가는 시기를 늦추기 위해서 마쳤지요. 저는 돈이 어디 있느냐고 대학원에 가는 걸 반대했지만, 남편은 복권 살 돈으로 박사과정을 다니겠다고 말했지요. 제가 가끔, 아니 자주 복권을 산다는 걸 알고 있었던 거지요. 남편은 4년 만에 박사학위를 받았어요. 남편의 나이는 쉰 살이었어요. 박사학위를 받았다고 회사에서 월급을 올려준 것도 아니에요. 그해에 대학 시간강사 자리가 한 군데 나왔지만 남편은 출강하지 않았어요. 아니 나갈 수가 없었지요. 남편은 회사에 말하지도 않았어요. 회사에서는 근무시간에 외부로 강의를 나갈 수 없었거든요. 대학원 지도교수의 전화를 받은 날 남편은 밤늦게까지 뒤척였어요. 강의를 나가고 싶었을 거예요. 저도 그렇게 하라고 말하고 싶었지만, 그럴 수가 없었어요. 박사가 되어도 강의를 나갈 수 없는 걸 남편은 알고 있었을 거예요. 그걸 알면서 박사학위는 왜 받았을까요? 남편은 진짜로 대통령이 되기 위해서 하나씩 준비를 하고 있는 걸까요?

오늘은 남편을 위해서 뭔가를 해주고 싶어요. 오늘이 그렇게 해주어야 할 날이라는 생각은, 조금 전에 로또 판매점을 보고 갑자기 생겼어요. 그 전까지는 오히려 제가 위로받고 싶었지요. 사랑이란 이런 건가 봐요.

"갑자기 그 사람이 그리워지는 거. 그를 위해서 해 줄 수 있는 일을 망설이지 않고 하는 거. 내가 하는 행동을 그가 좋아할지 싫어할지 생각하는 거."

남편은 정말이지 저에게 많은 것을 해주는데…, 저는 늘 그렇지 못한 것 같아 미안했어요. 그래도 아들이 걸리긴 해요. 아들에게 수박을 사 먹인 지 벌써 열흘이 넘었으니까요. 그 좋아하는 수박을 일주일에 한 번도 못 먹였어요. 로또를 사지 않았으면 수박 한 덩이를 살 수 있었지요. 그러나 어쩔 수 없어요. 사람은 두가지를 한꺼번에 선택하지 못하는 경우가 있으니까요. 그럴 때에는 한 가지를 포기해야만 하지요. 그렇지 않고 두 개를 다 취하려고 할 때 부정이 생기고 모순이 발생한다고 생각해요. 오늘은 아들보다 남편이 우선이에요. 남편에게 야단맞을 각오를 해야 해요.

"순이 엄마…, 미안해…."

오늘은 일요일이에요. 마트에서는 지금 순이 엄마들이 농성을 하고 있지요.

"아아…, 그 이야기는 하지 말자. 하지 말자. 오로지 남편 생각만 하자."

남편은 어제도 회사엘 나갔어요. 저도 어제 회사에 나갔었지요. 그리고 밤늦게 들어왔어요. 남편은 서비스직종이 아니고 사무직인데도 주5일제근무와 관계가 없어요. 주당 40시간 노동은 남의 나라 이야기지요. 이사로 승진한 작년부터는 토요일에도 쉰 적이 없으니까요. 일요일에도 한 달에 두 번 정도는 나간답니다. 그렇다고 특근비를 받는 것도 아니에요. 매일 출근하는 사장보기 민망해서 나간다니 말이 되나요? 아마도 잘릴까봐 걱정인 모양이에요. 저는 회사에서 잘릴까봐 오늘 안 나갔어요.

회사에 나가서 뭘 하느냐고 물었지만 대답은 신통치 않아요.

"그냥 일해."

그게 남편의 대답이지요. 어쩌면 책상에 앉아서 대통령선거공약을 만들어내는지도 모르겠어요. 그렇지 않고서야 그렇게 세세한 대선공약을 만들 수 있었겠어요? 한두 번 잠깐 생각해서 말하는 게 아니라는 걸 저는 알아요. 남편의 대선공약은 상당히 구체적이고 논리적이거든요.

사실 남편이 정말로 대통령이 되고 싶은 건지도 확신이 서지 않아요. 현실이 그렇잖아요. 연봉 3천만 원이 안 되는 중소기업 이사가 어떻게 대통령이 될 수 있겠어요. 게다가 남편은 노조활

동도 안 하거든요. 노동자의 지지도 받을 수 없지요. 어쩌면 못 하는 것인지도 모르죠. 겉으로는 정치적 활동에 관심 없는 것처럼 보여요. 아내조차도 남편이 대통령이 될 수 없다는 전제를 깔고 있는데…, 남편이 진짜로 대통령이 되고 싶어 한다면 그것은 슬픈 이야기일 거예요. 안 그래요? 하긴 로또가 당첨되면 대통령선거에 출마하겠다는 말도 슬프긴 마찬가지지만요. 그런걸 보면 저도 참 불쌍한 사람이에요. 남편은 로또를 산 적이 없지만 저는 꽤 많이 샀어요. 아마도 한 달에 두 번 정도는 산 것 같아요. 그리고 한 번 사면 천원이 아니라 최소한 삼천 원 이상을 샀지요. 그런데…, 한 번도 당첨된 적은 없어요. 정말로 저는 운이 없는 여자인가 봐요. 이상하게도 오천 원짜리 6등에도 당첨된 적이 없으니까요. 하긴 마흔 다섯 개 숫자 중에서 여섯 개를 선택해 모두 맞춘다는 거, 어려운 일이겠지요. 그래도 당첨되는 사람들을 보면 희한해요. 남편은 복권을 좋아하는 저를 무척 가엾게 여겼어요. 그러나 저는 어쩌면 정성이 부족한지도 모른다는 생각을 하곤 해요. 그래서 이번에는 제가 직접 숫자를 조합하기로 했던 거예요. 로또를 여러 번 샀지만 이렇게 제가 직접 숫자를 선택한 것은 이번이 처음이에요.

남편이 말하는 대선출마 공약을 순이 엄마들에게 이야기했더니, 모두들 손뼉을 치면서 크게 소리내어 웃었어요.

"어머머, 재미있다."

"그래! 아줌마 남편이 대통령되면 좋은 세상 되겠네."

"호호호."

그들이 이렇게 코미디로 이해하고 있으니 제 마음이 슬플 수밖에 없지요. 그러나 그때 저도 따라 웃었어요. 남편에게 미안한 생각이 들었지만 웃지 않을 수가 없었지요.

"어머어머! 정말 좋은 이야기다, 애!"

"그래그래!"

좋은 이야기. 순이 엄마들은 좋은 이야기라면서 남편이 대통령에 출마를 하면 꼭 찍어주겠다고 말하기도 했지요. 그러나 저도 알지요. 그들은 제 남편이 대통령 선거에 나갈 수 없다고 생각한다는 걸요. 순이 엄마들은 지금 마트에서 울면서 손뼉을 치고 있겠지요.

'나도 그곳에 있어야 마땅했는데….'

자꾸 마트 생각이 나요. 미안해요.

"정말로 아버지가 대통령이 되었으면 좋겠다고 생각해?"

남편이 대통령이 되었으면 좋겠다는 제 이야기에 아들은 말도 안 된다는 듯 되물었지요. 그러면서 자기는 '청와대' 하면 왠지 안 좋은 이미지가 있다네요. 참. 청와대 들어간 사람들은 모두 나쁜 사람들인 것 같아서 들어가고 싶지 않답니다. 그리고 살기 불편할 것 같다고도 말했고요. 불편함에 대해서는 저도 동감이에요. 그러나 그것 역시 슬픈 현실이지요. 갈 수 없으니까, 가봤자

별 볼 일 없고, 별로 좋지 않다는 것을 이미 알고 있다고 강조하는 것에 불과하다는 거, 저도 알아요. 그것은 갈 수 없는 것을 안 가는 것이라고 우기는 억지지요. 남들은 다 알아요. 그게 안 가는 게 아니라 못 가는 것이라는 걸. 그래도 그런 상상이라도 해야 견딜 수 있는 제 마음을 당신이 알겠어요?

아들 엉덩이에 얼굴을 묻고 쓰러져 있는 남편을 보고 저는 절감했지요. 남편은 결코 나쁜 사람이 아니라는 것을요. 그리고…, 남편이 대통령이 되면 정말 훌륭한 대통령이 될 것이라는 것을요. 그래요. 분명한 것은 제 남편이 대통령이 된다면 이 나라가 상당히 살기 좋은 나라가 될 것이라는 사실이에요. 제가 이렇게 단정적으로 말하는 데에는 이유가 있어요. 남편의 말을 그대로 옮겨볼게요.

"내가 대통령이 되면, 우선 조폐공사에서 돈을 마구 찍어서 모든 국민들에게 1인당 5억 원씩 나누어 주겠어. 그렇게 하면 4인 가족을 기준으로 해서, 현재 재산이 20억 원인 부자와 2천만 원인 가난뱅이가 40억 원의 부자와 20억2천만 원의 부자로 변하게 되지. 결국 빈부격차는 100배의 차이이던 것이 두 배의 차이로 바뀌어 빈부격차를 확실하게 줄일 수 있게 된다, 이 말이야. 그리고 20억 부자와 2천만 원의 가난뱅이의 삶은 천양지차이지만 20억 부자와 40억 부자의 생활은 그리 다르지 않아. 그리고 다음으로, 대학도 평준화를 시켜서 추첨으로 학교를 배정하겠어. 그렇게 되면 학원도 모두 필요 없어지고, 과외공부도 필요 없게 되지. 그러면 지식이 상속되고 부(富)가 상속되는 것을 막을 수 있어. 어린이들 그리고 청소년들에게 보다 다양한 생각을 가질 수 있는 기회를 줄 수 있는 거야."

남편은 거의 숨도 쉬지 않고 계속해서 이야기했어요. 얼마나 많이 생각했는지 알 수 있는 대목이지요. 남편이 말하는 내용을 보면 남편은 상당히 좌파에요. 아마도 어렸을 때 가난하게 자라서 그런 거 같아요. 조금 불쌍해요. 우리 남편…. 물론 이런 생각은 잘못된 생각인지도 모르겠어요. 뒤에 보면 알겠지만 남편은 오히려 조금은 우파 쪽으로 기울어져 있거든요. 순이 엄마는 특히 5억 원을 준다는 말에 감동했어요. 순이 엄마들은 대부분 가난한 집에 태어나서 가난하게 살고 있는 사람들이에요. 아무튼 공약 이야기를 할 때의 남편의 얼굴을 본 사람은 남편의 진실된 마음을 알 수밖에 없었을 것이라고 저는 믿어요. 사실 제 남편이라서가 아니라, 인물은 충분히 대통령감이 되고도 남지요. 또렷한 이목구비, 두툼한 입술, 크지는 않지만 오뚝한 코. (물론 그렇다고 코가 작다는 것은 아니에요. 보통 사람들 보다는 조금 크지요.) 남편의 콧구멍은 정면에서 봤을 때 잘 보이지 않아요. 들창코가 아니라서 참 좋아요. 그리고 한없이 선량해 보이는 눈매가

압권이에요. 이름하여 꽃미남에 훈남이지요. 남편 자랑, 자식자랑을 하면 팔불출이라는 말은, 이제 옛말이에요. 점차로 저 같은 여자가 늘어나고 있는 추세라는 걸 당신들도 인정해야 할 거예요. 그리고 정말이지 남편은 잘생겼거든요. 정말이라니까요. 게다가 오늘은 남편이 대통령이 되었으면 좋겠다는 이야기를 하는 날 아닌가요? 이해해주세요. 또 순이 엄마의 얼굴이 떠오르네요.

조폐공사에서 돈을 찍어내 가난한 사람들에게 나누어주고 싶다는 이야기를 하면서 하늘을 쳐다보는 남편의 눈에는 눈물이 글썽했어요. 남편이 그 이야기를 한 것은 한두 번이 아니에요. 대통령선거니 개헌이니 분당이니 합당이니 탈당이니 하는 뉴스가 나올 때마다 남편은 한숨을 쉬면서 그렇게 말했지요.

시부모님은 남편에게 법대를 가라고 강요했대요. 그래야 권력을 잡을 수 있다고. 시인이 되고 싶었던 남편은 결국 법대에 들어가 고시공부를 했지요. 그러나 아르바이트를 해서 학비를 마련해야만 했던 남편이 사법고시에 붙는다는 것은 원초적으로 불가능한 일이었을 거예요. 참 불쌍한 사람이에요. 결국 남편은 서른셋에 고시공부를 포기하고 취직했어요. 취직을 한 곳은 중소건설업체였는데, 그곳에서 총무와 기획 그리고 홍보까지 담당했어요. 그리고 저를 만나 결혼했고요. 사실 남편 얼굴이 잘 생기지 않았으면 결혼하지 않았을 거예요. 법대 대학원까지 나왔다는 사실도 조금은 영향을 끼쳤을 것 같기는 해요. 저는 고등학교 뿐이 나오질 못했으니까…. 그래도 맨날 공부하는 남편 덕분에 저도 사회과학 책을 꽤 읽었어요.

저는 대학을 평준화한다니 말도 안 되는 일이라고 생각했어요. 그러나 남편은 이렇게 반문했지요.

"중학교 고등학교의 평준화가 옳다면 대학은 왜 안 된다는 말인가? 대학입시에서 경쟁 입학이 정답이라면, 중고등학교도 경쟁 입학이 정답 아닌가?"

그러고 보니 그 말이 논리에 맞아요. 남편은 기여입학제도 찬성했지요.

"어차피 현재의 입시정책에서는 부잣집 자식과 가난한 집 자식과의 경쟁에서 이기는 사람은 부잣집 자식이 되게끔 되어 있거든. 그럴 바에야 차라리 부잣집 자식에게는 시험 없이 입학해서 등록금의 50배 혹은 100배를 내고 학교에 다니게 하는 게 낫지 않을까? 나머지 학생은 모두 장학금을 줄 수 있으니까 돈이 없어도 대학에 다닐 수 있게 하는 것이 옳은 거야."

이 이론은 좌파적 성격과 우파적 성격을 모두 가진 정책이 될수 있겠네요. 그런 것을 보면 우파적 성격의 정책과 좌파적 성격의 정책이 병존할 수 없다는 이분법은 정말이지 허구라는 생각이 들어요. 국민을 속이는 거란 말예요. 우리 아들은 공부를 잘하는 편에 속해요. 반에서 5등 안에 들지요. 솔직히 저도 집안이 가난해서 대학 못 갔지, 머리는 좋았거든요.ㅋㅋㅋ.

남편은 아들놈에게 수박을 먹이고 싶다고 했는데…, 저는 그 말이 무슨 뜻인지 알아요. 그래서 그 돈으로 로또를 사겠다고 생각했지요. 이게 잘하는 짓인지 모르겠어요. 아무튼 로또는 당첨되지 않을 거예요. 저도 알아요. 로또는 아무나 당첨되는 것이 아니라는 걸. 남편의 말은 항상 옳으니까요. 그래도 저는 로또를 자주 사요. 그리고 살 때마다 이번 로또는 꼭 당첨될 것이라고 기대하지요. 그런데, 오늘은 특별해요. 제가 스포츠복권에도 눈길을 돌린 걸 보면, 오늘은 복권을 살 운명인 게 틀림없어요. 사실 이런 생각은 나뿐만 아니고 로또를 사는 모든 사람들의 공통된 생각일 거예요.

로또를 사는 사람들, 경마장에 가는 사람들, 그들은 모두 자신들이 정상적으로는 부자가 될 수 없다는 것을 몸으로 체득한 사람들이거든요. 오로지 기대할 수 있는 것은 하늘의 은총 뿐이지요. 우연 말예요. 어제 밤 저는 이런 생각을 했지요.

'아무리 점거농성을 해봐라, 되나. 역사는 항상 강자 편이었다.'

정말이지 제 자신이 한심한 생각이 들기도 해요. 가난한 사람들에게, 몇천 원어치의 로또를 사는 사람들에게, 로또가 당첨되는 그런 행운이 올 리 있을까요? 남편은 그 모든 비리를 알고 있는 거예요. 그래서 복권 같은 거 절대로 사지 않지요.

남편은 다른 대선공약도 말했어요. 이 공약은 조금 소름끼쳐요. 언젠가 4촌 언니네 식구들이랑 막걸리를 먹을 때 나온 말이에요. 4촌 형부도 남편의 말에 공감했고요. 형부는 막노동꾼이지요. 그래서 동조했을 거예요. 며칠 전 형부가 남편에게 전화를 했대요. 아는 변호사가 있으면 소개시켜달라고. 파산선고를 해야겠다고요. 그러면서 걱정 말라고…, 걱정 말라고 말했다네요. 생활비 도와달라는 말은 안 할 거라고…. 언니가 울면서 전화를 한 것은 그 이틀 전의 일이었거든요. 저는 남편 몰래 20만 원을 주었어요. 더 주고 싶었지만 돈이 없었지요.

　어머, 미안해요. 이야기가 빗나갔네요. 아무튼 슬픈 일이에요. 남편이 말하는 끔찍한 공약은 이래요.

　"그리고 사실은 이게 가장 중요한 공약인데, 내가 퇴임하는 날 인터넷 신임투표를 하는 거야. 그 결과 50% 이상의 지지를 받지 못하면 퇴임식장 앞에 설치되어 있는 자동소총에서 총탄이 수없이 발사된다 이 말이야. 그러면 나는 죽겠지. 내가 이렇게 말할 수 있는 이유가 있어. 나는 50% 이상의 지지를 받을 자신이 있거든. 그리고 그런 지지를 받지 못한다면 죽어 싸지. 한 나라의 지도자라면 그 정도의 각오는 되어 있어야 하지 않겠어? ……."

　이 말은 남편이 목숨을 걸고 이 나라를 좋은 나라로 만들겠다는 말이지요. 남편은 단 한 번도 저에게 죽도록 사랑한다고 말한 적이 없었어요. 다시 말해 저를 사랑하기는 하지만 목숨을 걸 정도로 사랑하지는 않는다는 말이에요. 그랬던 그가 대통령이 되면 목숨을 걸겠다니···. 남편이 그 이야기를 했을 때, 기분이 무척 나빴어요. 끔찍하기도 하려니와, 저에 대한 사랑과 비교가 되었거든요. 남편 이야기를 분석해 보면, 자기 목숨과 제 목숨이 걸린 문제가 발생했을 때, 남편은 저를 살리기 보다는 자기 목숨부터 챙길 수 있다는 의미였거든요. 제가 너무 따지나요? 그런데 조금 지나니까 그것도 무덤덤해지더라구요.

'지금 순이 엄마는 얼마나 힘들까. 어차피 가지 못하면서 자꾸 신경이 쓰이는 것은 무엇 때문인가. 이런 식으로 나 자신을 합리화해서는 안 된다.'

자꾸 농성장의 친구들이 생각나요. 남편은 노조에서 파업하는 것을 무척 싫어했지요. 아니 무조건 싫어한 것은 아니었어요. 중소기업에서 하는 것, 혹은 비정규직이 파업을 하고 불법점거를 하는 것은 나름대로 이해가 간다고 말했으니까요. 사실 제가 비정규직이기 때문에 그럴 거예요. 남편과 결혼을 하고 저는 그 회사에서 나왔거든요. 그 이후로 케이마트 케셔가 됐지요. 남편은 대기업 노조에서 정치적인 이유로 파업을 하는 것을 보면 화를 참지 못했어요.

"대기업 노조가 임금을 올리면, 대기업 사장은 중소기업의 납품단가를 낮춘다구. 중소기업 사장이 납품단가를 낮추기 위해서는 어떻게 했을까. 안 봐도 뻔하지. 결국 그 여파는 중소기업에 근무하는 노동자의 월급을 낮추는 효과를 낸다구."

그 말도 맞아요. 얼마 전 어느 세계적 전자회사에서 지난 3년 간 납품단가를 40% 낮추었다는 신문기사를 본 적이 있어요. 요즘 진보측의 주장들을 보면서 이렇게 이야기하기도 했어요.

"진보측 사람들은 생산에는 관심 없고 오로지 남들이 만들어 놓은 성과물을 어떻게 나눌 것인가에만 신경을 곤두세우고 있어. 그러니 순전히 남의 잔치에 감놔라 배놔라 하는 것과 다를 게 없지." 하며 혀끝을 차는 것이었어요.

이런 모습을 보면 남편은 우파인 것 또한 틀림없는 것 같아요. 솔직히 어떤 때에는 남들이 말하는 우파에 속하고, 또 다른 어떤 때에는 좌파에 속하는 남편의 정체성이 무엇인지 저도 헷갈리긴 해요.

'그러나 그런 것이 무슨 소용이란 말인가. 국민을 위하는 방법이라면, 좌파건 우파건 상관할 일이 아니라는 것이 남편의 생각일 것이고, 그것은 정말이지 옳은 생각이다. 우파니 좌파니 하는 말도 사실 근세 프랑스혁명기에 의회의 오른쪽에 앉아 있는 집권당 의원들과 왼쪽에 앉아 있는 소수파 의원들을 구분한 것에서 시작된 것 아니던가.'

고등학교뿐이 나오지 않는 제가 어떻게 그런 것까지 아느냐고요? 웃기는 이야기지만 학교에서는 이런 중요한 것은 가르쳐주지 않는답니다.

남편의 말은 조금 서글픈 면도 있어요. 대통령이 퇴임시에 국민의 지지를 50% 이상 받지 못하면 죽어 싸다니. 그 말은 우리나라 역대 대통령들에게 꼭 들어맞는 거 같아요. 사실 그런 역사적 사실을 빗댄 말이 아닌가 추측돼요. 그런 태도를 보면 남편도 어느 정도 정치적인 경향이 있는 것 같기도 해요. 직접 말하지 않고 에둘러 선문답하듯이 슬그머니 자기 내심을 내비치는 말말예요. 그런데 남편은 빈 말도 잘하거든요. 심심하면 날 붙들고 사랑한다고 말하곤 하지요. 무슨 남자가 애정결핍증인지 그런 말을 안 하면 제 사랑이 의심스러운가봐요. 그런데 저는 좀처럼 사랑한다는 말을 할 수가 없거든요. 조금 낯간지럽잖아요. 그래서 저는 남편을 알다가도 모를 사람이구나, 하고 생각하곤 한답니다. 그런 남편이 정치 이야기를 할 땐 냉소적이거나 아니면 기대 이상으로 흥분을 하니 알다가도 모르겠어요.

아무튼 우리나라 대통령을 했던 사람들은 모두 감옥에 갔거나 그 이상의 일을 당했잖아요. 누구는 이 나라가 싫다고 다른 나라로 도망갔고, 누구는 총 맞아 죽었고, 또 누구누구는 깜빵에 갔다 왔지요. 그리고 최근의 누구누구는 지가 안 가고 자식을 깜빵에 대신 보냈고요.

'내 남편 같았으면 차라리 자살을 했을 거다.'

그러니까 그들은 철면피이거나 아니면 겁쟁이일 거예요. 하긴 그래서 정치를 할 수 있는 사람은 철면피이거나 아니면 겁쟁이라는 옛말이 있는가 봐요. 이런 말이 있었나요? 솔직히 자신 없어요. 그런데 들은 것 같거든요. 이번에 물러나는 대통령은 어떻게 되는지 참으로 걱정이에요.

언젠가 어떤 당에서 거액의 로비자금을 뿌리는 현장을 몰래 도촬한 적이 있었지요? 그러자 독수독과라는 알 수 없는 말을 하면서 유죄의 증거로 할 수 없다고 했잖아요. 게다가 도촬이 범죄행위라고 그 사람만 처벌해야 된다고 언론에서 떠들고요. 그런데 요즘도 그런 이야기가 나오더라고요. 불법으로 증거자료를 찾았대나 어쨌대나…….

뉴스에서 그 이야기가 나오던 때, 남편은 나에게 이런 이야기를 했어요. 어쩌면 남편이 자꾸 나를 정치에 관심 갖게 만드는지도 모르겠어요. 그것도 계획적일까요?

"공인은 사생활이 없다고 인정해야만 해."

"내가 대통령이 되면 대통령, 국회의원, 지방자치단체장, 헌법재판소장 등 중요 직책에 있는 사람 혹은 그런 직위에 오르려고 하는 후보들의 사생활은 파파라치가 얼마든지 도촬해서 공개할 수 있도록 하고, 오히려 포상을 할 거야."

제 생각에도 그 말이 옳은 것 같아요. 일반 서민이 담배꽁초 버리는 거, 불법 유턴하는 건 범죄행위니까 도촬을 해도 되고, 정치인이 불법정치자금을 주고받는 것은 범죄행위라도 도촬을 하면 안 된다는 현재의 법을 저는 도저히 이해할 수가 없거든요. 무슨 놈의 법이 이렇게도 모순투성이인지 모르겠어요. 정말 화가 나요. 법이 모든 사람에게 평등하다고요? 웃기는 개그에요.

'차라리 개에게나 줘버리라지….'

그런 이야기를 하던 끝에 남편은 다음의 예를 들면서 빙긋이 웃었어요. 솔직히 저는 남편의 그 웃음이 어떤 의미인지 잘 모르겠어요. 조금 기분이 나쁘기도 해요.

"당신 얼굴 이쁘니까, 지나가는 남자 중에 돈 많아 보이는 놈 꼬드겨서 같이 여관에 가라구. 그러면 내가 뒤쫓아가서 그놈을 협박해서 돈 뜯을게. 협박이 안 먹히면 죽여버리면 돼. 기왕이면 칼로 배때지를 부욱 그어버리던가."

그리고 아들보고 그 장면을 촬영하라고 시키면 만사 오케이라는 거예요. 아들이 도촬을 했다고 자수를 하면 아들은 사생활 침해죄로 처벌을 받지만 자수를 했기 때문에 집행유예로 나와서 활동을 할 수 있고, 남편과 저의 범죄행위는 도촬한 불법자료 때문에 수사도 할 수 없어서 영원한 미제로 남는다네요. 물론 아들은 끝까지 아버지와 엄마 몰래 촬영했다고 우겨야 하구요.

그게 말이 돼나요? 정말이지 아리송해요. 남편이 틀린 말은 안 하는 사람이거든요. 그래도 증거가 있는데…, 그 증거가 몰래 촬영한 증거일 때에는 아예 수사를 못한다니… 정말 그렇게 될까요? 남편이 날 놀리는 건 아니겠지요? 참으로 모를 세상이에요. 정말 그렇게만 될 수 있다면 할 수도 있을 것 같아요.

'그 방법 이외에 내 평생 큰돈을 만져볼 수 있을까?'

이런 생각이 든 건 사실이에요. 문득 1등 당첨된 사람의 주소를 알아내서 죽여버리고 싶다는 생각이 들었어요. 그게 로또1등 당첨되기를 바라는 것보다 더 현실적이잖아요. 이러면 안 되는데…자꾸 그런 상상을 하게 되네요.

남편은 절대로 로또를 사지 않아요. 로또를 사는 순간 이미 55퍼센트의 손실이 있다는 거예요. 잘 모르겠지만 남편의 말에 따르면 로또 당첨금은 판매액의 45퍼센트 정도이고 나머지는 판매업자와 정부가 모두 가져간다네요. 그러니 로또는 실제의 가치보다 두 배 이상 더 비싸게 파는 것이지요. 제가 로또를 만들어 팔면 어떨까 생각되었어요.

"나도 로또를 만들어 팔고 싶다."

"그건 안돼. 불법이거든."

"그러면, 불법인 것을 국가는 왜 해."

"국가는 본래 나쁜 거야."

남편의 말이 가관이었어요. 국가가 나쁜 거라니. 그게 말이 되는 건가요? 남편은 무정부주의자일까요?

웃기는 일이에요. 어느 틈에 저도 정치이야기꾼이 다됐나 봐요. 사실 남편에게 말은 안 했지만 저도 이제 곧 잘릴 것 같아요. 비정규직법안이 통과된 이후 벌어진 일이지요. 순이 엄마들은 지금 점거농성중이에요. 남편과 결혼을 하고 옮긴 직장이 케이마트인데, 저는 이 회사에서 벌써 17년째 일하고 있어요. 그런데 정규직으로는 해줄 수 없다는 거예요. 그래서 저도 생각을 했지요.

"뭔가 특별한 일을 꾸며야 한다. 그래야만 살 수 있다."

오늘 제가 로또를 산 것을 알면 남편은 아마 학를 내겠지요. 그러나 그것은 남편이 세상물정을 모르기 때문에 하는 짓이에요. 우리같이 5천만 원짜리 전세를 사는 사람이 정상적으로 돈을 벌어서 어떻게 집을 장만해요? 우리집 두 사람 연봉을 합쳐서 4천만 원 정도이거든요. 이제 며칠 후면 제 연봉은 사라지겠지요. 그러면 우리집 수입은 연봉 2천 8백만 원으로 줄어요. 40년 치를 전부 모아도 강남에 있는 33평짜리 서민아파트를 살 수 없어요. 그게 서민아파트인지 모르지만 신문지상에는 서민아파트라고 말하고 있잖아요. 아무튼 결국 사지 말라는 이야기하고 같아요. 죽을 때까지 전세로 남의 집에 세들어 살라는 이야기죠. 저희가 강남에 있는 33평짜리 아파트를 살 수 있는 방법은 로또가 되는 방법 이외에는 아무 것도 없어요. 도둑질을 할까 생각하지 않은 건 아니지만, 저 같은 사람은 좀도둑은 될 수 있을지 몰라도, 큰 도둑은 될 수가 없거든요. 사기도 불가능해요. 돈이 있는 놈이나 사기도 크게 칠 수 있는 것이죠.

'아~! 로또가 됐으면 좋겠다.'

저는 로또 판매점을 나오면서 성호를 그었어요. 참으로 염치없는 일이지요. 성당에 별로 가지 않거든요. 남편이 같이 성당엘 다녀야 결혼할 수 있다고 해서 저도 영세를 받았어요. 제 본명은 마리아예요. 남편이 골라준 이름이 아니고, 그냥 제가 선택했어요. 그런데 시집을 오고 보니 시어머니도 마리아였어요. 남편의 본명은 임마누엘이고요. 예수님의 다른 이름이지요. 남편은 자기가 서른세 살에 죽을 줄 알았대요. 웃기죠? 그렇죠? 그런 면에서 남편은 돈키호테를 닮았어요. 어쩌면 영원히 어른이 될 수 없는 피터팬인지도 모르겠고요. 아무튼 저는 정말이지 오랜만에 성호를 그었어요. 그러자 갑자기 빗방울이 떨어지기 시작하는 거 있죠. 남편과 저는 비를 좋아해요. 비가 오면 같이 큰 우산을 들고 비를 맞으러 밖으로 향하곤 하지요. 어쩌면 정말로 로또가 될는지도 모르겠다는 느낌이 들어요. 기분이 좋아졌어요.

눈을 들어 하늘을 보았어요. 빗방울이 얼굴 위로 쏟아지네요. 입을 벌리고 그 물을 받아먹고 싶었지만 참았어요. 먹으면 죽을 수도 있대요. 저는 물 맑은 양평에서 태어났어요. 고등학교를 졸업하고 집에서 빈둥거렸지요. 나이 스물다섯이 되어서야 돈을 벌겠다고 무작정 서울로 왔어요. 그리고 들어간 곳이 남편이 일하는 중소기업의 경리직이었어요. 남편은 자기가 대통령이 되면 한강변을 개발해서 서울에서 양평까지 자전거를 타고 갈 수 있는 길을 만들겠대요. 나에게 줄 선물이라나요.

"그 이상은 아무것도 바라지 말어."

그럼요, 저는 욕심이 별로 없거든요. 남편은 제가 얼마나 자전거를 좋아하는지 알아요. 우리는 여름에 비를 맞으며 자전거 타는 걸 좋아했어요. 남편과 저는 가끔 자전거를 타고 불광천에서 시작되는 자전거도로를 달려, 마포대교까지, 더러는 여의도까지 달려가곤 해요. 양평에서는 비가 올 때 하늘에서 떨어지는 빗물도 먹었었는데…. 고향에서는 지금도 그럴 수 있을 것만 같아요. 양평까지 자전거도로를 만들겠다는 말에 저는 감동했지요. 그 말은 저를 위하는 남편의 마음을 단적으로 보여주는 말이에요. 그러나 양평까지의 자전거도로 건설이 저만을 위한 것은 아닐 거예요. 양평의 경우 청정지역이라 산업시설이 들어설 수 없거든요. 오로지 문화·관광·예술 등의 사업을 통해서만 부를 창출할 수 있지요. 그러니 남한강과 북한강이라는 두 개의 물줄기를 이용해야만 양평은 발전할 수 있어요. 자전거도로를 만들겠다는 것은 남편의 농촌사랑 그리고 국토의 균형발전을 생각하는 안목이 높다는 것을 잘 보여주는 것이라고 저는 생각해요.

'내일 회사를 가면 어떻게 될지 모른다. 아니다. 확실하다. 이미 그들은 비정규직을 모두 해고하기로 결정했다. 순이 엄마들은 그것을 안다. 그런데도 자꾸 미련이 남는다. 혹시 아닐지도 모른다는 미련이다.'

주머니에서 음악소리가 들려오네요. 핸드폰 소리요. 가슴이 덜컹 내려앉네요. 순이 엄마 전화일 거예요. 경쾌한 음악이에요. 빠른 음악소리가 계속해서 들려오네요. 아들은 왜 이렇게 빠른 음악을 벨소리로 했을까요. 전화를 받을 수가 없어요. 음악소리가 멈추질 않네요. 그래도 받을 수가 없어요. 아, 생각이 복잡해요.

'잘 못했다. 나도 순이 엄마 옆에 있어야 했는데 잘못했다. 삼천 원이라도 남겼더라면, 라면이라도 사가지고 들어갈 수 있었는데, 왜 모두 다 로또를 샀는지 모르겠다. 아니다. 대통령에 출마하려면 모든 것을 다 걸어야만 한다. 그런데 라면 값을 남기다니 말도 안 되는 일이다. 기왕 걸 거면 모두 걸어야 될 것 아닌가. 순이 엄마 옆에 있어야 한다니 말도 안 된다.'

남편에게 대통령선거에 출마하라고 말할까요? 그러면 남편은 저를 용서할까요? 순이 엄마는 저를 용서할까요?

로또가 당첨되었으면 좋겠어요. 제 남편이 대통령이었으면 좋겠어요.

– 「문학나무」 2008년 봄호 게재

짜와즈 그리고 딸라끄

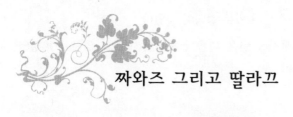

짜와즈 그리고 딸라끄

"딸라끄…, 딸라끄…."

전망대 앞에서 나는 딸라끄[1]를 반복해서 중얼거렸다.

일주일 전 인터넷에서 출력한 종이를 손에 쥔 채였다. 일주일 전에도 나는 매듭을 푸는 것이 '딸라끄' 라는 것을 외우려고 노력했다. 컴퓨터 앞에서 찌르륵거리는 프린터 소리를 들으며 딸라끄… 딸라끄… 했다. 그리고 짜와즈… 하기도 했다. 인터넷에서 제공되는 정보들은 너무 쉽거나 너무 어려웠다. 그러나 나는 공부를 해서라도 이혼문제 만큼은 모두 알아낼 참이었다.

전망대 외벽에는 큼지막한 사진이 걸려 있었다. 모자 쓴 여학생과 군인이 철책선에 손을 얹고 웃는다. 클로즈업된 두 사람 뒤로 학생과 군인이 번갈아 보였다. 그 뒤로 북녘 땅이 펼쳐져 있

---

1) 딸라끄(Talaq). 아랍에서는 이혼을 '딸라끄' 라고 한다. 이는 '매듭 풀기' 또는 '매듭을 짓지 않음' 을 뜻하는 것으로 '자유로워지다' 라는 의미다. 이슬람에서는 결혼(짜와즈 : Zawaj)을, 신성한 측면도 있지만 인간사의 계약인 제도로 보는 것처럼, 이혼(딸라끄)도 그런 차원에서 허용하고 있다.

었다. 사진 밑에 붙어 있는 설명이 길었다.

'평화의 메시지를 담은 띠를 철책선에 매달고 있는 500명의 평화 대장정단'

"딸라끄…."

나는 사진을 바라보며 다시 딸라끄를 읊조렸다. 사진이 걸린 전망대는 붉은 벽돌집이었다. 붉은 벽 옆으로 2층으로 올라가는 계단이 둥글게 기둥을 감아 오르고 있었다. 푸른색 철제 계단은 군데군데 거무죽죽한 자국이 보였다. 벗겨진 페인트칠이 너덜거렸다. 그 계단을 올라가면 갈 수 없는 북녘 땅을 바라볼 수 있는 전망대였다.

어느새 비가 그쳤다. 전망대 뒤로 해가 설핏 보였다. 앞서 계단을 오르기 시작한 그의 엉덩이가 가을바람처럼 실룩였다. 그가 나와의 결혼을 원하고 있을 것이라고 혼자 추측했다. 어림 반 푼어치도 없는 일이었다. 나는 어처구니없게도 전망대에는 내려가는 계단이 없길 바랐다. 그러나 헛일이었다.

전망대 출입구에는 문이 없었다. 비상구라는 녹색 불빛 아래 문짝 없는 입구가 입을 벌리고 서 있었다. 다른 출구는 없었다. 전망대 안으로 들어섰다. 시멘트 냄새가 얼굴로 쏟아졌다. 곰팡이 냄새 속에서 자고 있을 남편을 떠올리며, 다시 손에 쥔 인터넷 정보를 펼쳐들었다.

인터넷을 뒤질 때마다 나는 눈을 끔벅거렸다. 반 년 전부터 밤 열 시에 가게 문을 닫고 집에 들어와 새벽까지 인터넷을 뒤졌다. 샤워는커녕 발도 씻지 않고 인터넷에 매달린 적도 있었다. 인터넷에는 너무 자극적인 포르노부터 너무 딱딱한 법조문까지 정보가 넘쳐났다. 가끔 씨알리스를 사고 싶다는 충동이 일기도 했다. 변호사 사무실의 홈페이지에 있는 자료들이란 게 다 거기서 거기였다. 그럴 때면 문득문득 내가 변호사를 해도 이보다는 낫겠다고 생각했다. 엉뚱하게도 한 학생의 리포트에서 더 큰 자료를 얻었다. 리포트에는 TV에서도 이슬람 여인들의 열악한 삶을 조명하는 프로가 방영되었다고 쓰여 있었다. 우리나라의 경우 가족의 부당한 대우가 있어도 이혼할 수 있다고 했다. 가족에는 남편만 있는 것이 아니라 시부모도 시동생도 포함된다고 했다. 그러니까 시어머니가 시집살이를 시켜도 이혼할 수 있다는 말이었다. 불륜 등 다른 여러 가지 이혼사유가 있었지만 나는 그것으로 충분했다. 남편은 놀고 나만 일해야 하는 상황만으로도 이혼이 되어야 마땅했다.

오늘 아침 그가 가게에 왔다. 김밥 값을 계산하며 여행을 떠난다고 말했다. 같이 가지 않겠느냐고 묻는 그를 나는 그냥 멍하니 바라만 보았다. 느닷없었다. 그러나 그냥 던지는 말 같지는 않았다. 그가 아침에 온 것은 처음이었다. 망설이는 나를 바라보며 그는 동창들 몇몇이 함께 여행을 떠난다고 말했다. 그리고 빙긋이 웃었다. 그가 손을 내밀며 고개를 끄덕였다.

그의 손을 잡았다.

깜짝 놀랐다. 어쩌면 오래 전부터 내가 그와 어디로 떠나고 싶어 했는지도 모를 일이었다.

그는 점심 때 혹은 저녁 때, 일주일에 세 번 정도 왔다. 와서는 김밥 한 줄씩만 먹고 갔다. 처음 그가 왔을 때, 어디선가 본 듯한 느낌을 받았다. 흔한 얼굴이었다. 김밥을 먹고 있는 그를 보고 있으면 왠지 위안이 되었다. 그건 남편에게서 느낄 수 없는 편안함이었다. 알 수 없는 일이었다. 낯선 남자에게서 나도 모르게 느끼는 편안함. 이런 생각을 하는 걸 남편이 알면, 틀림없이 나를 죽이려고 달겨들 거라는 생각을 했다. 그런 생각을 할 즈음에 그는 자기를 모르겠느냐고 물었다. 기억에 없었다. 그의 입가에 얇은 주름이 생겼다가 지워졌다. 금오초등학교 14회 졸업생이라고 그가 말했다. 초등학교 동창이었다. 그랬구나, 그래서 편안함을 주었던 것이로구나, 어딘가에서 본 듯한 얼굴이었구나. 나는 그렇게 혼잣소리를 했다. 초등학교 때의 기억은 모든 것이 흐릿했다. 내게 이름을 기억할 수 있는 동창은 없었다. 그러나 그는 처음부터 나를 알아보았다고 말했다.

그냥 가게에서 떠나면 그만이었다. 그러나 집에는 한 번 들러야 할 것 같았다.

나는 힘겹게 5층 계단을 올라갔다. 남편은 틀림없이 잠을 자고 있을 것이었다. 부부싸움을 한 다음날에도 남편은 낮잠을 잘 수 있는 사람이었고, 나는 가게에 나가 김밥을 말아야만 하는 사람이었다. 이마에는 어느새 땀방울이 맺혀 있었다. 숨이 찼다. 가슴이 먹먹했다. 열쇠를 꺼내려고 가방을 뒤적거리며 가쁜 숨을 몰아쉬었다. 문을 열었다, 집안에서 퀴퀴한 냄새가 풍겨왔다. 낡은 아파트였다. 안에서 찢어질 듯한 자명종소리가 들려왔다. 왜 저렇게 소리가 큰 것으로 샀을까? 남편은 잔뜩 웅크린 채 이불을 목에 감고 잠들어 있었다. 잠든 척하는 건지도 모른다. 남편은 자명종 소리에도 꿈쩍 않고 누워 있었다. 자명종을 신경질적으로 눌러 끌 때, 나는 이 모든 일에서 해방되고 싶다는 생각이 간절했다. 그냥 가게에서 출발할 걸 잘못했다.

한 집에서 참으로 오래 살았다. 시아버지는 결혼 선물이라며 집을 사주었다. 당시에는 지은 지 얼마 되지 않은 깨끗한 아파트였다. 그러나 지금 남편의 집은 재건축 추진 중이다. 벽에는 실금이 모세혈관처럼 퍼져 있는 집이었다. 거실 바닥의 마루는 삐걱거렸고, 화장실 변기는 물을 한 번 내릴라치면 삐이~익, 히이~익 하며 이상한 소리를 냈다. 화장실 벽은 시커먼 곰팡이가 피어 있었고, 물이 튄 나무문짝은 밑동이 썩어 너덜거렸다. 헤진 밑동을 볼 때마다 나도 모르게 고개를 아래로 꺾어 발끝을 보았다. 다행히 아직 발끝이 썩어 들어가고 있지는 않았다. 하수도는 머리카락이 조금만 들어가도 물이 내려가지 않고 막혀버렸다.

집을 나선 것은 오전 10시 30분이었다. 새벽에 지나갔던 길을 나는 다시 걸어, 그가 기다리고 있는 가게 앞으로 향했다. 그가 집 앞까지 차를 갖고 온다는 것을 그냥 가게에 있으라고 했다. 다목적회관 담벼락엔 찢어진 포스터가 펄럭거렸다. 새벽에 내가 뜯어버린 포스터였다. 출근길에 누가 붙여 놓았는지 〈승용차 일 주일에 한번은 쉬게 해 주세요〉라는 포스터를 보았다. 나는 그 걸 본 순간 박박 찢어버리고 싶은 충동을 느꼈다. 요즘 나는 아무에게나 시비를 걸고 싶어진다. 내가 점점 미쳐가고 있는 걸까? 일 년 삼백육십오 일, 매일 일 뿐이다. 설날에 이틀, 추석에 이틀, 그렇게 쉰다. 그 이외에는 쉬는 날이 없다. 모르겠다. 가끔, '친정아버지가 죽으면 며칠 쉴 수 있을까?' 하는 생각을 하곤 한다. 쉬는 날은 일 년에 고작 나흘이다. 그러면 사람이 차보다도 못하다는 것일까. 안 그래도 요즘 나는 가끔씩 어지럼증이 일었다. 어지럼증이 지나면 기운이 쏙 빠졌다. 모든 게 가물가물해졌다. 이대로 쓰러지는 건 아닐까 불안했다. 누가 저따위 말을 생각해 냈는지 모를 일이었다. 게다가 대문짝만하게 확대해서 여기저기 붙여놓다니 참을 수 없었다. 나는 포스터를 박박 찢어 냈다.

찢어진 포스터가 붙은 길에서 오십 미터 쯤 가서 햄버거집을 지나 주유소를 끼고 교회를 지나면 내가 일하는 가게가 나왔다. 몇 년이나 내가 혹사당하고 있는 가게였다. 그러나 오늘 아침에는 달랐다. 같이 여행을 떠나자고 말하는 그가 기다리는 가게였다. 그가 여행을 가자고 말할 때까지 나는 그곳에서 김밥도 말고 주방일도 하고 써빙도 했다. 그야말로 몇 사람의 일을 동시에 해 치웠는지 모른다. 그러나 오늘은 그럴 일 없었다. 다른 동창들도 만날 수 있다고 생각하니 한결 기분이 좋아졌다. 문득 인터넷쇼핑을 하고 싶어졌다.

그의 차가 가게로 통하는 골목 입구에 서 있었다. 비상등이 깜빡거렸다. 차가 움직이고 나서 한참 후에야 우리는 동창들이 모인 장소에 다다를 수 있었다. 두 명의 여자와 두 명의 남자가 서 있었다. 그들은 나를 보고 대뜸 덕순이 아니냐고 반말로 물어왔다. 나는 그들을 알지 못했다. 기억나지 않았다. 갑자기 괜히 좇아왔다는 느낌이 들었다. '너 김밥 썬다며?' 철홍이라는 친구가 물었다. 그의 얼굴을 할퀴고 싶었다.

그를 따라나선 지 두 시간쯤 지난 후였다. 점심을 먹기 위해 국밥집에 들어가서야 그는 해안마을에 가려면 아직도 서너 시간 정도는 더 가야만 한다고 말했다. 어디 바닷가로 가는 줄 알았다. 출발 전부터 생각하고 있었는지, 아니면 국밥집에서 생각해 냈는지는 알 수 없었다. 나를 바라보는 눈동자에 빗방울 같은 것이 흘러내렸다. 그의 눈이 내 얼굴 앞에서 껌벅였다. 그러나 눈동자는 내 얼굴을 보고 있는 것이 아니었다. 등 뒤의 허공을 바라보고 있었다. 우리가 가려고 하는 곳은 그가 군대생활을 했던 산골마을이었다. 그곳에는 뱀이 많다고 했다. 돼지도 많았다. 그래서 마을 이름이 해안亥安마을로 되었다. 정말로 돼지가 뱀을 잡아먹는 모양이었다. 엄마는 돼지띠 남자로부터 선이 들어왔을 때, 돼지띠는 절대로 안 된다고 우겼다. 해안마을에는 감자도 많다고 했다. 해안마을을 글자 그대로 해석을 하면 돼지가 편안한 마을이었다. 나도 돼지가 되고 싶었다. 돼지처럼 놀고먹고 싶었다.

"한 사람과 10년 이상 같이 산다는 것은 죄악이야."

주말에만 오는 파출부 언니가 말했다. 그러자 매일 오는 주방보조는 무슨 소리냐며, 5년도 길다고 했다. 주방보조는 혼자 산 지 10년이 넘었는데 그렇게 편할 수 없다고 주장했다. 나는 옆에서 고개를 끄덕였다.

옆에 놓인 식탁에서 박수가 터져나왔다. 30여 명의 늙은 여자들이 깔깔거리고 있었다. 늙은 여자들 모두는 눈을 동그랗게 뜨고, 앞에 서 있는 젊은 남자를 바라보고 있었다. 봉고차 기사였다. 늙은 여자들 앞 식탁에서 콩나물국밥, 손만두국, 두부전골이 하얀 김을 내뿜었다. 젊은 운전기사의 말소리는 잘 들리지 않았다. 그럴수록 젊은 운전기사의 말을 하나도 놓칠 수 없다는 듯 모든 신경을 곤두세웠다. 그러나 사람들의 웅성거리는 소리와 TV속 액션배우의 기합소리가 좁은 식당 안에서 뒤엉켰다. TV 뒤에 "오신 손님 모두 부자 되세요"라는 액자가 붙어 있었다. 그는 또 밖을 내다보았다. 철홍이, 혜자, 경숙이, 완철이 그들도 깔깔거렸다. 그들은 오래 전부터 만나왔다고 했다.

엄마는 열아홉에 시집와 자식을 일곱이나 낳았다. 그게 모두 딸이었다. 딸만 낳았다는 이유로 아버지가 바람을 피워도 말 한 마디 못하고 살았다. 그저 웃는 낯이었다. 하우스일, 식당일, 논일, 공장일, 안 해본 일 없이 피곤하고 힘들게 살았지만, 늘 웃으면서 그 모든 일을 감수했다. 무엇이 그런 일들을 모두 견딜 수 있게 했는지 모르겠다. 나는 요즘 자꾸 엄마가 있었던 어린 시절로 돌아가고 싶다는 생각을 한다. 엄마는 늘 바빴다. 중풍에 걸린 할아버지의 똥오줌을 받아내면서도 뭐가 그리 좋은지 웃음을 잃지 않았던 엄마였다. 사업을 한다던 아버지 때문에, 서울에만 있던 아버지 때문에, 엄마는 시골집의 모든 일들을 혼자 치렀다. 아버지는 망했고 엄마는 식구들을 끌고 서울로 올라왔다. 나는 엄마가 일하는 함박집 천막에서 살았다. 그때 다짐했다. 절대로 엄마처럼 살지 않겠다고. 그런데 딸은 엄마 팔자를 닮는다는 말이 맞았다. 나는 친정엄마처럼 모든 일을 참고 견뎌야만 살 수 있다. 아기들 앞에서는 나도 웃는다. 이런 상황이 언제까지 유지될 수 있을지 모르겠다는 생각이 든다.

전망대 단상에서 젊은 안내원이 철책선 너머를 가리키며 설명하고 있었다.

"북쪽을 배경으로 사진 찍으시는 분들이 있는데, 국가보안법에 저촉되어 처벌을 받게 됩니다. 사실 맨눈으로는 북한의 병사들이 잘 보이지 않아요. 사진을 찍어도 별 효용이 없다는 말이지요. 그러나 망원경으로 보면 북한 군인들이 밭을 매는 모습도 볼 수 있습니다. 북한에서는 군인들이 직접 농사를 지어서 군량미의 일부를 충당한답니다. 자주라고 쓰여 있는 곳이 북한군 초소인데 이쪽 초소와 780미터밖에 안돼요. 북한군과 가장 가까이 대치하고 있는 곳이 이곳이지요."

'자주自主'라는 말에 나는 감동한다. 혼자 서고 싶다. 혼자 주인이고 싶다. 혼자서도 잘 사는 모습을 보여주고 싶다. 전망대 바로 앞에 무쇠로 만든 철책이 내 눈을 파고들었다. 철책선은 이중으로 되어 있다. 그러나 지키는 사람은 보이지 않는다. 전망대에서는 남한 측 초병도 보이지 않는다. 북한 초소에도 사람은 찾을 수 없다. 전방을 지키는 군인들이 많다고들 했는데 실제로는 어디 있는지 찾기가 쉽지 않다. 분명히 어디엔가 숨어 있을 것이라고 나는 추측한다. 망원경을 오래도록 보았지만 사람의 모습은 못 찾았다. 철책에는 촘촘히 돌과 깡통을 끼워놓았다. 돌과 깡통 사이에 하얀 천이 묶여 있다. 사진 속의 그 철책선이다. 평화의 메시지를 묶은 철망이다. 다시 나는 작은 소리로 딸랑끄…딸랑끄…하고 반복한다. 안내양은 구름이 끼는 날이면 2층에서 1층 바닥의 주차장의 차량도 보이지 않는다고 말한다. 관광객이 없을 때에는 정말이지 너무도 적막해서 무서울 지경이라고도 고백한다. 그는 혼자 떨어진 채 말없이 전망대 밖을 내다보고 있다.

이곳 해안마을 전망대로 가자고 말했던 국밥집에서 나올 때, 비는 여전히 내리고 있었다. 출발 때부터 내린 비였다. 구름만 낮게 깔려 있던 하늘이, 그의 차에 올라타면서부터 비로 바뀌었다. 그리고 내내 거칠게 퍼부었다. 와이퍼가 빠르게 움직였지만 길은 보이지 않았다. 이런 빗속에서 무작정 집을 나선 것은 무모한 짓이었다. 다행히 국밥집을 나섰을 때에는 빗방울이 가늘어져 있었다. 이슬비인지 가랑비인지 가늠이 안 되었다. 일기예보에서는 시간당 30밀리가 오느니 60밀리가 오느니 하며 폭우를 예측했다. 그와 악수를 하며, 그러자고 떠나자고 말한 것은 미친 짓이었다. 하긴 오늘 같은 날 가게에 있었어도 미치긴 마찬가지였을 것 같았다. 국밥집 문을 나서며, 그가 내 손목을 움켜쥐었다. 눅눅한 습기와 함께 뜨거운 기운이 느껴졌다. 나는 반사적으로 동창들을 바라보며 그의 손아귀에서 팔을 빼려고 했다. 그들은 서둘러 차를 타고 있었다. 그들은 우리 둘에 대해서 거의 무시하는 듯한 태도를 취했다. 땀에 젖은 그의 손바닥이 내 손목 위에서 미끈덕거렸다. 정말로 손을 빼야할지 말아야할지 망설여졌다. 팔에서 힘이 빠졌다. 힘 빠진 손목을 잡은 채로 그가 우산을 들고 버튼을 눌렀다. 우산은 내 앞에서 '팍' 하는 소리와 함께 넓게 펴졌다. 물방울이 튕겼다. 두 사람이 들어가기에 충분히 큰 우산이었다. 그가 손목을 놓았다. 그리고 그 자유로워진 손으로 내 어깨를 감싸 안았다. 그의 가슴이 뜨거웠다. 가슴이 울렁거렸다. 그는 함께 여행을 떠나자며, 내가 가게에서 일하고 있다는 것을 수소문해서 알았다고 말했다. 초등학교 동창들이 만든 인터넷 카페도 있다고 말했다. 그러니까, 일부러 찾아왔다는 말이 된다. 게다가 육 개월 동안이나 그는 내 눈치를 살핀 것이었다. 어깨를 맡긴 채 걷는 걸음은 자꾸 삐걱거렸다. 오른쪽 다리가 그의 왼쪽 다리에 부딪혔다. 몸이 기우뚱 했다. 그의 팔에 힘이 가해졌다. 그는 내가 차에 탈 때까지 우산을 들고 문 앞에 서 있었다. 남편에게서는 받아본 적이 없는 대접이었다. 그런 생각을 하고 있을 때, 그가 운전석에 앉으며 내 머리를 끌어당겼다. 순간적이었다. 그의 혀가 입 속으로 들어왔다. 얼굴을 떼어내려 했지만 그의 힘은 완강했다. 어찌해야할지 당황스러웠다.

입술이 떨어졌다. 그는 내 눈을 쳐다보지 못했다. 왼손에는 접힌 우산이 여전히 들려 있었다.

"미안해…."

그는 앞 유리를 보며 말했다. 미안하다는 말은 하지 않았어야 더 좋았을 것 같았다. 차 뒷좌석에는 짐이 무척 많이 쌓여 있었다. 종이상자 안에 신문과 잡동사니가 반쯤 차 있었다. 그 옆에 책이 십여 권 나뒹굴었고, 물병도 몇 개 흩어져 있었다. 라면봉지조차 떨어져 있었다. 영락없이 혼자 사는 남자의 차였다.

"빨리 가. 쟤들이 이상하게 생각하겠다."

그가 자동차의 시동을 걸자 라디오가 동시에 켜졌다.

"그러니까 문대표의 발언으로 진보당은 화가 난 것이지요. 연정을 하자고 하여 당연히 진보당과의 연정을 이야기하는 줄 알았는데, 문대표의 말에 의하면 보수당과의 연정을 말하는 것으로 되어버렸던 것이지요. 말하자면 이렇습니다. 자기한테 프로포즈를 해서 결혼을 고려하고 있는데 사실은 건넛집 처녀한테도 똑같은 프로포즈를 했단 말이지요. 즉 상대방이 좋아서 결혼하자고 한 것이 아니라 치마만 두르면 누구라도 좋다는 프로포즈였단 말이지요. 당연히 진보당에서는 발끈할 만하지요."

정치를 부부관계에 비유하는 이야기가 조금 어색했다. 무슨 말인가 할 것 같아 그를 바라보았다. 아무 말이 없었다. 남편 같았으면 이런 뉴스가 나오면 정치이야기에 열을 올렸을 것이었다. 그는 남편과는 달랐다. 기분이 좋아졌다. 남편은 자기와 관련이 없는 일에 관심이 많았다. 그가 안전벨트를 맸다. 그것도 남편과 달랐다. 안전벨트를 매면 가슴이 답답하다고 말하던 남편이었다. 운전대를 잡은 그를 바라보았다. 두 손으로 핸들을 꽉 잡고 있다. 기분이 더 좋아졌다. 나도 모르게 고개를 끄덕였다. 그가 보았는지는 알 수 없었다[2].

신남에서 양구 길로 들어서자 길은 급격히 가팔라졌다. 구불

---

[2] 나는 이때 남편과의 결별을 기정사실로 생각했던 것 같다. 그것이 그의 듬직함 때문이었다는 것을 부인하지는 못하지만 그것이 그와의 결혼을 염두에 둔 것은 아니라는 것을 밝히고 싶다. 나는 누구와 함께 산다는 것, 누구를 믿는다는 것이 얼마나 힘들고 부질없는 짓인지 서서히 깨닫고 있는 중이었다.

구불한 오르막 산길이었다. 길가에는 거의 50미터 간격으로 구덩이가 파여져 있었다. 영화에서 보았던 구덩이였다. 군인들이 총을 겨누며 엎드려 있던 그 구덩이였다. 몸을 숨기기에 알맞았다. 누군가가 불쑥 구덩이 속에서 뛰쳐나올 것 같아 불안했다. 그의 얼굴도 긴장된 듯 잔뜩 경직되어 있었다. 그는 내가 알 수 없는 군대생활을 이야기했다. 나는 그의 말을 귓가로 흘리며 산 아래를 내려다보았다.

도로에 차량은 없었다. 그는 노란 중앙선을 가로질러 굽은 도로를 거의 직선으로 주행했다. 길이 오른쪽으로 굽으면 차는 왼쪽 끝으로 갔고, 길이 다시 왼쪽으로 굽으면 차는 오른쪽으로 갔다. 맞은편에서 다른 차가 달려들면 여지없이 사고가 날 판이었다. 그러나 마주치는 차량은 없었다.

"사고가 많은 지역입니다. 조심운전 하십시오. 전방에 급커브가 있습니다. 조심운전 하십시오. 사고가 많은 지역입니다. 조심운전 하십시오. 전방에 급커브가 있습니다. 조심운전 하십시오." GPS의 안내방송은 계속적으로 이어졌다.

"전방…."

그가 GPS 전원을 뺐다.

"GOP전방 4km"

하얀 표지판이 GOP가 가까이 있음을 알려주었다. 갑자기 이제 집을 떠났구나 하는 생각이 들었다. 심호흡을 크게 한 번 했다.

멀리 구름이 낮아지고 있었다. 이미 몇몇 산봉우리에는 구름이 걸려 있었다. 그는 해병대위령비가 있는 대암산 봉우리를 지날 때쯤이면 구름이 우리를 덮고 있을 것이라고 말했다. 자동차는 고갯길 오르기를 반복했다.

좌측으로…, 우측으로…, 천천히…, 힘들게…, 저속으로…

부릉거리며 고개를 오르고 또 올랐다. 귀가 먹먹했다. 기압차이 때문일 것이라며, 침을 한 번 삼키라고 그가 말했다.

침을 한 번 꼴깍 하고 삼켰다. 그러나 귀는 여전히 먹먹했다. 할 수 없이 침을 몇 번 더 삼켰다. 먹먹했다. 귀를 후벼팠다. 먹먹했다.

그가 다시, 그곳이 유격훈련 마지막 코스인 100킬로 행군코스였다고 말하며 나를 쳐다보았다. 그의 말소리가 멀리서 들려왔다. 장병들은 모두들 완전군장을 하고 기진맥진한 채 고개를 넘었었다고 말했다. 귓구멍에 새끼손가락을 꼽은 채, 완전군장이 뭐냐고 물었다. 그는 내 물음에는 대답하지 않고, 문제는 고개를 돌았다 싶으면 다시 똑같은 고개가 나타나고 그 고개를 넘으면 또 같은 고개가 나타나기를 수십 번 반복했다고 말했다. 그가 다시 내 얼굴을 쳐다보며 빙긋 웃었다. 귀는 여전히 먹먹했다.

구름 속으로 들어오고서도 한참을 더 올라간 다음에야 도솔산 지구전투위령비에 도착할 수 있었다. 그가 말했던 해병대위령비였다. 도솔산이란 지명이 무척 어려웠다.

자동차 문을 열고 나서려던 나는 다시 차 안으로 들어가 앉았다. 그친 줄 알았던 비가 조금씩 내리고 있었다. 주위는 침침했다. 바람이 불었다. 그가 배낭에서 비옷을 꺼내주었다. 노란색이었다. 다른 색깔의 옷보다 좀더 멀리서도 보일 수 있는 옷이었다. 비옷을 입고 모자를 눌러쓴 후 다시 자동차 문을 열었다. 사위는 더욱 어두워져 있었다. 그는 비를 맞으며 꼼꼼히 위령비의 내용을 읽어내려갔다. 나에게 들으라는 투였다. 한국해병대 제1연대가…. 웅웅거리는 그의 목소리를 들으며 주머니 속의 종이를 만지작거렸다. 우산을 들고 가게 앞에 서 있는 남편이 생각났다.

'딸라끄….'

남편은 비만 오면 가게에 나와서 우산을 쓰고 서 있었다. 빗속에서 배달 나가는 김군을 바라보며 남편은 입가에 웃음지었다. 어쩌면 문을 닫았는지도 모를 일이긴 했다.

위령비를 스치며 바람에 날리는 빗방울이 아름다웠다. 머리에 쓴 모자가 휙 하고 바람에 날렸다. 어머! 하는 외마디소리에 그가 비문 읽기를 포기하고 달려갔지만 모자는 절벽 아래로 떨어졌다. 이곳 전투가 16일간 벌어졌는데 아군이 123명 전사하고, 적군은 무려 3천 265명이 죽었다는군. 그는 죽은 자의 숫자에 무슨 큰 의미가 있다는 듯 말했다. 그는 절벽 아래를 내려다보고 있었다. 나는 아군이 적군을 공격하듯 남편을 죽이고 싶다고 말했다. 그는 묵묵히 고개만 끄덕였다. 그가 다시 위령비 앞으로 가 무릎을 굽히다 말고 고개를 들어 나를 쳐다보았다. 그리고 이데올로기 중에 제일 무서운 것은 결혼제도에 대한 신념이라고 말했다. 그가 허리를 펴고 철책선을 쳐다보며 작은 소리로 말했다.

"결혼제도란 게 사실은 권력투쟁의 소산이지. 이 위령비처럼 말이야."

그의 이야기를 요약하면 대충 이런 말이 되었다.

〈인간은 항상 권력관계 속에서 생활한다. 남편과 아내가 얼마나 파렴치한 권력관계인지는 누구나 다 아는 사실이다.

다만 치사해서 말하지 않을 뿐이다. 결혼제도란 권력을 유지하기 위한 전제조건이다.

원시시대 권력자는 지식이 아닌 주먹의 힘으로 결정되었다. 그러나 그 완력이란 20대 전후가 가장 강력해서 20대 후반만 되어도 곧 권좌에서 쫓겨날 운명인 것을 인간은 어느날 깨닫는다. 결국 깨친 자는 권력을 계속 유지하기 위해서 새로 나타난 힘센 자의 약점을 만들 필요성을 느낀다. 그래서 한 남자에게 한 명의 여자에 대한 독점적 지위를 인정한다. 그 결과 그 여인이 낳은 자식은 모두 그 남자의 자식이라는 사실을 알게 된다.

가족이 이루어진 것이다. 그리고 권좌에 도전하는 자가 있으면 그 자식 혹은 부모를 죽이겠다고 협박한다. 그렇게 함으로써

권좌를 유지해왔다는 것이다.〉

인터넷에서도 비슷한 내용을 본 적이 있었다. 아랍 여인들에 대한 자료[3]에 덧붙여진 내용이었다. 남편이 미울 때마다 나는 인터넷을 뒤졌다.

"6.25가 끝난 후에 저 황톳길이 생겼을 거야…."

무슨 말인지 이해가 되지 않는다. 물끄러미 그를 바라본다.

"6.25 직후의 이곳 사람들은 낮에는 국방군 편, 밤에는 인민군 편이었었다고 해…."

38선 이북지역인 이곳의 특성상 그럴 수밖에 없었을 것이라고 그가 설명한다. 안내원이 말하던 국가보안법 위반이라는 말이 퍼뜩 떠오르며 겁이 났다. 그의 손을 움켜쥔다. 병사 두 명이 나란히 전망대 앞 철책선을 따라 지나간다. 참으로 높이 올라왔다는 생각이 든다. 모든 것이 하찮아보인다. 철책선 너머에 있는 길은 산등성이를 따라 계속된다. 북쪽의 황톳길은 군데군데 단절된 채 붉은 색을 드러내고 있다. 그때 갑자기 주위가 환해진다. 커다란 전등 수천 개가 동시에 켜졌다. 그도 놀란 듯 마주잡

---

3) 아랍에서는 일라으(ila)와 지하르(zihar) 등의 악습이 있었다. 일라으는 '서약하다' '맹세하다' 라는 뜻으로 남편이 부인에게 부부관계를 맺지 않겠다고 맹세하는 것이다. 그러나 이것은 언제까지 부부관계를 맺지 않을 것인지 그 정지기간이 제시되어 있지 않았다. 따라서 여성은 실제적으로는 부인이 아니면서도, 재혼할 수 있는 이혼녀가 되지도 못하는 상태로 평생을 지내야 했다. 지하르는 등(背)을 의미하는 자흐르(zahr)에서 파생된 용어로, 이 경우 남편이 아내에게 '당신은 나의 어머니 등과 같소.' 라고 말함으로써 이혼을 선언하는 것이다. 이런 선언을 하자마자 남편과 아내 사이의 관계는 이혼에 의한 것처럼 끝나게 된다. 그러나 남편이 이렇게 이혼을 선언한 후에 부인은 남편의 집을 떠날 수 없고, 실질적인 부부생활은 할 수 없는 버림받은 상태로 방치된다.

은 손에 힘이 들어갔다. 문자송신탑이 눈부시게 서 있다. 안내원은 무려 1760개의 전등이 불빛을 조절하여 문자를 만든다고 알려준다. 일몰 후 북으로 문자를 보내기 위해 미리 점검하는 것이라고 말한다. 아직도 북한군에게 남쪽을 선전하는 방송이나 문자를 보내고 있는 모양이다.

남편에 대해 이야기 했을 때, 그는 나에게 이혼하라고 말했다. 웃기는 일이었다. 제가 뭔데 나에게 이혼을 하라말라 말할 수 있단 말인가. 하긴 나도 그런 이야기를 들으면 그렇게 말할 것 같기는 했다. 달리 할 말이 뭐가 있을까?

결혼한 지 15년이나 지났지만 나는 여전히 남편의 참 모습을 알 수가 없다. 남편은 배추를 하나 사더라도 크기는 어떠한지, 상태는 좋은지, 요모조모 따져보고 자기에게 이익이 될 경우에만 거래하는 사람이다. 가게에는 들르지도 않던 사람이 한번 들르면 하는 짓이 꼭 그랬다. 아예 모든 것에 무관심하거나, 아니면 철저하게 모든 것을 계산해 자기에게 이익이 되는지를 확인한다. 그래야만 직성이 풀리는 사람이다. 서로에 대한 믿음이라고는 전혀 생각하지 않는 사람이다. 그런 남편에게서 나는 종종 이질감을 느낀다. 어제도 남편의 카드빚 때문에 한바탕 했다. 지긋지긋한 노릇이다. 아무것도 안 하는 백수 주제에 돈은 어디에 쓰는지 갚아도 갚아도 끝이 없다. 나는 남편의 카드를 빼앗아 분질러버렸다. 차라리 이렇게 살 바에야 이혼을 하자고 소리쳤다.

어떻게 그런 말이 튀어나왔는지. 병원에 누워계신 아버지, 친정식구들, 아이들의 얼굴이 어른거렸다. 어릴 적부터 모범생이라는 말을 듣던 나였다. 그런 내가 이혼이라는 굴레를 쓸 수 있을까? 친정식구들은 과연 나의 이혼을 받아들일 수 있을까? 아마모두가 믿고 싶지 않을 것이다. 나는 이혼이라는 현실을 감당할자신이 없다. 한편으로 이혼을 생각하면서, 다른 한편으로는 남편이 조금만 더 내 곁에 있어주었으면, 하는 바람도 함께 갖고있는 게 나였다. 어떤 게 진짜 마음인지 알 수가 없다. 그런데 요즘은 부부싸움을 할 때마다 이혼이란 말이 튀어나온다. 남편도처음에는 못 들은 척 했는데, 어제는 자못 심각하게 그러자고 말했다. 아이들은 어떻게 할 것인지 물어왔다. 나는 순간 현기증이나면서 겁이 났다. 차갑고 매정한 사람이라 자기에게 불리한 말은 절대로 하지 않는 남편이었다. 이러다 진짜로 이혼하는 건 아닌지 두려웠다. 남편은 너무나 이기적이고 일방적인 사람이다.6년 동안 다니던 회사를 때려치울 때에도 말 한마디 없었다. 아이들 학원비와 생활비를 걱정할 때, 남편은 신문이나 TV에 빠져있었다. 오로지 자기가 하고 싶은 것만 하는 사람이었다. 아무리말을 해도 말이 안 통했다. 이런 남편과의 벽 때문에 점점 미쳐가고 있음에 틀림없다. 자꾸만 나 혼자만의 세계로 달려갔다. 애정소설이 현실처럼 느껴졌다. 이러다 내가 타인의 관심으로부터영원히 잊혀지는 건 아닌지 문득문득 불안해졌다.

"비가 오는군…."

비문을 읽던 그가 말했다. 그가 두 팔을 벌리고 하늘을 향해 얼굴을 들었다. 나도 같은 모양을 해 보았다. 얼굴에 뭔가가 떨어지는…, 아니 살짝살짝 닿는 간지러움이 느껴졌다. 비옷에 떨어지는 빗소리도 작게 들리는 듯했다. 비는 아까부터 계속 내리고 있었다.

"산 밑에서 보았을 때 흰 구름이 산 중턱에 걸려있는 경우가 있어. 지금처럼 그 구름 속에 들어가면 시계視界는 이삼십 미터를 넘지 못하지. 이렇게 내리는 비를 는개비라고 하는데…."

누구에게라고 말할 수 없을 정도로 작은 목소리로 그가 중얼거렸다. 그의 등 뒤를 돌고 자동차 엉덩이를 돌아 조수석에 올라탔다. 자동차에 떨어지는 빗소리는 들리지 않았다. 창문과 앞 유리에서는 물방울이 맺히고 흘러내리기를 반복했다. 자동차 창문을 열고 손을 내밀었다. 아무런 감촉도 없었다. 그 손을 얼굴에 가져다 댔다. 차가운 물기가 느껴졌다. 는개비였다. 열린 창문 밖으로 썩은 나무가 희붐하게 보였다. 그것은 이무기처럼 머리를 하늘로 향한 채 누워 있었다. 왼쪽 팔이 잘려나간 이무기였다. 내리는 비가 장대비였으면 이무기는 용이 되어 하늘로 올라갔을지도 모른다는 생각이 들었다. 다시 왼쪽 어깨가 쑤셔왔다. 어깻죽지에 붙인 파스가 따가웠다. 이무기 뒤쪽은 소나무 숲이었다. 적송이었다. 소나무 밑에 넓게 퍼져 있는 시든 칡넝쿨은 전사한 해병대원이 남긴 헬멧처럼 보였다.

시동을 건 그는 차를 출발시키지 않았다. 모든 것이 멈춰선 느낌이었다. 자동차 엔진 돌아가는 소리만 들렸다. 자꾸 몸이 근질거렸다. 다시 먹구름이 몰려오고 있었다. 산을 넘어 진군하듯 기세게 밀려들었다. 건넛산에는 이미 검은 구름이 중턱까지 덮쳤다. 소나기가 내리고 있음을 추측할 수 있었다. 공기는 더욱 어두워졌다. 아무것도 보이지 않았다. 빗방울이 굵어진 모양이었다. 빗방울 소리가 들리기 시작하자마자 거세졌다. 밖은 어둡지 않았지만 흐르는 빗물도 보이지 않을 작정이었다. 지붕을 때리는 빗소리에 엔진 소리도 사라졌다. 냄새가 비릿했다. 바다 내음 같기도 했고 빗물 냄새 같기도 했다. 밤꽃 냄새 같기도 했다. 그는 비상등을 켰다. 녹색 화살표가 깜박거렸다. 요즘 자꾸 눈이 침침해진다. 병원에 가 보아야 하는데 두렵다.

"유격훈련 때는 비가 자주 왔었지…. 그래서 더 외로웠던가봐."

그가 다시 유격훈련 때의 이야기를 시작했다. 그때 창문을 두드리는 소리가 들렸다. 시커먼 형체 여럿이 보였다. 군인들이었다. 5분대기조가 출동을 했군, 그가 말했다. 딸아이의 방문 안에 붙어 있던, 인터넷 게임 전사들 같았다.

"저기 보이는 초소가 내가 근무했던 32초소야."

그는 전망대 바로 옆 초소를 가리키며 말한다.

"31초소…."

이름이 없기는 503호 아줌마와 다를 게 없었다. 31초소 앞 철책선은 쇠기둥에 의지해 서 있다. 처음에는 하얀 페인트가 칠해졌을 Y자형 쇠기둥은 이미 누렇게 변색되어 있다. 기둥과 기둥 사이를 잇는 철망은 새카맣게 녹슬었다. 녹슨 철망은 붉지 않다. 검다. 기둥 위에 얹혀 둥글게 말려 있는 철망도 검은 빛을 낸다. 누런 쇠기둥은 떨어진 녹물로 군데군데 검은 반점을 갖고 있다. 검은 점은 점점 그 세력을 확대해 나갈 것이다. 나는 또다시 습관처럼 발끝을 내려다보았다. 언제 칠했는지 쇠기둥마다 아랫부분에 하얀 띠가 칠해져 있다. 하얀 띠 부분에 검은 띠를 두른 하얀 애자가 4중으로 달려 있고, 애자의 허리를 묶은 전선이 끝없이 이어져 있다. 전기가 흐르는 철책선에도 헝겊은 묶여 있다. 나는 또다시 종이를 꺼내들며 중얼거렸다.

"매듭을 푸는 게… 끌라끄…?, 딸라끄…!."

마흔 하나가 된 지금, 내 존재는 어디에도 없다. 그저 김밥아줌마, 아니면 누구 엄마, 503호 아줌마라는 이름 뿐이다. 지구상에 내 흔적은 없을 것만 같다. 그래서 나는 날마다 조금씩 슬퍼지고 날마다 조금씩 사라진다고 느낀다. 나는 빨리 늙어 노인이 돼버렸으면 좋겠다고 여긴다. 그러면 아무 시간이나 하루종일 공원에 앉아 있을 수도 있고, 또 운이 좋으면 마당에 텃밭을 가꿀 수도 있다. 그 때까지 눈이 아주 나빠지지 않는다면 읽고 싶은 책도 마음껏 읽을 수도 있을 것이다. 나는 그런 노인네의 특권을 빨리 누렸으면 좋겠다고 생각한다.

그가 내 손을 잡고 계단 쪽으로 끌었다. 다시 그의 손이 내 손목 주위에서 미끈덕거린다. 벌써 다섯 시가 넘었다.

사실 남한 쪽이 더 볼 것이 많아. 내려가서 펀치볼 마을 전경을 봐. 아마 무척 감동할 걸? 그의 손에 이끌려, 비 오는 날에는 2층에서 보이지도 않는다는 1층 앞마당에 있는 주차장으로 내려간다. 먼저 내려가는 그의 머리를 보며 따라 내려간다.

펀치볼 마을은 사방이 병풍처럼 산으로 둘러싸여 있었다. 커다란 둥근 공으로 크게 한방 얻어맞아 생긴 움푹한 자국처럼 둥근 펀치볼 마을. 논과 밭이 온 마을을 구성하고, 얕은 언덕조차 없는 편안한 마을. 펀치볼 마을에는 벌써 저녁노을이 물들고 있다.

이곳에 오는 사람들은 모두 북녘 땅은 볼 것이 없고 오히려 남녘의 펀치볼 마을의 전경에 감탄사를 내쏟곤 하지. 그가 말했다. 그러나 그것은 모르는 소리다. 500여 가구가 살고 있지만 인구는 700여 명에 불과한 마을. 한 가구의 가족이 두 명 혹은 한 명뿐인 마을이 얼마나 삭막한지 그는 모른다. 해안마을 다방 아줌마는 이 마을을 뜨는 것이 소원이라고 말했다. 겉보기에는 아늑한 시골마을이지만 그 안의 농부들의 고달픈 삶을 누가 알 것이냐고 나는 낮게 중얼거린다.

주차장에 버스 한 대가 들어온다. 이어서 자동차 두 대가 또 들어온다. 한 떼의 여자들이 버스에서 내리고, 늙은 세 부부가 두 대의 자동차에서 내린다. 철책에 묶어놓은 천이 바람에 흔들린다. 사진에서 설명했던 메시지다. 그것은 결혼 초기 남편과 함께 갔던 카페 천장에 매달린 쪽지처럼 느껴진다. 무슨 사연을 그리도 많이 달아놓았는지 알 수 없는 일이었지만, 그때 남편과 나는 우리의 사랑이 영원히 변치 말자는 내용을 적었을 것이다. 그리고 그것을 천장에 매달았을 것이었다. 많은 것들의 기억이 흐릿하다. 그러나 종이쪽지를 매달며, 그것이 부적 같다고 생각했다는 것만은 선명하다.

그것이 바닥으로 떨어지면 남편과도 끝날 것 같아 불안해했다. 차라리 사랑한다는 말은 적지 말 걸 그랬다고 후회했다.

다시 나는 '딸라끄…' 하고 중얼거린다. 매듭을 풀고 싶다.

늙은 세 부부는 펀치볼 마을을 내려다보며 부자동네라고 말한다. 부부는 부자동네라는 말을 여러 번 반복한다. 논밭이 넓다고도 말한다. 논에는 어느새 벼가 누렇게 변해 있다. 그 위로 저녁 햇살이 비껴간다. 붉은 빛이다. 여자들끼리 온 사람들은 그런 말을 하지 않는다. 그들 중 한 여자가 비무장지대에는 희귀동식물이 많을 것이라고, 그런 것들을 찾아보고 싶다고 말한다.

다방에서 들은 지뢰밭 폭발사고가 생각났다.

오후 6시다. 관광객들이 모두 떠난 후에도 나는 자리를 뜨지 못했다. 다시 비가 오길 기다리고 있다. 철홍이는 벌써 아랫마을에 내려가 있다. 안내 소책자에는 펀치볼 마을의 특산품은 돼지와 뱀이라고 적혀 있다. 그러나 내 생각은 다르다. 펀치볼 마을의 특산품은 바람과 구름이다. 해질녘이 되면 산 밑에서부터 밀려드는 구름. 그는 전투기념비 앞에서 기록을 읽기 시작한다. 전투기념비문을 읽고 있는 그의 옆에 서서 나는 주머니 속의 종이쪽지를 꺼내든다.

이슬람의 딸라끄…, 우리나라의 이혼제도….[4]

이혼은 남편 쪽하고만 남남이 되는 것이지 그 이외에는 달라지는 것이 없다는 설명이다. 자녀 양육권이니 면접권이니 재산분할청구권 손해배상청구권 같은 낱말까지 등장한다. 게다가 이혼녀에 대한 주위의 시선을 자세히 적어놓고 있다.

그냥 내가 사라지든 아니면 남편이 사라져주든, 둘 중의 하나가 되어야 최상이다.

그는 계속해서 검은 돌에 새겨진 흰 글자를 읽고 있다. 그가 읽고 있는 기념비 옆에서 어린 군인들이 차량을 정비하고 있다. 남녘북녘 할 것 없이 구름이 몰려들고 있다. 해지기 전에 기념사진이라도 찍자고 그가 말한다. 부적처럼 철조망에 매달린 헝겊

---

4) 이혼에 의하여 부부 사이의 권리·의무, 즉 부양·협조·동거의무 등이 소멸된다. 다만 혼인 중에 하였던 일상가사 대리로 인한 책임 내지 연대보증 채무는 존속한다. 또한 배우자의 혈족(시누이, 시부모, 처제, 처남 등) 사이에 생겼던 인척관계도 이혼에 의하여 모두 소멸한다(민법 제775조 제1항). 그러나 아들딸의 신분에는 영향이 없다. 즉, 호적이 바뀐다거나 성(姓)이 바뀌지 않으며, 모의 자녀에 대한 친족관계도 소멸하지 않는다.

을 손으로 잡으며 포즈를 취했다. 멀리 펀치볼 마을이 보인다. 구름이 많고, 바람이 많은, 돼지가 편안한 마을이다. 나는 한 손으로 꼼지락거리며 손에 잡힌 헝겊조각의 매듭을 푼다.

딸라끄였다.

카메라를 든 그가 머뭇거린다. 어디에 있었는지 군인 둘이 급히 뛰어온다. 조금 전 빗속의 도솔산전투위령비에서 자동차 문을 두드렸던 군인이다.

"충성!"

군인 둘이 우리를 향해 손을 들고 경례를 붙인다.

"북쪽을 배경으로 해서는 사진을 찍을 수 없습니다. 사진은 저쪽 펀치볼 마을을 배경으로 해서 찍으시기 바랍니다."

군인의 목소리는 강경하다.

"그렇게 하면…, 저는… 북쪽을 바라보는 모습이… 되는데요…."

"제가… 북쪽을 보면서… 사진을… 찍어도 돼나요…?"

나는 말을 더듬는다. 안내원이 말하던 국가보안법이 떠오른다. 손이 떨린다. 내 물음에 군인은 잠시 멍한 표정을 지었지만, 얼굴을 붉히며, 빠른 어조로 말한다.

"아무튼 사진은 펀치볼 마을 쪽으로만 찍을 수 있습니다."

북쪽을 바라보고 선다. 등 뒤로 감춘 오른손에 빛바랜 헝겊조각이 쥐어져 있다. 갑자기 눈물이 난다. 그의 눈앞에서 디지털카

메라가 반짝하고 빛난다. 나는 형겊이 묶여 있는 철책을 통해 북녘 땅을 바라보고 있다. 사진에는 내 등 뒤에 있는 돼지가 편안한 마을이 찍혔을 것이다. 구름과 바람도 찍혔을 것이다. 어쩌면 더 멀리 503호에서 잠자고 있는 남편도 찍혔을지 모르는 일이다. 다시 나는 입술을 딸싹거린다.

　"딸라끄…."

카페 밀레니엄

카페 밀레니엄

　시험 첫날 시험장에서 한 여자를 보았다. 시험장 문을 열고 들어서자마자였다. 머리카락을 뒤로 질끈 동여맨 여자였다. 여자의 책상에는 붉은 프리지어가 놓여 있었다. 붉은 프리지어라니? 그건 선희만이 알고 있는 꽃이었다. 물론 선희만 알고 있다는 말은 거짓말이다. 그러나 대부분의 사람들은 노란 프리지어만을 안다. 선희는 좀 특이했다. 선희에게 생각이 미치는 순간, 이유도 없이 가방 끈이 끊어졌다.

　툭.

　조용했던 시험장 안에 가방 떨어지는 소리가 파동을 일으키며 퍼져나갔다. 시험 첫날부터 가방이 떨어졌다. 혹시 모든 것이 예정되어 있는 것은 아닐까? 가방끈이 끊어진 것이 그 전조가 아닐까? 가끔 신들은 우리들의 미래를 먼저 보여주는 경우가 있다. 소리의 파문 끝에 여자가 고개를 돌렸다. 내게로 향한 여자의 얼굴에서 나는 그녀를 보았다.

1년 전에 사라졌던 선희였다.

"商行爲에 의한 連帶債務의 附從性에 대해서 論하시오."

선희와 내가 써야 할 시험문제였다. 어쩌면 그 사내도 여기 있을지 모른다.

사내도 이 문제를 풀어야 한다면…, 그건…, 있을 수 없는 일이다. 나는 그냥 그를 사내로 불렀다. 사내는 색깔도 없는…, 그저 그림자 같은 존재였다.

연대보증은 부스럼과 같다.

연대보증의 〈부종성〉이란 글자에서 왜 부스럼이 생각났는지 모를 일이었다. 종기가 생각났는지도 모른다. 금호동金湖洞 시절의 어린 내가 항상 머리에 부스럼을 달고 다녔기 때문일지도 몰랐지만, 연대보증의 부종성이 부스럼과 연관될 이유는 없었다. 아무튼 나에게는 천 년 동안 따라다니는 연대보증책임이 있었다. 쌍방연대보증이 아니라 내 쪽에서만 책임져야 하는 일방연대보증이었다. 선희는 내 삶에 대해 아무런 책임이 없음에도 불구하고, 나는 그녀의 삶에 대해 천 년 동안 책임이 있다는 말이 꼬리를 문다. 그러니까 나는 그녀의 삶에 뒤따라가는 생활을 할 수밖에 없는 운명인 것이다.

연대채무의 기본개념은 하나의 채권에 대하여 두 명 이상의 채무자가 **동일하게 · 전적으로 · 무한대**의 책임을 진다는 것이다. 연대 채무자 두 사람은 채권자의 입장에서 보면 같은 사람이다. 한 사람이 두 개의 몸으로 복제되어 생활하는 SF영화와 다를 바 없다. 그러므로 그녀가 왜 이곳에 있느냐고 묻는다면 우문 愚問이다.

사법고시 2차 시험. 최소한 원고지 여섯 장 길이로 써야 한다. 천 글자는 넘겨야 한다는 말이다. 부종성이라는 말에 나는 다시 한 번 그녀의 뒷모습을 바라보았다.

연대채무의 경우, 채권자는 두 채무자 중 어느 한 사람을 찾아가 그 사람에게 채무 모두를 변제할 것을 요구할 수 있고, 그 채무자는 다른 채무자가 있는데 왜 나에게 채무변제를 요구하느냐고 항변할 수 없다. 다른 채무자가 바로 자기 자신이기 때문이다. 연대채무자와 원채무자는 법적으로 붙어 다닌다. 그것이 연대채무의 부종성이다. 부종성이라는 문구에서 내가 선희를 바라본 것은 무엇 때문이었을까?

우리 두 사람의 관계는 그랬다. 두 사람 중 어느 누가 먼저 이 세상에서 사라지면, 남은 사람이 그 사랑을 뒤이어 완성해야만 하는. 그런 사랑이 가능한지는 자신이 없지만, 우리 둘은 그렇게 생각했던 게 틀림없다. 죽어서라도 이루어야만 하는 사랑이었다.

선희는 나를 보고도 전혀 동요하지 않는 듯했다. 그래서는 안 되는데, 답안지를 앞에 두고 나는 자꾸 그녀를 흘끔거렸다. 그런 나와는 달리, 그녀는 나를 모르는 사람처럼 행동했다. 지난 이틀 동안 그녀는 항상 마지막에 답안지를 제출할 정도로 답안 작성에 최선을 다하는 모습을 보였다. 사실 나 혹은 그녀에게 우리 둘의 관계와 관련이 있는 부종성문제가 상법문제로 출제된 것은 행운이었다.

상법.

그렇다. 선희와 나와의 관계는 상법의 적용을 받는 관계였을 지도 모른다. 정말 상거래관계였을까? 만약에 그렇다면 정말이 지 불행한 일이다. 한 남자와 한 여자가 상거래관계가 될 수 있 다는 것은 무엇을 말하는 것일까? 매춘이 아닌 다음에야 어떻게 남녀관계가 상법에 의해 판단될 수 있단 말인가. 그녀의 모습이 갑자기 두 개로 겹쳐져 보였다. 사흘 동안 계속된 시험의 피로감 이 일시에 몰려들었다. 정신을 차려야 한다. 마지막 시험이다. 머리를 세차게 흔들었다. 흔들리는 두 눈으로 들어온 부종성이 라는 하나의 글귀가 두 겹, 세 겹으로 겹쳐졌다. 머리가 찌릿했 다. 아득하게 땅 속으로 한없이 까부라졌다. 정신이 몽롱해지며 빙글빙글 도는 동굴 속으로 떨어지는 느낌이었다.

천 년 동안의 책임이라는 말은……, 사실 나 혼자만의 생각인 지도 모른다. 어떤 의미에서든 그녀가 내 삶에 대해 책임을 느끼고 있을 가능성은 대단히 높다. 오히려 그녀만이 내 삶에 책임을 지고 있는지도 모를 일이다. 그렇게 생각한 적이 있기라도 한 걸까. 한번쯤은 나에게 책임지라고 말을 했어야 하지 않았을까….

그녀가 나에게 자기 삶에 대해 책임지라고 요구한 적이 없는 것처럼, 나도 그런 말을 하지 않았다. 그녀와 나는 늘 그래왔다. 책임지라는 말도, 너뿐이 없다는 말도, 심지어 사랑한다는 말도 한 적이 없었다고 말해야 옳다. 우스갯소리로…, 책임을 지우지 않는 범위 안에서만 사랑이라는 단어를 사용했다.

농담처럼, 혹은 재미처럼.

그러니 법적으로는, 우리 둘 어느 누구에게도 연대보증 책임이 있다는 말은 틀렸다. 더군다나 그 연대보증이 부종성이란 이름으로 우리 둘을 졸졸 따라다니지도 않았다. 따라서 그것은 법적 관계가 아니라 호의관계였다. 그럼에도 내가 연대보증책임을 느끼는 이유는 뭘까. 더군다나 천 년 동안 좇아다니는 책임이라니. 천 년 동안의 연대보증을 어떻게 설명해야 한단 말인가.

사법고시에서 연대보증의 부종성이 상법 문제로 등장한 것은 매우 특이한 경우였다. 그녀와 나와의 관계가 상거래 관계였다면, 그것 역시 드문 경우에 해당될 터였다. 붉은 프리지어도 드문 꽃이었다. 불온한 관계란 흔하지 않기 때문에 붙여진 이름이다. 어떤 일이든 자주 일어나면 불온할 수 없다. 따라서 붉은 프리지어도 불온한 꽃이었다. 그녀는 어떤 생각을 하고 있을까 궁금하다. 그녀도 우리들의 관계를 기억해내고 혼란스러워 하고 있을까? 그녀와 나와의 관계는 과연 어떤 것인지 의심스럽다. 이미 기억도 아슴푸레하다. 오직 기억나는 것이라곤 '밀레니엄' 뿐이다.

어쩌면 '밀레니엄' 하나로 모든 것이 설명되어지는 것인지도 모른다.

우리 둘의 관계가 특이하게도 상거래 관계처럼 돼버린 것은 그녀와의 첫 만남 때부터였다. 그녀를 처음 만난 것은 방송국 정문 앞에 위치한 '카페 밀레니엄'에서였다. 그녀와 마지막으로 함께 있었던 곳은 또 다른 곳의 '카페 밀레니엄'이었다. 그리고 '카페 밀레니엄'에는 검은 사내가 있었다.

어쩌면 내가 선희를 만난 곳은 오직 그 사내가 있는 '밀레니엄' 뿐이었는지도 모른다. 그녀가 떠나면서 '밀레니엄'도 사라졌다. 기억이 희붐하다. '밀레니엄'이 아닌 다른 곳에서 만난 적이 있는지 없는지 기억되지 않는다. 새천년이 시작되고도 많은 시간이 흐른 지금이야 밀레니엄이라는 말이 너무 흔하다 못해 낡은 말이 되고 말았지만, 1989년 가을, '밀레니엄'이라는 상호는 생뚱맞았다. 우리는 그곳에서 천년의 사랑을 약속했다. 천 년의 사랑을 약속한 이유 중에 우리들의 사랑이 변치 않았으면 하는 바람이 전혀 없었다고는 할 수 없겠지만, 내가 그 단어를 입에 올린 것은 순전히 카페 이름 때문이었다.

방송국 구성작가로 있는 친구를 만나러 갔을 때, '카페 밀레니엄'에 그녀가 있었다. 전철역에서 내려 200-1번 버스를 타고 세 정거장을 가면 동양신문사 문화센터 건물이 나온다. 문화센터와 방송국 사이에 조립식 가건물이 있고, 그 가건물 가운데에 위치한 것이 '카페 밀레니엄'이었다. 그 동네에서 유일하게 1층에 있고, 양쪽으로 커다란 창문이 뚫려 있는 깨끗한 카페였다. 그녀는 나보다 세 살이 위였지만 처음 보았을 때 나는 그녀가 대여섯 살 위라고 생각했다. 향이 독하다는 아이리쉬 커피를 좋아한 그녀는 어떤 커피가 맛있느냐는 내 물음에 당연하다는 듯이 눈을 크게 뜨면서 '아이리쉬요'라고 대답했다. 아이리쉬라는 커피를 만들기 위해 그녀는 고개를 약간 외로 틀고 밑이 뚫린 검은 기구를 흔들었다. 흰 여과지가 검은 플라스틱 체 밑에 뚫린 구멍을 막고 있었다. 커피를 거르는 체 같은 것이었다. 손의 흔들림에 따라 검은 체 아래로 붉은 빛 커피가 흘러내렸다. 커피는 점점이 물방울처럼 떨어져 내렸다. 여과지는 촘촘했다. 진갈색의 커피 원두에서 붉은 빛을 띠는 커피가 나오는 것이 신기했다. 고개를 갸웃거리며 중얼거리는 나에게 선희가 묻지도 않은 말에 대답을 했다.

"처음 뽑을 때에는 커피 본래의 색이 나와요. 시간이 지나면 점점 색이 바래져서 붉은 빛깔이 사라지고 검어지지만 …… ."

갑자기 그녀가 말끝을 흐리며 고개를 숙였다.

"시간이 …… 지나면 …….'

"모든…… 게 …… 변 …… ."

띄엄띄엄 이어지던 그녀의 말이 끝을 잇지 못하고 흐려졌다. 모든 게 변한다고 말하고 싶었던 모양이었다. 검은 기구 위로 삐죽이 나온 흰 여과지만큼이나 그녀의 얼굴은 창백했다. 오랫동안 고개를 떨어뜨리고 뭔가를 생각하던 그녀가 고개를 숙인 채로 내게 물었다.

"천 년 동안 변하지 않는 게 있을까요?"

천 년 동안 변하지 않는 것이 무얼까 생각해 보았다. 알 수 없었다. 그 답을 생각해내지 못하는 내가 무척 부끄러웠다. 그녀는 항상 그 검은 체를 손에 들고 있었다. 커피 전문점인 '카페 밀레니엄'에는 전기 커피메이커도 없었고 인스턴트커피도 없었다. 주문을 받으면 그때부터 검은 체로 커피를 내렸다. 그녀는 붉은색이 사라지기 전에 마셔야 커피의 제 맛을 느낄 수 있다는 말을 무슨 주문처럼 외우고 다녔다.

커피 열매는 원래 홍자색이란다. 때문에 그 종자인 커피 원두에 붉은 빛깔이 숨어 있단다. 그녀가 다시 커피에 대해 설명을 시작했다. 아무리 검게 볶아도 커피 원두는 붉은 색을 간직하고 있다가 뜨거운 물을 만났을 때 비로소 붉은 빛깔을 내놓는단다. 커피나무 열매의 붉은 빛깔은 씨로 남아있을 때에만 오래도록 변하지 않는다. 그 붉은 빛깔은 천년이 지나도 변하지 않는 감동을 만들어낸다.

"천 년이 지나도 붉은 빛을 잃지 않는 커피나무의 씨가 되고 싶어."

설명을 마친 그녀의 말이었다. 그녀는 커피나무와 닮은 구석이 없었지만 나는 그녀를 볼 때마다 커피나무가 생각났다. 가지가 잘려 기둥만 남은 커피나무라면 선희처럼 가냘프게 보일까?

커피 열매에서 빼낸 씨는 하얀 빛깔이라고 했다. 약한 회색빛을 띠는 것이 보통이지만, 아주 드물게 회색빛이 너무 엷어 흰색으로 보이는 원두가 있다고 덧붙였다. 불에 볶기 전 색깔이 흰색에 가까울수록 좋은 원두라고 말하며 그녀는 가늘게 웃었다. 그녀의 얼굴은 흰색의 원두처럼 보였다. 창밖의 바늘꽃이 하얗게 웃고 있었다.

그 회색의 커피 씨를 볶으면 우리가 볼 수 있는 진한 갈색의 원두가 된다. 찢겨 버려진 커피 열매의 붉은 빛깔이 진한 갈색의 원두에서 배어나온다는 것만큼, 그녀가 사법시험장에 앉아 있는 것이 생게망게했다.

혹시 그녀도 지금 나와의 관계를 떠올리고 있을까?

'債權債務關係는 한 개의 債權에 대해 한 사람의 債務者가 있는 것이 보통이다. 그러나 連帶保證債務의 경우, 保證을 서는 순간부터 하나의 債權에 두 사람 이상의 債務者가 同時에 따라다닌다. 債權者는 두 사람 중 아무에게나, 혹은 두 사람 모두에게 同時에 債務辨濟를 要求할 수 있다. 그것이 附從性이다.'

　선희를 처음 만난 서른 살 때부터 나는 이미 사법시험에 자신을 잃고 있었다. 그때는 내가 세 번째로 사법고시 2차시험을 마친 직후였다. 나는 학교에서 실시하는 모의고사에서 항상 우수한 점수를 기록하고 있었다. 주관식 문제에 대해서 유난히 자신감에 차 있었다. 대학생활 내내 나는, 1차시험만 합격하면 2차시험은 당연히 붙을 것이라는 평을 들었다. 그러한 평가는 나 혼자만의 것이 아니라 다른 동문들, 그리고 교수님들 사이에서도 공공연했다. 그런 주위의 평가를 받으며 공부해왔다. 그러나 1차시험을 합격한 다음 나는 2차시험에서 번번이 떨어졌다. 선희를 만난 그해에도 시험에 자신이 없기는 마찬가지였다. '카페 밀레니엄'에서 선희를 만난 게 그 즈음이었다.

　일주일 후부터 나는 합격자 발표를 기다리며 매일 '밀레니엄'에 갔다. 친구를 만난다는 구실이었다. 그러나 사실은 그녀를 만나기 위함이었음을 부인할 수 없다. 두 번째 그곳에 갔을 때, 그녀는 내게 단골손님인 것처럼 말을 건네왔다. 어떻게 한 번 온 사람을 기억하는지 모르지만, 그녀는 나를 정확히 기억했다. 친구는 나를 고시공부하는 예비판사라고 소개했다. 그러나 그것은 친구가 지나가는 말로, 한마디 한 것에 불과했다. 일주일 전 그녀와 나는 인사로 고개만 끄덕였을 뿐이었다. 그런데 그녀는 나를 기억하고 있었다. 그녀가 나를 기억한 이유를 알게 된 것은 내가 '밀레니엄'에서 일하기 시작하고도 한참 후의 일이었다.

"손님을 기억하는 건 경영기법의 일종으로 목표관리의 기본사항이야."

목표관리를 쉽게 설명하겠다며 그녀는 일본에 있는 한 음식점을 예로 들었다. 식당업을 준비하던 한 창업자가 음식이 제일 맛있다는 곳을 은사로부터 소개받아 들렀을 때, 맛이 형편없더란다. 다녀온 소감을 묻는 은사에게 좋지 않았다고 부정적으로 말한 것은 당연했다. 은사는 한 번 더 갔다오면 달라질 것이라며 굳이 다시 갈 것을 권했다. 은사의 강권을 거절하기 어려워 두 번째로 갔을 때 전보다는 맛이 좋아졌지만 그저 그렇다는 느낌을 받았다고 했다. 그리고 세 번째로 갔을 때에는 맛이 매우 좋게 느껴졌고, 네 번째로 갔을 때 그 남자는 맛이 완벽하게 좋은 음식만 나온다며 감탄했다. 비결은 간단했다. 그 음식점에서 손님이 남긴 음식과 남기지 않는 음식을 일일이 기록하는 데 있었다. 다음에 그 손님이 다시 왔을 때에는 남긴 음식은 모두 빼고 남기지 않은 음식에 새로운 음식을 추가해서 내놓았고, 간의 짜고 싱거움까지도 기록하는 무식한 경영기법을 도입하고 있었던 것이다. 그런 종류의 고객관리가 바로 목표관리라는 경영기법이었다. 그 모든 것을 기록하는 경영기법 중에 고객의 이름을 기억하는 것은 너무도 기본적인 일일 것이었다.

"카페에서도 마찬가지야. 그 사람 입맛에 맞는 커피를 주는 거지. 그런데 카페에서 손님의 취향을 알기는 어렵거든. 그래서 나는 손님을 기억해주기로 했지. 그러면 반드시 다시 오더라구. 자주 오게 되면 취향도 조금씩 알게 되고…. 내가 전기 자동 메이커가 아닌 핸드 메이커로 커피를 내리는 이유도 거기에 있어. 주문한 사람의 입맛에도 맞추고, 맛과 향이 변하지 않은 신선한 커피를 주고 싶어서야."

커피에 대해서 설명을 하는 그녀의 얼굴에 홍조가 묻어났다.

"커피란 그런 거지. 맛있는 커피일수록 그 향과 맛을 빨리 잃어버리니까. 그러나 마시고 난 다음의 느낌은 오래 가거든."

이렇게 말하고 선희는 한참동안 멍하니 커피를 바라보고만 있었다. 무슨 주문을 외우는 것 같기도 했고, 명상을 하는 것 같기도 했다. 이상한 느낌이었다.

"사실 내가 파는 건 커피가 아니고 그 느낌이라고 말해야 정확한 말이 돼. 나는 분명히 그 느낌을 팔고 있어. 오래도록 지워지지 않는 느낌. 그걸 알아주는 사람이 몇이나 될까 의심스럽긴 하지만."

말을 멈추고 잠시 눈을 감고 있던 그녀가 다시 말을 이었다.

"처음 먹는 커피에서는 깊은 맛을 느낄 수가 없어. 자꾸 먹어야 느낄 수 있지. 인이 박힌다고 말하잖아. 정이 든다는 것과도 비슷해. 사실 내가 너를 만난 것도 그래. 그냥 평범한 손님에 불과했었거든……. 네가 말이야."

자기가 나를 기억했던 것은 그런 경영기법의 한 가지에 불과했었다고 말하며 그녀가 눈을 가늘게 뜨고 웃었다.

가늘게 웃으며 손님에 불과했었다고 말했다.

불과했었거든, 이라고.

했었거든 이라는 말을 할 때, 그녀는 또박또박 글자 하나하나에 강한 악센트를 주었다.

"했, 었, 거, 든."

첫날 그녀가 나에게 고개를 까딱이며 인사를 할 때에도 눈을 가늘게 뜨고 웃었던 것 같다.

선희의 그 웃는 모습 때문이었을까. 일주일 후 '밀레니엄'에 다시 간 것은 순전히 무료함 때문이었지만, 그녀의 크랙처럼 가는 눈을 다시 보고 싶다는 잠재의식도 있었을 거였다.

탁자에는 이름 모를 붉은 꽃이 화병에 꽂혀 있었다. 나는 그것을 친구가 지적했을 때에야 겨우 알았다. 친구가 오기 한 시간 전부터 기다리던 내가 꽃이 있다는 것을 몰랐던 것은 당연히 있어야 할 것으로 생각했기 때문이었을 거였다. 그녀가 꽃 옆에서 가늘게 웃었지만 나는 '꽃이 있구나' 하고 느끼지 못했다. 친구는 현관문을 열고 들어오면서 '꽃을 사오셨네요', 라고 그녀에게 인사했다. 꽃이 놓인 날은 영업이 일찍 끝난다고 친구는 말했다. 그 이유가 무엇인지 궁금하지만 아직 그녀에게 물어보지 못했다고 했다. 붉은 꽃이었다. 아직 활짝 피지 않아서 꽃봉오리의 끝 부분만 빨갛고 거의 대부분은 파란색이었다. 그녀는 꽃을 좋아하지 않는다고 했다. 쉽게 수긍할 수 없는 말이었지만, 꽃을 좋아하는 여자는 감정의 기복이 심하다며 꽃을 좋아한다는 자신의 친구를 조금은 경멸하는 듯이 말했다. 진정으로 꽃을 좋아하는 사람은 꽃이 시들어 떨어지는 모습까지도 사랑할 수 있어야 한다고 주장했다. 바닥에 떨어진 시든 꽃잎이 거름이 된다는 걸 알아야 한다며 얼굴을 붉혔다. 다시 그녀의 눈이 가늘어졌다. 선희는 웃을 때에도 울 때에도 눈이 가늘어졌다. 눈동자가 보이지 않을 정도로.

"죽은 아이가 생각날 때면 나도 모르게 모든 탁자에 프리지어를 꽂아 놓게 돼. 아기의 영혼이 그렇게 시키는가봐. 이상하지. 어느 순간 내가 꽃가게 앞에 서 있는 거야. 프리지어가 다발로 꽂혀 있는 가게 앞에⋯⋯. 아기가 생각날 때면 반드시 그런 일이 일어나곤 해. 꽃을 좋아하지도 않는데 봄꽃인 프리지어를 어떻게 찾아내는지 몰라⋯⋯."

그녀는 프리지어 꽃이 아주 드문 듯 말했지만, 흔한 꽃이라는 것을 그녀의 생일날 알았다. 물론 그녀가 좋아하는 붉은 프리지어는 귀했다. 생일 선물을 사기 위해 찾아간 꽃집 문 앞에는 노란색 프리지어가 흙색 플라스틱 함지박에 뭉텅이로 꽂혀 있었다. 세 줄기 한 묶음이 천 원씩 하는 값싼 꽃이었다. 붉은 프리지어는 없었다. 그러나 그녀에게는 붉은 프리지어라야만 했다. 우산 속에서 비를 맞으며, 나는 붉은 프리지어를 찾아 이곳저곳을 헤맸다. 결국 고속버스터미널의 꽃시장에 가서야 프리지어를 살 수 있었다. 붉은 프리지어를.

그녀는 아기가 있었다고 말했다.

"아기가 있었어."

"무슨 말이야?"

"내게 아이가 있었다구!"

"……"

"그런데, 그런데…, 죽…었…어……."

그렇게 말하는 그녀의 얼굴이 검붉게 변해갔다.

지금 있는 게 아니라 과거에 있었다고 했다. 그러니까 지금은 없다는 얘기다. 생일을 지낸 지 일주일 만에 아기를 낳았다고 했다. 아기가 죽는 것을 보지도 못했다며 훌쩍였다. 아이를 임신한 가운데 남자는 다른 여자와 결혼을 했고, 낳자마자 아이를 빼앗아 갔다. 이름도 없는 아기를. 남자에게 끌려간 아이는 1년 만에 죽었다. 그녀가 연락 받았을 때, 아기는 이미 하얀 재가 되어 서해 바다에 흩뿌려진 뒤였다. 서해 바다에 뿌려주었다고 말하는 남자는 덤덤했다. 그녀가 할 수 있는 일은 어딘지도 정확치 않은 서해안에 어미의 눈물과 꽃잎을 뿌려주는 일 뿐이었다. 아이의 아빠는 그녀에게 차라리 잘된 일인지도 모른다고 말했다. 자기가 아이에게 해줄 수 있는 것이 별로 없었다고 변명했다.

선희는 남자가 어디에 사는지 모른다고 했지만, 나는 가끔 그 사내를 보았다. 언뜻언뜻 창가에 서성이는 검은 그림자를 나는 느꼈다. 그렇다, 사내는 끊임없이 선희 주변을, 아니 우리 둘 주변을 맴돌고 있었다. 이상한 것은, 그 검은 그림자가 낯설지 않다는 사실이었다.

"어디서 봤더라…, 어디서… 봤더라…."

나는 직감적으로 선희가 말하는 그 남자가 사내임을 알고 있었다.

아버지는 내가 판사가 되길 바랐지만 내가 사법시험을 준비하는 데 어떤 도움도 못 주었다. 아버지는 나에게 법에 대해서 단 한마디도 조언을 해주지 않았고, 책을 충분히 사주지도 못했다.

"이 놈은 반드시 법관을 만들고 말겠어."

나를 낳았을 때 아버지가 한 말이라고, 어머니는 내게 알려 주었다. 자신이 못한 일을 자식이라도 이루길 바라는 고루함이었다. 아버지는 소학교만 나온 다음부터 홀어머니를 부양해야 했었다. 어머니와 결혼한 뒤 검정고시를 통해 대학입학자격을 딴 아버지는 야간대학의 법학과에 입학해 사법고시 준비를 했다고 말했지만, 그게 사실인지는 알 길이 없다. 진짜로 내가 판사가 되길 바랐다면, 그리고 아버지가 사법고시 준비를 한 사실이 조금이라도 있었다면, 중 · 고등학교 시절 나에게 그 준비를 시켰을 것이었다. 아버지는 내가 고등학교 2학년 때 문과가 아닌 이과를 선택했을 때에도 법대를 가기 위해서는 문과를 선택해야 한다고 말하지 않았다. 그때 나는 법관이 아니라 과학선생을 꿈꾸고 있었다. 내 친구들은 모두 문과가 아닌 이과를 선택했다. 나는 영어나 사회과목보다는 수학과 물리가 재미있었다. 천 년에 한 번씩 지구의 주기가 바뀐다는 얼토당토않은 말에 매혹되곤 했다. 가끔 블랙홀로 빨려들어가 새로운 세계에 도달하는 꿈을 꾸었다. 내가 이 가난으로부터 탈출하는 방법은 벌레구멍을 통해 이곳을 탈출하는 길뿐이었다.

아버지는 대학교 입학원서를 쓸 때 법학과에 지원할 것을 강요했고, 법학과에 입학하자 숨기지 않고 기뻐했다. 금방 판사가 될 것처럼 떠들고 다녔다. 아들이 법과대학에 입학했다며 친구들에게 술을 사기도 했다. 이제 곧 아들은 판사가 될 것이라고 장담했다. 그러나 대학을 졸업하고 몇 년이 지나도록 나는 합격하지 못했다. 아버지가 판사 아들을 포기할 즈음 나도 자신감을 잃어가고 있었다. 선희를 만난 것은 마지막 안간힘을 다해 시험을 치르고 난 직후였다. 머리가 팽팽 돌아가는 갓 스물 넘은 젊은 애들과의 경쟁은 지긋지긋했다. 그때까지 견뎌온 것만 해도 미칠 지경이었다.

다음날에도 나는 밀레니엄 카페에서 커피를 마셨다. 전날 꽃아놓은 프리지어가 활짝 펴 붉은 잎새를 자랑했다. 친구를 기다린다는 핑계로 혼자 남았다. 문 닫을 때까지 커피를 마셨다.

한 여자가 대여섯 살쯤 돼 보이는 남자아이를 데리고 들어와 삼백 원만 도와달라고 말했다. 여자는 웃으며 더 많이 주면 고맙다고 덧붙였다. 여자의 손에 얼마인가 지폐를 쥐어준 그녀는 커피도 한잔 마시고 가라 했다. 여자는 커피를 마시지 않고 그냥 나갔다.

문 닫을 시간이라는 말을 듣고 자리에서 일어나며 본 프리지어는 그녀의 얼굴만큼이나 지쳐보였다. 물끄러미 프리지어를 내려다보고 있는 나에게 쫓는 것 같아 미안하다고 말하는 그녀의 목소리가 버석거렸다. 얼굴은 시든 꽃잎처럼 흐늘거렸다. 그녀의 얼굴을 안아 주고 싶다는 생각이 불현듯 일었다. 시든 꽃조차 좋아할 수 있는 사람만이 꽃을 좋아할 자격이 있다는 선희 말에 따른다면, 그때의 나는 선희를 사랑할 자격이 있는 남자였다. 문을 나서자마자 불이 꺼졌다. 다음날에도, 그 다음날에도 나는 '밀레니엄'에 갔다. 그날 이후 프리지어는 볼 수 없었다. 그것이 그해 마지막 프리지어였다.

처음 며칠간은 작가 친구를 기다리는 척했고, 그녀는 친구가 오지 않는다며 걱정해 주었다. 시간이 지남에 따라 그녀는 내가 친구를 만나러 오는 것이 아니라는 걸 알아챈 듯했다. 우리는 서로를 벽에 걸린 액자를 대하듯이 늘 그곳에 있어야 하는 사람으로 인정했다. 변명도 하지 않았고, 묻지도 않았다. 그녀가 그랬듯이 나도 그녀에게 말을 건넨다거나 눈길을 오래 준다거나 하지 않았다. 스포츠 신문을 들춰보던가 아니면 멍청히 창밖을 내다보았다. 사람들은 띄엄띄엄 '밀레니엄'에 들어와 커피를 마시고 이야기를 하고 밖으로 나갔다. 특별한 일은 일어나지 않았다. 가끔 빈 잔에 커피를 덤으로 채워주곤 했을 뿐이었다. 그녀는 커피를 조금 더 주는 것을 흔히 말하듯이 리필이라 하지 않고 덤이라고 말했다. 그녀의 얼굴은 점점 더 핼쑥해졌고, 내 얼굴은 점점 더 누래졌다. 매일 밤 열 시가 넘으면 스피커에서는 성당에서 들었을 것 같은 노래가 흘러나왔다. 묻지도 않았는데 그녀는 내 앞에 앉으며 「성모의 슬픔」이라고 가르쳐 주었다.

"이 노래를 들으면 울음이 멈춰져요. 마가레트 마샬이 부른 노래인데 소프라노이지요. 사람의 목소리 같지 않은……. 하늘에서 울려오는 소리 같기도 하고요. 성모님의 슬픔이 너무 커서 다른 슬픔을 덮어버리는 모양이에요."

말을 마친 그녀가 주방에서 커피잔을 들고 왔다. 고개 숙인 채 커피를 몇 모금 홀짝였다.

"글쎄요…, 정확한 이야긴지는 모르지만 슬픔 뒤에는 기쁨이 온대요. 우리들 몸 속에는 감정조차도 중립을 유지하려는 본능이 있어서, 슬픈 일을 겪은 다음에는 빨리 중립상태로 돌아가기 위해 기쁜 감정이 무의식중에 나온다는 거죠. 저는 왜 기쁜 일이 없는지 모르겠어요. 매일 「성모의 슬픔」을 듣기까지 하는데 말예요."

선희가 지금 울고 있는 것은 아닐까? 그녀는 좀처럼 고개를 들지 않는다. 그렇다고 손놀림이 바쁜 것도 아니다. 아직까지 답안 얼개를 짜는 중이라면 너무 늦었다. 내 답안지는 이미 연대보증에 대한 본론에 들어가 있었다.

'連帶保證債務者의 求償權은 法條文의 위로에 불과하다. 求償權을 행사해서 대신 물어준 빚을 되받는 경우는 거의 없는 것이 현실이다. 求償權을 갖고 있는 連帶債務者는 울음도 이미 말라 버린 뒤다. 체념 상태인 것이다. 어디에 있는지도 모르는, 혹시 안다고 해도 辨濟 能力이 없는 原債務者에게서 돈을 받아내는 것은 불가능한 일이다. 連帶保證을 約定한다는 것은 保證人의 삶 한 구석에 原債務者의 삶이 들러붙는다는 것을 意味한다. 떨어지지 않는 부스럼처럼…'

"저를 좀 도와줄 수 있겠어요?"
푸석한 얼굴로 선희가 말 끝에 피식 웃었다. 뭘 부탁하려는 건지 몰랐지만 나에게 도움을 청한다는 게 자기 딴에도 어색했던 모양이었다. 무슨 말인지 알 수 없다는 멍청한 표정으로 올려다보는 내 앞에 앉으며 그녀가 다시한번 말했다.

"도와주세요. 건물 주인이 나가래요. 다른 곳으로 이사를 해야 되는데 저는 아무도 없어요. 가게를 봐두긴 했지만 인테리어도 새로 해야 하고……, 공사 인부들을 다룰 자신도 없고……."

한숨을 내쉬기 위해 그녀가 잠깐 말을 멈추었다. 내가 '밀레니엄'에 출입하기 시작한 지 벌써 석 달을 넘기고 있던 즈음이었다. 그동안 나는 한 번도 그녀의 인척으로 보이는 사람을 만나지 못했다. 오로지 손님들뿐이었다. 친구도 없었다. 그곳에 들어오는 사람은 모두가 그녀와 상법관계에 있는 사람들이었다.

"처음 이곳에 카페를 열 때에는 그 남자가 옆에 있었어요. 모든 걸 그 남자가 다 처리했는데 이제 제 옆엔 아무도 없네요. 염치없다는 건 알지만……."

그 남자…, 아니 그 사내에게 받아야 할 빚을 나에게 받으려고 했던 것일까. 선희는 그 사내를 '그 남자'라고 말했지만, 나는 '그 사내'라고 불렀다. 어디서 본 듯한 그 검은 사내. 그림자처럼 '밀레니엄'에 붙어 있던 2차원의 사내….

아니면 나에게 무담보로 빚을 줄려고 했던 것일까. 그때는 사법시험 합격자 발표가 있은 지 이미 한 달이 지난 때였다. 우스갯소리로 그곳 '밀레니엄'에서 천 년 동안 일하고 싶다는 말을 한 적이 있기는 있었다. 그녀는 천 년 후에 생각해 보자고 응수했었다. 그런 일이 있은 지 보름도 안 돼서 애원하다시피 내게 매달렸다. 그녀는 몇 블록 떠나지 못하고 다시 카페를 차렸다. 또 다른 '밀레니엄'이 완성될 때까지 그녀를 도와 공사를 감독하며 일당을 받았다. 그녀는 다른 건 다 포기해도 '밀레니엄' 상호商號만은 가져가야겠다고 우겼다. 상법상 '밀레니엄'은 엄연한 그녀 소유였다. 영업권까지 양도하지 않는 한 밀레니엄은 선희의 것이었다. 이사를 가면서부터 나는 그녀의 새로운 카페에서 야간경비 일을 시작했다. 주방 옆의 작은 쪽방에서 밤을 보내는 것이 전부였지만 그녀는 내가 고시공부를 계속하는 조건으로 대기업 대졸 사원 월급에 준하는 많은 돈을 주었다. 가족들로부터 압력을 받고 있던 나로서는 가타부타 내 감정을 드러낼 형편이 아니었다. 혼자 사는 여자의 가게에서 잠자야 한다는 게 거북스러웠다. 그러나 숙식만 해결된다면 월급을 주지 않는다고 해도 거절할 이유가 없는 상황이었다. 대학을 졸업하고 고시공부를 한다며 아버지의 가난한 재정을 축내기 시작한 지 삼 년째가 되는 겨울이었다. 다섯 살 위의 형은 내 고시공부 때문에 결혼을 하고도 집에 생활비를 내놓아야 했다. 집에 경제적 도움을 주지는 못할망정 더 이상 손을 벌릴 계제가 아니었다. 어머니는 그래도 고시공부를 포기할 수 없다고 말씀하셨지만 취직하길 은근히 바라는 건 아버지와 다를 바 없었다. 오히려 어머니는 이렇게 말하곤 했다.

"네 아버지는 일곱 명의 가족을 먹여 살리면서도 고시공부를 계속하셨다. 마음만 있으면 어떤 상황에서도 공부는 계속할 수 있다. 네가 여태껏 합격하지 못한 것은 집안에서 뒷바라지를 못해서가 아니라 네 노력이 부족해서라는 걸 알아야 한다. 옛날에 부잣집 아들은 공부를 못해도 가난한 집 아이들은 공부를 잘했다. 네 아버지는 소학교밖에 나오지 못했는데도 가정을 꾸려가면서 고시공부를 했었다. 너는 대학까지 나오지 않았느냐. 너는 부양할 식구도 없다. 그냥 네 밥벌이나 하면서 고시공부 하라는데 무슨 걱정을 하느냐."

그렇게 말하는 어머니의 얼굴 표정은 너무도 당당했다. 어머니의 속셈은 뻔했다. 그 당시 내가 결혼한다면 아버지는 사글세방도 얻어줄 능력이 없었다. 어머니 입장에서는 어떻게 해서든 내가 벌어서 장가가길 바라던 터였다. 내가 선희의 카페에서 일하게 되었다는 말을 듣고 반대한 사람은 아무도 없었다. 모두들 잘 된 일이라고 말했다. 밤에 조용한 데서 공부도 할 수 있고 얼마나 좋으냐고 했다. 나는 주인이 여자라는 걸 말하지 않았다. 어차피 가족 중에서 '밀레니엄'까지 와볼 사람은 아무도 없었다. 혹시 아버지가 그곳도 자식이 일하는 곳이라고 자랑하고 싶어서 친구들을 데리고 올는지 모르는 일이었지만, 내가 위치를 알려주지 않는 한 아버지는 '밀레니엄'의 위치를 알 수가 없었다. 어머니는 아들이 취직을 해서 월급을 40만 원씩이나 받는다고 자랑하고 다녔다. 월급을 매개로 직장은 자연스럽게 대기업이라고 포장되었다. 그때, 대기업 대졸사원의 초임 월급이 30만 원 내외였다.

새 '밀레니엄'의 인테리어가 완성되던 날 그녀와 나는 자축파티를 열었다. 다른 축하객은 없었다. 케이크를 자르고 갈색의 양주를 마셨다. 그녀가 양주에서도 붉은 빛이 나는 것 같다고 말했을 때, 나는 그녀 옆자리로 옮겨 앉아 입술에 키스했다. 그녀는 저항하지 않았다. 첫 키스였다. 그녀의 혀는 차가웠다. 몸이 차가워 아이리쉬 커피를 좋아했던 것일까. 커피에 아일랜드산 위스키를 첨가해 만드는 아이리쉬 커피를 그녀는 좋아했다. 아이리쉬 커피는 차가운 몸을 녹여 주는 데 효험이 있다고 말했다. 겨울에 인기 있는 커피였다. 내가 그녀의 삶을 따뜻하게 데워줄 수 있을까, 하는 생각이 들었다. 그렇게 시작된 '밀레니엄'에서의 생활은 자연스럽게 그녀와 함께하는 삶으로 유지되었다. 어쩌면 이미 그렇게 되도록 예정되어 있었다고 해야 옳은 말인지도 모른다.

'카페 밀레니엄'

커피만 파는 그 카페에서는 언제나 일정한 법칙이 느껴졌다. 낮에는 여자가 지키고 밤에는 남자와 여자가 함께 지키다가 남자 혼자만 남는 이상한 규율. 서로간에 뭔가 빚지고 있는 듯한 그 음습한 느낌. 집에서 느끼던 채무감과는 다른 중압감이었다.

밤 12시로 정해졌던 출근 시간이 서로의 묵인 하에 서서히 당겨지다가 급기야 9시 어림으로 결정되면서 그녀와 나는 자연스럽게 동업관계로 변했다. 누군가가 종업원이냐고 물었을 때 그녀는 내 눈치를 보며 아니라고, 같이 하는 거라고 얼버무렸다. 물론 내가 '밀레니엄'의 운영에 제공한 것은 금전이 아니라 노동력뿐이었다. 커피만 팔던 그곳에서 맥주와 양주도 팔게 되었고 마른안주로 시작한 안주도 햄치즈, 과일, 오징어 땅콩, 돈까스 안주까지 준비했다. 전기 커피 메이커도 들어왔고, 음료수로 여러 종류의 생과일주스도 팔고, 아이스크림, 녹차도 구비해 매출을 올렸다. 손님이 모두 빠져나간 빈 카페에서 우리는 함께 하루 결산을 하며 마주보고 웃었고 가끔 키스도 했다.

탁자 위에 화병이 놓이고 그것에 프리지어 꽃이 꽂히던 날 그녀는 자기가 남아 있겠다며 나에게 하루만 집에 가서 자고 오라 말했다. 프리지어를 남겨두고 갈 수가 없다고. 어느 틈에 다시 봄이 되어 있었다. 내가 나오자 그녀는 곧바로 불을 껐다. 외등 불빛으로 희붐하게 보이는 홀에 그녀가 혼자 앉아 있었다. 그녀가 앉은 탁자에는 아홉 개의 화병이 모두 모여 있었다. 집으로 가고 싶지 않았다. 갈 곳이 없었다. 멀리 가지 못하고 주변을 방황하던 나는 두 시간 만에 다시 되돌아온 '밀레니엄'에서 울고 있는 그녀를 보았다. 그날 우리는 쪽방에서 같이 잤다. 그 이후로 그녀는 더러 집으로 가지 않았다. 그녀는 웃을 때 여전히 눈을 가늘게 뜨고 웃었고, 잠잘 때에도 그런 얼굴로 잤다. 웃는 것처럼, 가끔은 우는 것처럼.

'連帶保證債務의 附從효과는 原債務者가 債務를 正常的으로 辨濟하지 않을 때부터 나타난다. 이때 債權者는 당연하다는 듯이 連帶保證人에게 債務의 辨濟를 要求한다. 原債務者의 辨濟能力이 있느냐 없느냐는 關係없다. 하나의 債權에 두 명 이상의 債務者가 존재하므로 債權者의 입장에서는 누구에게 돌려받든 提供한 債權만 回收하면 되는 것이다. 連帶債務者중 아무나 한 사람이 債務를 辨濟하면 나머지 連帶債務도 모두 解消된다.'

먼저 잠에서 깬 선희가 현관 밑으로 디밀어져 있는 신문을 오래된 습관처럼 넘겨주며 내 얼굴을 쳐다보았다. 나는 여전히 쪽방 이불속에 있었다. 그녀의 눈이 다시 가늘어졌다. 신문을 펼쳐들면서도 왠지 그것이 찜찜했다. 버릇대로 펼쳐든 맨 뒷장의 사회면에는 한 어린아이가 죽은 엄마의 시신 옆에서 열흘을 지냈다는 기사가 머릿기사로 올라 있었다. 이웃 사람이 발견하지 못했으면 아이는 엄마 곁에서 죽었을 거라고 신문은 썼다. 죽을 때까지 함께 있는다는 건 그녀가 말하는 천 년과 같은 기간이었다.

문득 그녀가 아직까지 쪽방 문 앞에 서 있는 것이 느껴졌다. 그녀가 나를 내려다보고 있었다.

"왜 그래, 무슨 일 있어?"

이렇게 물으며 나는 그녀에게 아무 일 없길 기도했다. 왠지 그녀에게 무슨 중대한 일이 벌어진 것 같은 불안이 엄습했다. 그녀는 눈을 더욱 가늘게 뜨며 말했다.

"신문 일 쪽 밑에 있는 공고를 봐."

신문의 1면 하단 광고에는 사법시험 공고가 게재되어 있었다. 오랫동안 잊고 살았던 나의 존재가 확연히 떠올랐다. 잊고 싶은 나의 실체였다. 그러나 계속될 수도 없는 과거의 나였다.

"응, 사법시험 공고가 났네⋯⋯."

나는 짐짓 아무 일도 아니라는 듯 이렇게 대답하고 왼손 새끼손가락으로 콧구멍을 후벼팠다. 별지 스포츠면을 펼쳐들었을 때, 그녀는 신문을 홱 잡아채며 나를 노려보았다. 그녀의 눈동자가 보이지 않았다.

선희의 눈동자를 본 적이 있었던가⋯⋯.

선희가 나에게 시험공부를 하라고 다그친 것은 한두 번이 아니었다. 쪽방에서 잠을 잘 때면 공부 안 하느냐고 물었었다. 그때마다 네가 있어서 책을 안 보는 거지 혼자 있을 때에는 공부 열심히 하고 있다고 안심시켰다. 그러나 사실 나는 이미 사법시험을 포기하고 있는 상태였다. 문득문득 불안하고 내가 지금 뭐하는 짓인가 하는 생각이 들 때마다 법전을 들춰보기는 했지만, 술을 팔고 가끔 그녀와 섹스를 하는 생활에 적응해 가고 있는 참이었다. 그녀는 설명할 수 없을 정도로 가는 눈으로 나를 보며,

사법시험에 합격하면 자기를 떠나도 좋다고 말했다. 내가 헤어지길 원하는 것으로 생각하는 게 아닐까 의심스러웠다. 사실 내가 왜 그녀와 같이 있어야 하는지 나도 잘 몰랐다. 꼭 돈 때문만은 아니었다. 그렇지만 왠지 같이 있어야 할 것 같았다. 내가 떠나면 그녀도 떠날 것 같았다. 장난처럼 내뱉은 밀레니엄급 사랑의 위력을 서서히 느끼고 있는 중이었다.

"네가 시험에 합격한 다음에는 언제든지 떠날 수 있어. 하지만 지금은 안 돼. 시험공부를 하란 말이야. 네가 여기 남은 것은 공부 때문이었잖아."

나는 아무 말도 못하고 고개만 주억거렸다.

"내가 왜 그랬을까 몰라……, 네가 홀에는 나오지 않게 했어야 되는 건데……."

나는 그녀가 죽은 아이를 생각하고 있는 거라고 생각했다. 결단코 나를 생각하는 것은 아닐 것이라고 자위했다. 고개를 숙이고 있던 그녀가 눈을 크게 뜨고 입을 앙다문 채 소리쳤다.

"만약 네가 공부를 하지 않는다면 오늘로 가게 문 닫을 거야. 정말이야. 거짓말이 아니라구. 네가 공부를 계속하지 않는다면 내가 이런 장사를 계속할 이유가 없어졌다는 거 알잖아."

그녀는 가게라고 했다. 처음 들어보는 단어였다. 그녀는 '카페 밀레니엄'을 결코 가게라고 말한 적이 없었다. '밀레니엄'이었다. 천 년을 기다리면 반드시 다시 만날 수 있다고 했다. 그녀는

아기를 천 년 동안 잊지 않기 위해서 카페의 이름을 '밀레니엄'
이라 지었다고 말했었다. 결코 버릴 수 없는 '밀레니엄'을 그녀
는 단호하게 가게라고 말했다. 그 가게라는 말이 뭘 의미하는지
나는 알고 있었다. 아무 말도 할 수가 없었다.

그 즈음 선희는 탁자 위에 꽃을 자주 꽂아 놓았다. 붉은 프리
지어가 아닌 노란 꽃들을. 뭔가 생기가 돌고, 안 하던 영문학 공
부도 다시 시작한 것 같았다.

언뜻 바닷물이 붉은 수숫빛으로 변한 것 같았다. 바다에 검은
재를 뿌리고 있는 선희. 검은 재에서 그녀의 붉은 피가 배어 나
오는 것이라고 나는 생각했다. 그녀는 내 앞에서 아기의 옷가지
와 사진을 태웠다. 죽은 아이의 시신을 화장이라도 한다는 듯.
까만 재가 서해 앞 바다에 뿌려졌다. 재를 들고 있는 그녀의 손
이 커피 메이커의 여과지처럼 파르르 떨렸다. 사공은 이상하다
는 듯 그녀를 바라보다가 내 쪽으로 눈을 돌렸다. 결국 서해안을
다녀온 후 그녀의 말대로 야간 경비만 서면서 다시 공부를 시작
했다. 내가 할 수 있는 일은 그것뿐이었다. 공부가 쉽지 않았
지만 하면 된다는 생각으로 열심히 공부했다. 그녀는 반드시 될 수
있을 거라며 격려했다. 그녀도 법률공부를 함께 했다. 나에게 질
문을 하고 채점을 해주기 위해 법학공부를 시작했다. 나는 그녀
가 기출문제집에서 뽑은 예상문제로 시험을 봤고, 그녀는 책을

보고 채점했다. 합격자 발표가 있던 날 내 이름은 명단에 없었다. 나는 '밀레니엄'으로 돌아가지 않았다.

내가 '밀레니엄'을 떠난 뒤 그녀가 본격적으로 시험공부를 시작했던 게 분명하다. 사법시험 준비 1년만에 1차시험을 통과하는 괴력은 어디에서 나온 것일까. 어쩌면 그녀는 2차시험까지 단번에 붙어버릴지도 모른다. 창문을 통해 햇살이 안으로 들어왔다. 뿌연 먼지를 일으키며 빛은 나를 지나쳐 그녀에게까지 다다른다. 내 그림자가 그녀의 책상 위에 멈춰 선다. 그녀는 지금 어느 부분을 쓰고 있을까. 이제 결론을 써야 한다.

原債務者가 潛跡했을 때 連帶保證債務者는 債權者에 대한 原債務者의 모든 責任을 떠안게 된다. 連帶債務者의 責任下에 모든 債務를 해결해야 한다. 求償權도 행사할 수 없다. 附從性의 弊害가 여기에 있는 것이다. 두 명의 債務者로 나뉘어져 있던 것이 한 사람의 債務者로 合致되는 순간이다. 原債務者가 債權者 모르는 곳으로 도망을 치면 連帶保證債務者는 原債務者의 債務를 모두 辨濟하든지 아니면 자기도 潛跡하든지 둘 중에 하나를 選擇해야만 한다. 債權者의 입장에서 봤을 때 原債務者와 連帶債務者는 同一人인 것이다. 게다가 附從性이라는 말이 중요하다. 保證債務는 附從性이란 성질 때문에 늘 保證人에 붙어다

닌다. '

　'밀레니엄'을 떠나며, 사라져 주는 것이 마지막으로 그녀를
위해 할 수 있는 일이라고 생각했다. 아니 잊어야 한다고 생각했
다. 영원히 잊어야 한다고. 천 년 동안 잊어야 한다고. 천 년 후
에는……, 천 년 후에는……, 천 년이 지난 다음에까지 생각이
미치자 나는 더 이상 아무 것도 생각할 수 없었다.

　천 년 전에 우리 둘은 바로 이 자리에 함께 살고 있었던 것이
분명하다고 그녀는 말했다. 어느 틈에 나는 그녀로부터 도망갈
수 없는 연대보증인이 돼 있었던 것이었다. 내가 왜 그녀의 인생
에 대해서 책임감을 느껴야 하는지 모르겠다. 그동안 그녀가 내
생활을 책임졌기 때문이라면 내가 그녀를 부양해야 하는 건 상
호주의에도 걸맞고 신의성실의 원칙에도 부합된다. 내가 사법고
시에 합격하는 것이 그녀의 생활을 책임지는 일이라면 합격해야
만 할 것이다. 그것이 정말로 그녀의 삶을 책임지는 일인지도 자
신 없긴 마찬가지였지만, 내가 할 수 있는 일은 다시 사법시험을
준비하는 길 뿐이었다. 공부를 시작하기 위해 고시촌으로 떠나
기 전날 나는 '밀레니엄'에 다시 갔다. 그곳에는 '밀레니엄'이
없었다. 선희도 함께 사라졌다. 먼지 낀 유리창 안으로 말라비틀
어진 프리지어 꽃이 검게 잊혀진 채 쓰러져 있었다.

더 이상 펜을 들고 있을 수가 없었다.

벌레구멍…, 벌레구멍….

몸에서 힘이 빠져나가고 급기야 몸이 벌레구멍으로 빠져들면서 하얗게 부서지는 하늘이 보였다. 블랙홀에 빨려들어가는 빛처럼 시험 답안지의 '同一人'이라는 구절에 나의 몸이 흡수되는 듯한 강렬한 힘이 느껴졌다. 나의 몸과 선희의 몸이 하나로 합치되면서 모든 것이 안개처럼 흩어졌다. 시험장 안에서 나의 분신이, 아니 바로 내가 선희의 자리에서 시험을 치르고 있었다.

답안을 작성하던 시험지 위에 프리지어 꽃이 빨갛게 피어났다. 시험지에서 솟아난 프리지어는 이내 시들어 꽃잎에 떨어지며 검게 변해갔다. 프리지어도 씨를 만들어 내던가? 검은색의 씨앗 하나가 회색을 거쳐 하얗게 변했다. 우리들의 사랑을 몸에 품었을 하얀 프리지어 씨가 밝은 빛을 내뿜고 있었다. 하얀 빛속에 '카페 밀레니엄'이 보였다. 그럴리야 없겠지만 나는 '밀레니엄' 이외의 곳에서 그녀를 만난 적이 없다. '카페 밀레니엄'이 두 곳에 존재했던 것은 사실이다. 그러나 '카페 밀레니엄'이 동시에 두 곳에 있었던 것은 아니다. '밀레니엄'은 항상 하나였다.

'밀레니엄' 창가에 어른거리던 사내가 책상 밑에서 솟아올랐다. 검은 사내가 내 자리에 앉았다. 그리고 나는 까무룩히 벌레구멍 속으로 빠져들었다.

혼자 남은 방

혼자 남은 방

그때 나는 탈출을 시도하고 있었다.

끼기긱거리는 소리가 문틈에서 들려왔다. 방은 여전히 어두침 침했다. 모든 것이 기연가미연가 했다. 화들짝 놀라 침상에서 깨 어났을 때였다. 이게 무슨 소리인가. 한참을 생각한 후에야 나는 그 소리의 정체를 알 수 있었다. 그 소리는 문틈에서 나오는 것 이 분명했다. 소리를 좇아 문 쪽으로 다가가 철문에 손을 얹었 다. 미세한 떨림이 느껴졌다. 어쩌면 급히 뛰어온 가슴의 벌름거 림인지도 모를 일이었다. 그러나 문짝의 비틀림 소리임에 틀림 없었다. 경첩이 달려 있는 문틈이 조금 벌어져 있었다.

이곳 골방에 갇힌 이후 사이렌 소리 말고는 처음 들어보는 소 리였다. 빛은 여전히 존재하지 않는 것 같았다. 겨울날 눈 오기 직전의 음침한 잿빛 상태는 계속되었다. 이런 잿빛 상태를 빛이 있다고 해야 할지 없다고 해야 할지 모르겠다. 내가 어둠에 익숙

해져서, 박쥐처럼 어떤 초음파 같은 것을 내쏘는 능력이 생겼는지도 모를 일이었다. 비록 어슴푸레했지만 나는 주위의 물건들을 식별하고 있었던 것이다. 어둠 속에서 쇠로 된 문짝은 일정한 간격을 두고 끼긱거렸다. 그 소리와 함께 문틈이 조금씩 벌어지는 것이 보이는 것 같았다.

뭔가 새로운 일이 시작되고 있는 것이었다. 모든 것이 정지된 이곳에서 뭔지 모르지만 변화가 찾아왔다. 그 어떤 사건이 시작된다는 것은 충격이었다. 사람도 없고, 빛도 없고, 어둠도 없고, 소리도 없고, 움직임도 없고, 시간의 흐름조차도 있는지 없는지 분간할 수 없던 이곳에 변화의 조짐이 보이기 시작했다. 작은 쐐기가 변화를 만들고 있었다.

소리를 만든 것은 깨진 나뭇조각으로 만든 작은 쐐기였다. 쐐기는 부풀어올라 변화를 만들었다. 사이렌소리 이외의 어떤 소리도 없던 이곳에 끼기긱거리는 소리가 생겨났다. 변화란 다른 것이 아니라 소리였다. 그리고 문틈도 조금씩 벌어졌다. 이제 움직이기 시작한 것이다. 얼마 전까지 모든 것은 벽면에 그려진 정물처럼 고정되어 있었다. 움직임이 없던 그것들이었다. 그런데 변화가 일어나기 시작한 것이었다. 변화가 생긴다는 것은 빛을 볼 수도 있다는 것과 같은 말이라고 생각했다. 이 깜깜한 방 속에 갇혀 있다는 것을 깨달은 순간부터, 나는 빛을 그리워했다. 방 안의 모든 것은 검뿌염했다. 어둠침침한 방이었다.

아마도 나는 빛을 보기 위해서는 이곳을 탈출해야한다고 생각했던 듯싶다. 그리고 깨진 나무그릇 조각을 끄떡도 않는 철문 틈 사이로 디밀어 넣고 오줌을 누었다. 문짝이 벌어진 틈새만큼 희망이 생겨났다. 얼마쯤 지난 것일까. 벌어진 틈에 다른 깨진 나무 조각을 끼워 넣었다. 그곳에도 오줌을 누었다. 오줌에 불은 나무 조각이 불어나는 크기만큼 문틈은 더 벌어졌다. 물에 불은 나무 쐐기가 쇠문을 천천히 문틀에서 밀어냈다. 모든 것이 정지된 상황에서 조금씩 움직이는 것이 하나둘 생겨났다.

사이렌이 울린다고 해서 내가 갇혀 있는 상황이 변하는 것은 아니었다. 그러나 참을 수 없는 것은, 그 사이렌 소리가 내 가슴과 머리를 거칠게 두드린다는 것이었다. 가슴의 두근거림은 붕대가 감겨진 머리에까지 이어져 정수리 윗쪽 부분이 심하게 눌리는 것 같은 환지통이 왔다. 뇌수가 정수리를 통해 몸 밖으로 끝없이 솟구쳤다. 더 낮은 곳으로, 더 깊고 어두운 곳으로 내려가고 싶었다. 그러나 골방은 막혀 있었다. 사이렌 소리는 나에게 탈출을 종용했다. 철문은 굳게 닫힌 채 움직이지 않았다. 사이렌 소리가 멈추면 이상하리만치 통증도 깨끗이 사라지고 모든 것이 긴가민가해졌다. 있지도 않은 머리 위쪽의 통증이 사라지면 탈출해야겠다는 절박감도 수그러들었다. 단단한 벽이 나에게 '너는 아무 것도 할 수 없어'라고 말하는 것 같았다. 누군가가 내 머릿속에 어떤 장치를 한 것이 아닌가 의심되었다. 사이렌이 울리면 발작을 하도록. 언제 집어던졌는지 귀퉁이에 산산조각이 난 나무 밥그릇 조각이 흩어져 있었다. 그것을 본 순간 옛날에는 돌을 나무로 잘랐다는 이야기가 생각났었다. 흩어져 있는 나뭇조각 하나를 집어들고 쐐기 모양으로 다듬을 때에도, 그것을 문틈에 끼워넣을 때에도, 나는 별다른 기대를 하지 않았었다. 그러나 효과는 빨랐다. 아니, 어쩌면 아주 오래 걸렸는지도 모른다. 어쨌든 쇠문은 찌그러졌다. 검은 쇠문의 경첩부분에 작은 주름이 잡혔다. 결국, 이 쇠문은 문틀에서 떨어질 것이 분명해 보였다.

문틈은 어느새 마른 나뭇조각의 두께보다 더 벌어져 있었다. 나무 조각 하나에 덧붙여 끼워 넣을 얇은 쐐기 모양의 나무 조각이 필요했다. 나무 조각을 쐐기 모양으로 다듬기 위해 나는 석기시대 원시인처럼 나무 조각을 바닥에 문질렀다. 바닥은 나무 조각이 쉽게 긁혀 나갈 정도로 단단하고 거칠었다. 이전에는 들리지 않던 직직거리는 소리가 들렸다. 이마에서는 땀이 솟아났다.

가슴이 꽉 막혀 버린 것 같은 갑갑증과 함께 모든 것이 안개 속에 갇힌 것 같이 희붐했다. 어슴푸레한 주위의 모습은 더욱 캄캄해져 가는 것 같았다. 아무것도 기억할 수 없고, 앞으로 어떻게 되는지 모르는 상황에서 탈출을 시도한다는 것은 어이없는 짓이었다. 그러나 그 사이렌 소리가 들릴 때마다 밀려드는 참을 수 없는 불안감이 나를 가만히 앉아 있지 못하게 닦달했다. 내가 누구인지, 어디에서 왔는지, 왜 이곳에 갇혀 있어야 하는지 알 수 없는 일이었다. 꼭 알아야만 되었다. 그냥 가만히 있으면 머리가 '팡' 하고 터져버릴 것만 같은 불안감이 온몸을 휘감았다. 그 두려움을 벗어나기 위해서라도 나는 움직여야만 했다. 행동의 종류가 어떤 것인지는 상관없었다. 주위는 검은 그림자만이 꽉 들어차 있었기 때문에 나는 이곳이 어디인지 도저히 알 수가 없었다. 지하에 있는 골방인지 지상에 있는 방인지도 구분하지 못했었다. 창문도 없고 불빛이 들어올 수 있는 구멍이라고는 컨베이어벨트가 드나드는 구멍 뿐이었지만 구멍은 검은 구멍에 불과했다. 블랙홀처럼 무엇을 빨아들이는 것이 아니라, 컨베이어벨트 이외의 모든 것을 거부하는 구멍이었다. 그리고 직사각형 모양의 통풍구가 있었다. 그 통풍구는 검은 색의 쇠로 된 문짝 삼분의 이 정도 되는 높이에 작게 뚫려 있었다. 그나마도 쇠창살이 세로로 촘촘히 박혀 있어서 밖의 상황을 살피려고 머리를 바짝 갖다 대어도 눈길은 불과 십여 미터도 가지 못하고 어둠 속으로 파묻혔다. 문고리에는 커다란 잠금쇠가 걸려 있었다. 그 잠금쇠는 내가 이 방에 들어온 이후 한 번도 열린 적이 없었다. 그리고 문의 아래쪽에 음식이 들어오는 조그만 구멍이 있었다. 그렇다면 빛은 그 두 개의 구멍을 통해서 들어오는 듯했다. 그러나 그 생각은 틀린 것이 확실했다. 이곳에는 그 어떤 불빛도 없어 보였다. 그렇다고 깜깜한 어둠이 있는 것도 아니었다. 그저 검뿌욤한 상태만 유지되고 있는 것이었다. 빛 알갱이라고는 단 한 개도 찾을 수 없었다.

　컨베이어벨트는 멈춰서 있었다. 멈춰선 컨베이어벨트가 바닥의 3분의 1을 차지했다. 그 옆에 나무 침대 하나와 변기 하나가 있었다. 나무침대는 등받이 의자 두 개를 맞붙여놓은 모양이었다. 그리고 나뒹굴고 있는 몇 개의 나무 밥그릇, 옷가지 몇 점, 피 묻은 거즈, 부스러진 돌흙, 그런 것들이 보였다. 그것들을 볼 수 있게 하는 검푸른 것이 어디서 나오는지 궁금했다. 그 검푸르 죽죽한 것이 빛인지 어둠인지 구분이 되질 않았다. 그 어느 곳에서도 빛은 들어오지 않았지만 주위를 둘러보면 사방에 벽이 보였다. 돌로 된 벽은 축축하고 차가웠다. 벽면에는 검은 기운이 돌았다. 천장은 내가 똑바로 서면 머리가 닿을 정도로 낮았다. 언젠가 경주에서 본 천마총의 석실 고분이 생각났다. 그때 나는 천마총 입구를 들어서며 무덤 속으로 들어간다는 생각에 으스스 소름이 끼쳤었다. 그럼에도 불구하고 그날 밤 나는 달도 뜨지 않은 밤 열두 시에 별을 보겠다며 호텔을 나와 논두렁에 앉았다. 논두렁에 앉아 천 삼백 년 전 첨성대에서 별을 관측하던 신라인의 모습을 그려보기도 했었다. 칠흑 같은 어둠 속에서도 시간이 흐를수록 사위는 서서히 윤곽을 드러냈다. 이곳에 빛이 있기는 있는 것일까? 내가 이곳에 갇힌 지 얼마나 되었는지 알 수가 없다. 처음 얼마 동안은 밥그릇 숫자와 잠자는 횟수로 날짜를 세었지만 이제는 그것도 불가능해졌다. 식사가 하루에 세 끼 들어온다는 확증도 없었고, 잠을 하루에 한 번 잔다는 자신도 없었다. 문짝 통풍구 밑에는 바를 정正자 여섯 개와 아래 하下자 한 개가 그려져 있었다. 삼십 삼 일이 지난 것일까. 어쩌면 밥그릇 숫자일 수도 있고, 도저히 참을 수 없는 그 사이렌 소리가 들려 온 횟수일 수도 있을 것이라는 생각이 들었다. 내가 작대기 그림을 그리지 않은 지가 얼마나 되는 것일까. 내가 도대체 이곳에 언제 들어왔는지 왜 들어왔는지 알 수가 없었다. 이 모든 것이 어둠 때문이었다. 어둠은 모든 것을 감춰버렸다. 내가 누구인지 조차 알 수 없게 만들었다. 빛을 찾아야 한다고 생각했다. 그것만이 나를 찾을 수 있는 유일한 길이라고 생각했다. 아무리 생각해도 누군가에게 끌려온 기억이 나질 않았다. 그렇다면 내가 스스로 들어왔다고 해야 할 것이었지만 그것 역시 논리에 맞지 않았다. 스스로 골방에 갇혔다니 말도 안 되는 일이었다. 그 이유를 알기 위해서라도 나는 이곳에서 탈출해야 한다고 생각했다. 설혹 내가 이곳에 스스로 들어왔다고 할지라도 그 이유가 무엇인지 알아보아야 할 것 같았다. 이 컴컴한 지하 골방에 내가 왜 혼자 이러고 있어야 하는지 확인을 해야겠다는 생각을 하다니 꽤나 기특한 일이라고 생각되었다. 이곳에서 처음 정신이 들었을 때 나는 아무런 생각도 할 수가 없었다. 그냥 두려움에 떨면서 망연히 철문에 뚫린 작은 구멍을 바라만 보았다. 그 이상한 사이렌 소리가 또 들리지나 않을까 두려워했다. 누군가가 쇠문에 뚫린 구멍을 통해 나를 감시하고 있는 것을 본 것 같기도 했다. 내가 조금만 움직여도 사방에서 독화살이 날아와 사정없이 내 몸에 박히는 상상을 했다. 그러나 창틀에 가까이 가면 그들은 소리없이 사라졌다. 독화살이 날아들지도 않았다. 진짜로 그들이 나를 감시하고 있었던 것인지 아니면 환영을 본 것인지 분간이 되질 않았다. 사이버세계가 만들어지는 이 시점에 독화살이 날아올 것이라고 생각한 내가 이상한 놈이었다. 아니다, 어쩌면 나는 지금 천 년 전의 과거로 돌아와 있는 것일는지도 모른다. 철문을 빼놓고는 모든 것이 석기시대의 물건들 뿐이었다. 나를 가둔 그들을 만나야만 알 수 있는 일이었다. 그들을 붙잡기 위해서 문짝 밑의 작은 구멍 앞에 쪼그리고 앉아 한없이 기다려보기도 했다. 그러나 그들은 나타나지 않았다. 이곳에는 나 이외에 아무도 없다는 데까지 생각이 미쳤다. 혼자 있다는 것이 이렇게 무서운 일이라는 것을 이전에는 왜 몰랐을까 하는 의문이 들었다. 차라리 나를 감시하는 사람이라도 있었으면 좋겠다. 상대가 무엇이라도, 이야기할 상대가 있으면 두렵지 않을 것 같았다.

누가 갖다 놓았는지 어느 틈에 하얀 쌀밥은 철문 밑에 조용히 놓여 있었다. 밥을 계속해서 갖다 놓는다는 것은 누군가가 있다는 것을 말한다. 그가 누구이든 만나야 될 것 같았지만 방법이 없었다. 밥그릇도 내놓은 것과는 다른 것이었다. 밥그릇이 바뀌는지 확인하기 위해 표시로 그어 놓은 손톱자국 세 개는 사라지고 없었다. 나무그릇은 단단해 보였지만 손톱자국이 쉽게 새겨질 정도로 물렁했다. 그들이 언제 어떻게 빈 그릇을 가져가고 밥이 들어 있는 그릇을 가져다놓는지 알 수가 없었다. 알 수 있는 것은 오로지 내가 이곳 골방에 갇혀 있다는 사실뿐이었다. 모든 것을 어둠이 감추고 있었다. 불빛이 있다면 명백히 밝혀질 것이었지만 빛은 어디에도 없었다. 벽을 두드렸다. 아무런 소리도 나지 않았다. 바윗덩이에 주먹질을 하는 것 같은 육중한 느낌이었다. 이곳은 아주 큰 돌로 만들어진 방이라는 것을 알 수 있었다. 골방이 반듯한 육면체의 형태를 유지하고 있었다. 돌을 이어붙인 자국은 없었다. 이 골방은 어떤 예리한 절단기로 잘라낸 것이 분명했다. 영화에서처럼 돌 벽을 밀면 문이 스르르 열릴지도 모른다는 생각에 사방을 돌아가며 이곳저곳을 밀어보았다. 벽은 꿈쩍도 하지 않았다. 그들이 이 지하 동굴에 골방을 만들 때에도 쐐기를 이용했을 것이라는 생각과 함께 피라미드가 생각났다.

이집트의 파라오는 피라미드를 만들기 위해 수십 킬로 떨어진 곳에서 돌을 네모 반듯하게 잘라 이동시켰다는 이야기를 들은 적이 있다. 인부들이 수십만 명 동원되었다. 그리고 그 중 제일 중요한 사람은 역시 석공이었다. 석공은 쐐기를 이용해서 돌을 반듯하게 자르고 정으로 다듬었다. 석공은 자기가 자르고 싶은 크기 만큼의 위치에 정으로 홈을 팠다. 그 홈은 개미행렬처럼 길게 늘어섰다. 그곳에 쐐기를 박은 후 물을 붓고 돌이 갈라지기를 기다렸다. 갑자기 내가 피라미드 안에 누워있는 미라가 아닌가 의심되었다. 지하 동굴에 갇혀있다는 생각이 들자 두려움이 다시 밀려들었다. 살아 있는 자가 동굴에 갇혀 있다는 것은 이해할 수 없는 일이었다.

두려움이었을까. 아무래도 사이렌소리 때문인 것 같다. 그 이상한 소리는 잊을만 하면 한번씩 울려 내 머리를 후벼파곤 했다. 사이렌소리를 들을 때마다 나는 누군가가 나를 이곳에 가두어두었음을 깨달았다. 그리고 계속해서 감시당하고 있음을 느꼈다. 내 머리는 참기 힘들 만큼 옥죄었다. 사이렌소리가 들려올 때마다 나는 알 수 없는 두려움에 몸을 떨었다. 뭔가 무서운 것이 뒤에서 좇아오는 느낌이었다. 가만히 있으면 나에게 굉장히 불행한 일이 벌어질 것 같은 공포였다. 몇 개 안 되는 익숙한 것들이 모두 사라져 버릴 것 같은 불안감이었다. 그것은 나에게 '뛰어라, 뛰어라' 라고 소리쳤다. 등 뒤로 '뛰이- 뛰이-' 하는 소리를 받으며 급하게 떠밀려 온 것이라고 생각되었다. 피라미드의 석공들도 이렇게 순장된 것인지 궁금했다.

내가 어디로부터 이곳으로 온 것인지 기억되지 않았다. 어떤 책상에 앉아 있었던 것 같은데 그 이상은 생각나질 않았다. 아니다. 어딘가 모르지만 누군가와 쿵쿵거리며 지하실로 뛰어 내려 갔던 것 같기도 했다.

혼자 뛰어갈 때에는 탁탁거리는 소리만 들리던 계단이었지만 그날은 웬일인지 쿵쿵거렸다. 뛰뛰거리는 파열음 속에 지하식당으로 대피하라는 방송은 계속해서 반복되었다.

　뛰이- 뛰이-, 민방위 훈련 본부에서 알려 드립니다. 민방위 훈련 본부에서 알려 드립니다. 십사 시 영 분 훈련 공습경보가 발령되었습니다. 지금 즉시 직원 여러분들은 지하 식당으로 대피하시기 바랍니다. 지금 즉시 전직원은 지하 식당으로 대피하시기 바랍니다. 뛰이-뛰이-, 민방위 훈련 본부에서 알려 드립니다. 민방위 훈련 본부에서 알려 드립니다. 십사 시 영 분 훈련 공습경보가 발령되었습니다. 지금 즉시 직원 여러분들은 지하식당으로 대피하시기 바랍니다. 지금 즉시 전직원은 지하 식당으로 대피하시기 바랍니다.

　얼룩무늬 제복을 입은 사나이들이 호루라기를 입에 물고 제철을 만난 듯 이리 뛰고 저리 뛰며 소리를 질렀다. 삐리릭 삐리릭, 대피하라니까 왜 말을 안 들어요. 빨리 지하식당으로 내려가요. 그들의 얼굴은 이미 붉게 상기돼 있었다. 그녀와 나는 사람들 틈에서 손을 잡은 채 그들의 눈치를 살피며 지하식당으로 내려갔다. 씨팔, 저놈들의 입에서 호루라기만이라도 뺏을 수 있다면 얼마나 좋을까, 하고 중얼거릴 때, 호루라기를 입에 문 얼룩무늬 비상계획부장과 눈이 마주쳤다. 나는 순간적으로 고개를 돌렸다. 이봐요, 빨리 내려가지 않고 뭘 봐요. 그가 나에게 소리쳤다.

같이 뛰어가던 동료들의 눈길이 일제히 나를 향해 쏟아졌다. 그녀도 나를 바라보았다.

이사급인 얼룩무늬 비상계획부장이 나에게 소리쳤다. 다른 사람들 같으면 혹시 안다고 해도 그 와중에 사원인 나에게 소리칠 이유가 없을 것이었지만 그에게는 그렇게 소리칠 만한 이유가 있었다. 그는 가까이 있는 사람들 중에서 가장 위험한 인물이 바로 나라는 것을 알고 있기 때문이다. 그리고 지금이 나에게 결정타를 먹일 절호의 시기라고 생각하고 있는 것이 틀림없었다. 나도 그것은 인정할 수밖에 없다. 지금은 민방위 훈련 시간이고 지휘권은 그들에게 있는 것이다. 그들은 이 시간을 이용해서 철저히 나를 깨부수어 다시는 일어나지 못하게 결정타를 먹이겠다고 생각하고 있을지도 모르겠다. 다시는 저항할 수 없도록 말이다.

한 달 전 민방위 비상소집 훈련이라는 것이 시행되던 날, 조금 늦었다는 이유로 훈련 참가증을 받지 못한 나는 민방위 훈련을 비난하는 글을 썼었다. 그것이 일간신문의 독자 투고란에 박스 기사로 처리되었다. 그들은 자신들에 대한 도전이며 저항이라고 생각했던 모양이었다. 구청의 민방위과장 등이 회사의 비상계획부로 찾아와 감사監査를 하겠다고 협박했고, 비상계획부장은 나에게 지하실에 있는 그들의 어두운 사무실로 내려와 구청 직원들에게 사과할 것을 요구했다. 경리부장은 시말서를 쓰라고 했다. 그들은 모두 기계처럼 차질 없이 움직였다. 그들은 나에 대한 모든 정보를 갖고 있는 것이 확실한 것이다. 그들에게 대항하는 세력에 관해서는 손금을 보듯이 훤히 파악하고 있었다.

사실 나는 오래 전부터 이런 식으로 우리가 어떤 세력에 의해 점차로 길들여지는 것이 아닌가 하고 걱정을 했었다. 삐리릭거리는 호루라기 소리와 '뛰이-뛰이-' 하는 사이렌 소리는 사람들의 마음을 불안하게 만드는 마력 비슷한 것이 있었다. 꼭 무슨 일이 일어날 것만 같은 느낌을 주었다. 외부로부터 가해지는 생명에 대한 위협 때문이 아니라 호루라기를 입에 문 그 얼룩무늬들의 지배욕 때문에, 지금의 대피 문화는 영원히 사라지지 않을지도 모른다고 생각했다. 그리고 우리들의 후손은 그 이상한 사이렌 소리를 들으면 아무런 이유도 모르는 채, 낮고 깜깜한 지하실로 꾸역꾸역 움직이게 될 것이라고 걱정했었다. 옆에 있는 그녀에게 나는 이렇게 말했다.

"무서운 사실은 호루라기를 입에 물고 삐리릭거리는 파열음을 내는 사람들이 두려움을 전혀 느끼지 않는다는 사실이지. 그들은 오히려 삐리릭거리는 소리에서 희열 비슷한 것을 느끼고 있거든. 그들은 자신들의 한마디가 타인의 생명을 결정한다는 대단한 자부심을 갖고 호루라기를 불고 사이렌을 울리는 것이라고……."

그런 행위를 그만두라는 나의 이야기가 그들에게는 너무도 어이없는 도전이었을는지도 모르겠다. 그런 이유 때문에 그들은 민방위 훈련을 기회로 나를 그들의 지배 구역인 지하로 끌고 온 것이었다. 지금 지하로 끌려 들어가면 다시는 지상으로 나오지 못할는지도 모른다. 지하 세계는 그들의 영역인 것이다. 그들의 사무실이 위치한 곳은 항상 지하였다. 그들은 지하 세계에서 힘을 발휘하는 인종이다. 우리들과는 뭔가 생리구조가 다른 종족인 것이다.

지하식당에는 어느새 단상이 만들어져 있었다. 천장의 형광등은 단상 위쪽에 두 개만 켜 있었다. 희미한 형광등 불빛마저도 마음에 들지 않는지 그들은 비디오테이프를 돌린다는 구실로 형광등마저 꺼버렸다. 우리들을 완전한 어둠 속으로 몰아넣은 것이었다. 사위는 깜깜했다. 그때 나는 뒤쪽 문가에 앉아 있었다. 어둠 속에서 슬그머니 그녀의 손을 잡아끌었다. 그녀가 마지못한 듯, 아니면 기다렸다는 듯, 잠깐 멈칫하다가 내 손을 잡고 자리에서 일어났다. 바로 옆에서 일어나고 있는 그녀의 얼굴도 희미하게 보일 뿐이었다. 복도에 나와서도 띄엄띄엄 켜 있는 벽면의 비상등만이 희미한 불빛을 내뿜고 있었다. 그 불빛은 너무도 약해서 있는지 없는지 구분이 가지 않을 지경이었다. 호루라기 소리와 사이렌 소리는 여전히 계속되었다. 사람들의 웅성거림도 점차 잦아들었다. 그녀의 손을 잡고 지하실 구석에 있는 창고의 문을 열었다. 전표창고였다. 회사에서 발행한 모든 전표를 최소한 10년간 보관하고 있는 창고였다. 창고에 들어서며 나는 천장

에 달린 백열전구를 켰다. 모든 것이 선명해졌다. 그녀와 나는
마주보며 얼굴 가득히 웃음지었다. 그러나 이내 다시 사이렌이
울리면서 불이 꺼졌다. 그녀가 비명을 지르며 내 품으로 달겨들
었다. 얼른 그녀의 입을 손으로 막았다. 또 다른 불안이 우리들
을 덮쳤다. 늘 느끼는 일이지만 그 '뛰이-' 소리는 밝은 지상에
서보다 어두운 지하에서 더욱 큰 불안을 준다. 우리는 이렇게 적
응되어지고 있는 것이었다. 다시 호루라기소리가 들려왔다. 호
루라기소리가 우리들의 마음까지도 억압하고 있다고 느껴졌다.
사이렌 소리가 우리의 마음을 먹어치우고 있었다. 그녀는 내 손
을 꼭 잡은 채 두 눈을 빠르게 이리저리 돌렸다. 그런다고 두려
움이 감소되는 것은 아니었다. 껌껌한 지하실은 모든 것들을 우
리들의 인식 범위에서 앗아갔다. 그녀의 몸이 몹시 떨려왔다. 불
이 켜지면 그녀의 떨림도 없어질 것이었지만 전등은 다시 켜지
지 않았다. 그녀가 이렇게 두려워하게 된 것은 사위가 캄캄해서
아무것도 볼 수 없기 때문이었지만, 내가 해준 이야기도 하나의
역할을 한 것이 분명했다. 컴컴한 지하에서 그녀의 손을 잡고 있
다 보니 나는 은근히 그녀를 놀래켜주고 싶었다. 인류의 미래에
대한 나의 걱정이 이런 엉뚱한 이야기를 하게 했는지도 모를 일
이었다.

"사람들이 사이렌 소리를 들으면 아무런 생각도 없이 모두들
꾸역꾸역 지하로 내려가는 거야. 그리고 일정한 숫자의 인간이

동굴 속으로 들어가면 동굴 입구는 거대한 철문으로 막혀버리지. 그들이 밖에 있을 때에는 밝은 빛이 대지를 온통 적시고 있고, 땅 위에는 할 일이 태산 같이 쌓여 있지. 해도해도 일거리는 줄지 않고 그들은 자신들이 왜 일을 해야 하는지 생각하지도 않아. 다만 일정한 시간 일을 마치면 먹을 음식이 차려지는데 그들은 더 많이 먹고 싶다던가, 일을 하고 싶지 않다는 등의 생각은 하지 않는 거야."

그녀가 내 이야기를 듣고 있는지 궁금해서 힐끗 그녀를 쳐다보았다. 깜깜한 어둠 속에서도 그녀의 눈이 반짝 빛났다. 나는 침을 꼴깍 하고 한번 삼킨 후 이야기를 계속 했다.

"또한 빛이 어디로부터 오는 것인지 아무도 모를 뿐만 아니라 그 빛은 꺼지지도 않는 거야. 그러니까 그곳은 낮뿐이고 밤이 없는 거지. 반대로 그들이 사이렌 소리를 듣고 들어가는 지하에는 낮이 없고 밤만 있는 거야. 곳곳에 횃불이 불타고 있는데 그들은 계속해서 아래로 내려가지. 그때 뒤쪽에서 한 사람씩 죽어 가는 거야. 그들이 왜 그렇게 지하로 내려가는지 아니? 그것은 바로 반복된 훈련의 조건반사였던 거야. 우리들이 지금 지하대피 훈련을 받고 있는 건, 사실은 미래를 예측하는 지배 세력의 음모지. 그때에 우리들을 완벽하게 지배하기 위한 훈련이다 이 말씀이지."

이야기를 하는 도중에 나는 왠지 점점 두려워지기 시작함을 느꼈다. 애초에 그녀를 놀리기 위해서 시작한 이야기였다. 그러나 정작 그 이야기에 두려움을 느끼는 사람은 그녀가 아니라 오히려 나였다. 우리들 모두는 조작된 기계처럼 하루하루를 살아가고 있다는 생각이 들었다. 우리들의 미래가 진짜로 그 이야기처럼 될는지도 모른다는 두려움이 엄습했다. 옆의 그녀를 바라보았다. 그녀는 내 이야기가 무서우면서도 한편으로는 재미있다는 듯한 표정을 짓고 있었다. 우리들의 생활이 무의미하게 반복되고 있다는 사실을 느끼지 못하는 표정이었다. 그녀의 얼굴이 로봇처럼 낯설었다.

그녀와 나는 입사 동기로 벌써 3년째 사귀고 있는 중이었다. 백 이십여 명의 입사 동기 중에서 아직까지 만나고 있는 사람은 그녀뿐이었다. 나머지 모두는 어디에 있는 것일까. 아마 반 정도는 이미 퇴사했을 것이고 반 정도는 남아 있을 것이었지만 어느 부서에서 일하고 있는지 헤아릴 수 있는 사람은 손가락에 꼽을 정도였다. 그녀가 내 곁에 있다고 해서 나에게 큰 도움이 되는 것도 아니었다. 그녀와의 데이트도 이제 거의 습관처럼 돼 있었다. 나는 그녀의 회사 생활에 대해서 별로 아는 것이 없었다. 그것은 그녀도 마찬가지일 것이었다. 그녀와 나는 업무가 달랐다. 기껏 내가 그녀에 대해 알고 있는 것은 그녀가 근무하는 홍보실의 실장이 그녀에게 추근덕거린다는 것뿐이었다. 나도 이름을 알고 있는 그 홍보실장은 가끔 그녀에게 커피를 타 오라고 해서는 이것저것을 묻다가 조금은 음탕한 농담을 한다고 했다. 그 농담이 점점 진해진다는 그녀의 걱정을 들었을 때 나는 '네가 받아주니까 그렇지' 라는 핀잔을 줄 뿐이었다. 내가 그녀를 위해 할수 있는 일이 이것 뿐인가 하는 생각이 들 때면 불안할 뿐만 아니라 그녀가 더욱 낯설게 보이기까지 했다. 하긴 그녀만이 낯선것은 아니었다. 그녀 이외의 모든 사람들이 낯설었다고 해야 옳은 말일 것이었다.

내 앞에는 세 명의 직원이 앉아 있었다. 바로 앞줄에 한 명의 남자와 두 명의 여자였다. 바로 앞에 앉은 남자는 하루에 두 번나에게 온다. 오전에 한 번 오후에 한 번 그가 내게 와서 하는 말은 항상 똑같다. 선배님 일 층 은행에 다녀오겠습니다. 은행에 가서 그날의 당좌예금 잔고를 확인하는 것이 그의 임무중 하나다. 그리고 퇴근하기 한 시간 전에는 백여 장에 이르는 그날 처리한 전표를 내게 가져온다. 그 이외에 그는 자리를 뜨는 일이거의 없다. 한 시간에 한 번 정도 일어나지만 그는 나에게 오지않고 곧바로 화장실에 가거나 흡연실로 향한다. 그에게 그럴 만한 자유가 있어서가 아니라 내가 이미 알고 있기 때문에 그냥 간다. 다른 두 명의 여자도 마찬가지다. 그들은 내 감시망을 벗어날 수 없다. 그들이 내 눈초리를 벗어날 수 없듯이 나도 뒤에 앉아 있는 경리부장의 눈길을 피할 수 없는 것이다. 내가 그에게 보고하는 일은 그가 모르는 일 뿐이다. 그가 아는 일은 굳이 보고할 필요가 없다. 그것이 우리들 사이에 존재하는 약속이다. 그 약속은 우리들 사이에 모르는 것이 있어서는 안 된다는 깨질 수 없는 원칙 때문이다. 그러나 그 원칙은 업무에 한해서만 유효하다. 그러니까 사적인 일에 있어서는 그런 원칙이 적용되지 않는다는 말이다. 아니, 오히려 반대의 원칙이 정해져 있다. 사적인 것에 대해서는 서로 묻지도 않고 대답하지도 않는다는 반대의 원칙이다. 그러므로 그는 내 속마음과 사적인 일에 대해서는 아는 것이 하나도 없을 뿐만 아니라 알고 싶어 하지도 않는다. 우리들은 회사에서 부여한 업무 이외에는 서로에 대해서 아는 것이 없다. 우리들 모두가 사무실 안에서 무표정하게 오고갔다. 우리들의 행동반경에는 한계가 있다. 주어진 업무에 따라 우리들이 다닐 수 있는 길이 정해져 있고, 하는 말도, 생각하는 범위도, 퇴근 후의 습성도 거의 고정되어 있다. 우리들은 스스로 아무것도 결정할 수 없는 것이다. 그런 사실을 깨달을 때마다 나는 뒤에 앉은 과장이 나를 지켜보는 감시 카메라가 아닌가 하는 생각이 들었다. 뒤에서 의자 뒤틀리는 소리가 들렸다. 그가 무언가를 하기 위해 움직였다.

어둠 속에서 그녀의 손을 잡고 있는 것은 왠지 어색하게 느껴졌다. 슬그머니 손을 놓으려 하자 그녀가 더욱 세게 내 손을 잡았다. 그녀의 손은 축축하게 젖어 있었다. 손에 묻은 땀 때문에 그녀의 손과 내 손은 미끄러지듯 떨어져 나갔다. 갑자기 벽에서 무슨 소리가 들리는 것 같았다. 그녀가 다시 내 곁으로 바짝 다가앉으며 허리께에 팔을 감았다. 그녀의 손길을 느끼는 순간 나는 키스를 하고 싶다는 생각이 들었다. 그녀의 얼굴 쪽으로 고개를 돌렸을 때, 무엇인가 내 뒤통수를 거세게 내리쳤다. 소리를 지르려고 했지만 소리는 목에 걸려 밖으로 나오질 못했다. 나는 앞으로 쓰러지며 필사적으로 그녀의 손을 움켜쥐었다.

'뛰이— 뛰이—' 하는 사이렌 소리와 함께 많은 사람들이 불안감을 붙안고 돌계단을 내려와 동굴 같은 곳을 지나온 기억이 있었지만, 그들이 지금 어디에 있는지 나는 알지 못했다. 돌계단도, 동굴 같은 길쭉한 길도 다시는 보지 못했다. 이곳에 들어온 이후 나는 사람이라고는 단 한 명도 만나지 못했다.

이런 망상이 왜 생기는지 모르겠다. 아니다. 나는 어떤 책상에 앉아 공부를 하고 있었다. 아니다. 그것도 아니다. 그녀의 아기는 어디로 갔을까? 이건 또 무슨 생각인지 모르겠다. 도대체가 모든 것이 뒤죽박죽이다. 확실한 것은 아무것도 없다.

우리들을 이곳으로 끌고 온 그들뿐만 아니라 함께 끌려온 사람들이 아직까지 이곳에 있는지조차 알 수 없다. 규칙적으로 혹은 자기 마음대로 식사를 가져다주는 그들의 모습도 못 보았다. 그러므로 나는 그들이 사람인지 아니면 다른 어떤 생물체인지도 알지 못한다. 어쩌면 로봇일는지도 모르겠다. 나 스스로 이곳에 들어온 것인지, 아니면 누군가에게 끌려왔는지, 그것도 아니면 이곳으로 '툭' 하고 떨어졌는지 확실한 건 아무 것도 없다.

그들은 언제 그랬는지 모르게 문짝 밑의 작은 구멍 앞에 밥그릇을 가져다놓았다. 문득문득 작은 구멍 앞에는 하얀 쌀밥이 놓여 있었다. 처음 몇 번은 빈 그릇을 내놓지 않아도 식사를 주었지만 언제부터인가 그들은 빈 그릇을 내놓았을 때에만 밥을 주었다. 밥그릇을 내놓으라는 말도 없었다. 언제 왔다 가는지 발자국 소리도 들리지 않았고, 그림자도 나타나지 않았다. 소리도 없는 것 같았다. 그러나 그것은 자신할 수가 없었다. 나는 이따금 고함을 질렀지만 그 소리가 나에게 들리는 것인지 아니면 그냥 마음속으로 들리는 것처럼 생각되는 것인지 구별할 수 없었다.

심지어 나를 이곳 골방에 감금한 어떤 존재가 있기나 한 것인지조차 확신이 서질 않았다. 내가 축축하고 미끌미끌한 돌계단을 내려와 이 골방에 들어온 것은 틀림없는 일이었지만 그때 옆에서 함께 내려온 사람들과 우리를 감시하던 그들이 어느 순간 모두 사라지고 없었다. 나는 그냥 이 골방에 버려졌다. 누가 이 방으로 안내한 것일까. 계단을 내려올 때 어떤 여자와 손을 잡고 있었던 것 같은데 그 여자는 내 옆에 없었다. 여자의 얼굴을 기억해내려고 아무리 노력을 해도 그것은 헛수고였다. 그냥 여자였다. 머리가 긴지 짧은지도 모르겠다. 바지를 입고 있었는지 치마를 입고 있었는지도 기억나지 않는다. 그러나 여자와 나는 분명히 같이 있었던 것이다. 어느 장소인지는 기억이 나질 않지만 우리는 캄캄한 어떤 집회 장소 비슷한 곳에서 여러 사람들 틈에 끼여 있었다. 여자는 빠르게 눈길을 이리저리 옮겼다. 여자는 두려워하고 있었던 것이다. 그러나 시계視界는 반경 십여 미터를 넘지 못하고 있었다. 눈을 이리저리 굴린다고 해서 주위의 상황을 파악할 수 있는 것은 아니었다. 헛수고였다. 어둠침침한 동굴 속에서는 모든 것이 불확실했다.

우리는 그때 '뛰이- 뛰이-' 하는 그 이상한 사이렌 소리를 듣고 이 지하 세계로 내려온 것이라고 생각됐다. 왜 그랬는지는 모르지만 그것만은 확신할 수 있을 것 같았다. 그러면 지상의 세계는 어떠했을까 하고 생각을 해봤지만 그것은 기억해내지 못했다. 우리들이 밖에서 이 동굴 안으로 들어온 것은 틀림없는 사실 같은데 그곳이 어떤 세상이었는지 왜 우리들이 이곳으로 들어왔는지는 알 수가 없었다. 돌로 된 그 문턱을 넘어설 때 우리들의 과거는 완전히 사라져버렸다. 문턱을 넘어설 때 나는 그 여자와 손을 잡고 있었다. 여자와 나와의 관계가 어떤 사이였을까 궁금했지만 나는 여자의 얼굴도 기억하지 못했고, 여자가 어디 있는지도 알지 못했다. 혹시 그 여자를 만나면 의혹이 풀릴지도 모르겠다.

끼기긱거리는 소리와 함께 문짝의 뒤틀림은 점점 그 폭을 넓혀 갔다. 이제 아래쪽 경첩은 거의 떨어져 나가기 직전이었다. 벌어진 문틈 사이에서 빛이 들어오지는 않았다. 창틀 사이로 들어오지 않던 빛이 문틈으로 들어올 것이라고 기대한 것이 무리였다. 그러나 빛은 반드시 찾아야 할 것이었다. 문짝은 겨우 팔이 하나 빠져나갈 정도만 벌어져 있을 뿐이었다. 위에 붙은 경첩이 여전히 견고했기 때문이었다. 벌어진 문틈 사이로 손을 내밀어 보았다. 아무것도 없었다. 바닥에 손을 대어 보았다. 뭔가 축축한 것이 만져졌다. 거친 돌가루였다. 한 움큼 그것들을 움켜쥐었다. 돌을 움켜진 주먹은 문틈에 걸려 빠져나오질 못했다. 그것들은 돌 조각이었다. 매우 단단한 돌이었다. 동굴 벽이 부서져 내린 것은 아니었다. 축축한 바닥의 물기를 제거하기 위해 일부러 깔아 놓은 돌 조각이었다. 철로 밑에 까는 돌 같기도 했다. 위쪽의 경첩 바로 밑에도 나무 조각을 끼워 넣었다. 경첩은 거의 내 얼굴 높이만큼 높게 달려 있었다. 그곳에 끼워진 나무 조각에는 오줌을 깨진 밥그릇에 받아 뿌려야 했다. 문짝의 뒤틀린 모습과 끼기긱거리는 소리는 사이렌 소리보다 덜 무서웠다. 나를 이곳에 가둔 사람일지라도 만날 수 있다는 생각에 나는 무서움을 견디고 있었다. 혼자인 상태만은 면할 수 있다는 생각이 모든 것을 견디게 했다. 어쩌면 나는 그 끼기긱소리를 통해 희망을 쌓고 있었는지도 모르겠다. 그러나 빛은 들어오지 않았고, 그들은 결코 내 앞에 나타나지 않았다. 그들은 나의 골방 생활에 대해서 눈곱만치의 관심도 없는 듯 했다. 내가 밥을 먹든 안 먹든, 모두 먹어 치우든 남기든, 밥그릇을 내놓으면 그들은 새 밥을 놓고 갔다. 밥그릇을 내놓지 않으면 몇 날이 지난 듯해도 먹을 것을 주지 않았다. 나를 이곳에 가둔 그들이 나에게 관심이 없다니 이해할 수 없는 일이었다. 심지어 그들은 나의 탈출 시도에 대해서도 관심이 없는 것 같았다. 그렇지 않고서야 계속되는 끼기긱 소리를 듣지 못할 리가 없으며, 일그러진 문짝을 발견 못할 이유가 없는 것이었다. 그들의 의도를 내가 추측할 수 없다는 사실이 나를 더욱 불안하게 만들었다. 심지어 나는 그들이 귀머거리에다 장님이 아닌가 하는 생각까지 했다. 그러나 그것보다는, 생각이라는 것을 하지 못하며, 조작된 프로그램에 의해서 움직이기만 하는 기계일 것이라고 생각하는 것이 더 그럴듯해 보였다. 나로서는 그것이 최선의 추론이었다.

위쪽에 달린 경첩도 거의 부서진 것 같았다. 문짝과 문틀의 틈도 이제 한 뼘 정도 벌어져 있었다. 문짝을 힘껏 흔들어 보았지만 문은 끼기긱 소리를 내며 조금 흔들렸을 뿐 더 이상 벌어지지 않았다. 뒤로 물러섰다가 세차게 문짝에 어깨를 부딪히자 위쪽 경첩마저 철커덩 하며 떨어져 나감과 동시에 경첩이 달린 쪽으로 문이 열렸다. 그와 동시에 내 몸은 골방 밖으로 내동댕이쳐졌다. 무엇인가에 머리를 세게 얻어맞는 듯한 느낌과 함께 정수리 부분에 참을 수 없는 통증이 솟구쳤다. 주위는 여전히 빛이 없는 어슴푸레한 동굴뿐이었다.

뜯겨진 문짝이 잠금쇠에 매달려 덜컹거렸다. 나는 급히 열린 문을 밀어, 닫혀 있는 것처럼 다시 맞춰 놓았다. 멀리서 소록소록 눈이 내리는 소리가 들렸다. 아주 멀리서 들려오는 기차소리 같기도 했다. 그러나 잘못 들었을 것이었다. 동굴 속에 눈이 내릴 리도 없고, 기차가 있을 까닭도 없었다. 동굴은 여전히 캄캄했지만 무슨 소리가 들리는 것 같았다. 골방 밖의 동굴은 골방과는 달리 벽면과 천장이 울퉁불퉁했다. 날카로운 정 자국은 없었다. 돌이 떨어져 나간 상처로 보아 자연 동굴이 아닌 것임은 분명했다. 축축하게 젖은 바닥에 엄지손톱만한 돌들이 두껍게 깔려 있었다. 어떤 생물체가 일부러 길을 만든 것이 분명했다. 발걸음을 옮길 때마다 돌들이 부딪히면서 서걱거리는 소리를 냈다. 그렇다, 소리는 있었다. 귀신이라도 나올 것 같은 분위기였다. 동굴 천장에 철로 같은 것이 붙어 있는 것을 발견한 것은 골방 주위를 몇 번이나 왕복한 후였다. 그 쇠붙이는 얼마나 길이 들었는지 반짝반짝 빛났다. 빛이 없는데 빛나다니 알 수 없는 일이었다. 어쩌면 빛이 있는지도 모르겠다는 생각이 들었다. 지금도 사용되고 있는 쇠붙이임에 틀림없었다. 그런 생각을 할 때 상자 비슷한 것이 사르륵 하는 작은 소리를 내며 철로 같은 쇠붙이에 매달려 다가왔다. 소리는 가까이에서 잔뜩 귀를 기울여야 겨우 들을 수 있을 정도로 작았다. 그것은 골방 앞에 멈춰서 밑으로 주욱 내려오는가 싶더니 순식간에 다시 위로 올라가 반대 방향으로 사라졌다. 상자가 밑으로 내려갔다 올라간 것은 순간적인 짧은 시간이었다. 비스듬히 열린 문 앞에는 김이 모락모락 오르는 밥이 놓여 있었다. 그들은 아직도 내가 탈출한 사실을 모르는 것일까. 어쩌면 그들은 공룡이 갑자기 사라졌듯이 이미 멸종된 인종일지도 모르겠다. 그러나 그들은 내게 계속해서 밥을 가져다주었다.

골방을 나와 계속해서 걸었다. 깜깜한 동굴은 끝날 줄 모르고 내가 갇혀 있던 골방 비슷한 곳도 없었다. 그렇게 얼마를 걸었을까, 갑자기 공간이 넓어지며 주위가 조금 밝아졌다. 주위가 밝아졌다고 해서 대낮 같이 밝아진 것은 아니었다. 시계가 삼사십 미터를 넘지 못하는 것도 여전했다. 많은 집들과 골목길 때문에 눈은 오히려 더욱 혼란스러웠다. 동굴의 천장은 어느 틈에 사라졌는지 보이지 않았다. 그러나 길은 여전히 뱀 허리처럼 구불구불했고 차가웠다. 동굴과 달리 굽어진 길모퉁이에는 집들이 빼곡히 들어서 있었다. 움막처럼 지붕이 매우 낮은 작은 집들이었다. 그 집들 안에는 누군가가 살고 있을 것이 틀림없었으나 막상 문을 두드리려고 하니 겁이 났다. 그들은 틀림없이 나를 동굴 속 골방에 가둔 인종들일 것이었다. 누군가를 만나고 싶다는 바람과 나를 골방에 가둔 그들과 마주칠 수도 있다는 두려움이 나를 이러지도 저러지도 못하게 만들었다. 나는 계속해서 골목길을 걸었다. 길은 두 사람이 마주치면 한 사람이 조금 비켜서야 지나갈 수 있을 정도로 좁았다. 마을의 분위기는 검은 하늘을 이고 있는 장마철 잿빛 저녁 같은 느낌이었다. 누군가를 만날 수 있으리라는 기대를 갖고 걸으면서도 한편으로는 그들을 만나면 다시 골방으로 끌려갈 것이라는 두려움을 떨쳐버릴 수가 없었다. 모든 집들은 문이 굳게 닫혀 있었다.

붉은 뇌

붉은 뇌

머리에 핏발이 섰다. 머리가 빠개질 것 같았다. 금방 갈아입힌 아이의 옷에 어느새 푸른색 밥풀이 여러 개 들러붙어 있었다. 아니, 보라색 밥풀이었다. 아침밥은 흑태라고 불리는 검은콩을 넣고 지었다. 그런데 밥은 온통 보랏빛이었다. 그것도 그냥 보랏빛이 아니라 거무죽죽한, 왠지 풀기 없고 진이 빠져, 훅 하고 불면 날아갈 것 같은 보랏빛이었다.

밥에 넣은 검은콩에서 왜 보랏빛 물이 나왔는지 모르겠다. 그러나 그게 무슨 상관인가. 나는 지금 두 아들에게 밥을 먹이고 있다. 나는 애보는 남자다.

다시 머리에 핏발이 섰다. 검은 머리가 붉게 물들었다. 동굴 속의 사내는 어디로 간 것일까. 흔적도 없이 사라졌다. 선희와 함께 사내도 사라졌다. 요즘엔 꿈에도 나타나지 않았다. 사내가 사라진 것은 내가 이전의 내가 아니라는 증좌였다. 마지막으로 선희를 본 것은 사법시험장에서였다. 벌써 7년이 지났던가, 아니면 8년이 지난 것인가.

그날 시험장에 들어서면서 한 여자의 책상에 붉은 꽃이 놓여 있는 것을 보았다. 붉은 프리지어였다. 붉은 프리지어를 발견한 순간 이유도 없이 가방 끈이 끊어졌다. 조용했던 시험장 안에 가방 떨어지는 소리가 파동을 일으키며 퍼져나갔고, 소리의 파문 끝에 선희가 고개를 돌렸다. 1년 전에 사라졌던 선희였다. 시험이 끝나고 선희는 다시 사라졌다. 다시는 내 앞에 나타나지 않았다. 그런 선희를 나는 기다리고 있었다.

옷에 묻은 보랏빛 밥풀을 뜯어 입에 물었다. 빨리 밥을 먹여 유치원에 보내야 했다. 그런데 밥풀이 문제였다. 밥풀은 죽은 파리 같았다. 찐드기에 달라붙은 파리. 찐드기는 천장에 길게 매달려 있었다. 찐드기에 점점이 박혀 있는 파리는 아이의 옷에 붙은 밥풀을 닮았다. 밥풀을 조심스럽게 떼어냈다. 그러나 결국 흔적은 남는다.

아빠가 돌보는 아이라는 티를 내고 싶지 않았다. 왜 이렇게 소심하고 남의 이목에 신경을 쓰는 사람이 되었는지 알 수 없다. 언제부터인가 동네 사람들이 내 뒤에서 수군거리기 시작했다. 그러나 어쩔 수 없는 일이었다. 이런 걱정을 하게 된 것은 유치원에서 옆집 아줌마를 만나면서부터였다. 그때 나는 석주의 왼손을 꼭 쥐고 있었다. 그날 이후 동네 아줌마들과 마주치지 않으려고 애썼다. 유치원에도 되도록이면 늦게 갔다. 자칫 시간을 못 맞추면 수업 중인 여선생과 얼굴을 마주쳐야 했다. 한겨울 언 이 밥보다 더 뽀얀 얼굴이었다. 그녀는 아이의 손을 잡고 있는 나를 은밀한 눈빛으로 쳐다보았다. 그 눈빛에서 안쓰러움이 묻어났 다.

"석기 아빠신가 봐요."

나를 향한 그녀의 눈빛이 두려웠다. 그녀의 눈에서는 푸르스 름한 빛이 났다. 지금 생각해보니 보랏빛이었던 것 같기도 하다. 그녀의 눈을 보면 무슨 사건이 터질 듯한 불안감이 내 안에 꿈틀 거렸다. 첫날부터 느낌이 그랬다. 처음 본 얼굴에서 그런 느낌이 들었다는 것은 이상한 일이지만 사실이었다. 그녀의 하얀 얼굴 과 가는 눈이 내 붉은 뇌 속에 각인되었다.

다른 옷을 찾아보았다. 입힐 만한 것이 없었다. 아내는 빨래까 지 내가 하길 원했지만, 빨래는 정말 싫었다. 까딱하면, 오늘도 애들은 유치원에 못 갈지 모르겠다. 그러면 내가 애들을 돌보아 야 한다. 애들이 집에 있으면, 나는 고시 준비생이 아니라 애 보 는 남자가 된다. 애 보는 남자의 세계란 모든 것이 뒤죽박죽이 다. 어떤 돌발사태가 발생할지 모르는 혼돈의 세계다. 아무것도 예측할 수 없고, 모든 것이 불확실한 양자역학의 세계다. 우주의 질서가 해체되고 모든 물체의 원자구성이 파괴된 무無의 상태다. 언제 터질지 모르는 빅뱅 직전의 밤이다. 아무것도 없는 상태란 더 이상 빼앗길 게 없는 상태를 말한다.

더 무엇을 빼앗긴단 말인가? 사방이 돌로 꽉 막힌 이 골방에서 무엇을 더 잃는단 말인가?

도대체 무슨 소리인가. 아이들에게 밥을 먹이다 말고 우주의 질서니, 원자의 구성이니, 빅뱅이니, 돌로 된 골방이니 하는 생각이 왜 떠오르는지 모르겠다. 내가 미쳐도 단단히 미쳤다. 이미 10년이 넘었지만 나는 선희를 잊을 수가 없다. 바늘꽃처럼 가는 눈을 가진 여자…. 아무래도 아내와의 결혼은 잘못되었다.

둘째 아이 석주가 골똘한 표정으로 식탁에 떨어진 밥알을 주워 먹고 있었다. 옷에 묻은 것까지 떼어 먹었다. 석주는 뭔가를 먹을 때면 표정이 매우 심각했다. 무엇인가 중요한 생각에 잠긴 듯한 표정이었다. 지금도 그렇다. 녀석도 우주의 질서를 걱정하고 있는 것일까?

갑자기 전화벨 소리가 요란하게 울렸다. 우리 집 전화벨 소리는 너무 크다. 아내는 가는귀가 먹었다. 전화벨 소리가 요란했다. 붉은 싸이렌 소리였다. 나는 전화벨이 울릴 때마다 깜짝깜짝 놀란다. 두 아이와 내가 동시에 창문 쪽으로 고개를 돌렸다. 혼자 떠들고 있는 TV 옆에서 하얀 전화기가 소리 높여 울고 있다. 만화의 한 장면처럼 수화기가 들썩거린다. 나는 꼼짝 않고 앉아 전화기만 뚫어져라 쳐다본다. 이 시간에 누구일까. 전화기는 계속해서 울어댄다. 마지못해 천천히 일어나, 최대한 느릿느릿 전화기 쪽으로 향한다. 불과 사오 미터를 가는 동안 전화벨 소리는 정확히 다섯 번 더 울렸다. 머리가 아프다. 정수리부분의 편두통은 참을 수 없는 고통을 수반했다. 머리를 움켜쥐고 전화기 앞에 쓰러졌다.

"여보……."

내 말이 끝나기도 전에, 아니 시작되기도 전에 전화는 딸깍 소리를 내며 끊어졌다. 얼마나 더 울리고 나서 받았는지 모른다. 어쩌면 내가 전화기를 들자마자 끊어졌을 것이다. 아니면 이미 끊어진 전화기를 집어 들었는지도 모를 일이다. 머리가 아프다.

어떤 전화였을까. 찜찜한 생각에 마음이 편치 않다. 머리가 아프다. 나는 가끔 선희로부터의 전화를 기다리는 내 모습을 본다. 머리가 아프다. 그리고 그 때에는 어김없이 사내의 그림자도 내 옆에 서 있다. 머리가 아프다. 만약 선희로부터 전화가 온다면, 그건 좋지 않은 일일 것이다. 머리가 아프다.

석주는 아무 일도 없었다는 듯 찌푸린 표정으로 다시 밥알을 주워 먹기 시작했다. 네 살 바기 아이가 생각이란 걸 할 수 있나, 하는 의문이 들었다. 나의 사고체계는 언제부터 시작되었을까. 알 수 없는 일이다. 초등학교에 입학할 때쯤일까. 아니, 여덟 살이 되어서야 어떤 생각을 할 수 있다니, 얼토당토않다. 어쩌면 엄마 뱃속에 있을 때부터 생각을 했는지도 모른다. 언젠가 낙태수술 장면을 TV에서 본 적이 있다. 태아는 자궁 속을 헤집고 들어온 퀴레트를 피하기 위해 바둥거렸다. 어머니는 나를 떼기 위해 병원에 갔었다고 말했다. 너무 늦게 병원에 갔기 때문에 나는 태어났다. 어머니가 흘린 붉은 피를 몸에 휘감고 이 세상에 나왔다. 어머니의 자궁은 붉은 동굴과 비슷하다. 아니 벌레구멍 같다. 다만, 내가 그때의 일을 기억하지 못할 뿐이다. 내 턱밑에는 칼자국이 있다. 동굴 속에서 탈출할 때 누군가에게 당한 흔적이었다. 그러나 나는 가끔, 아주 가끔 그 칼자국은 동굴 벽에 긁힌 자국에 불과하다고 생각했다. 과연 내가 동굴에 갇혀 있기나 했던가? 그러고 보면 진리 역시 사람의 기억력에 의존하는 매우 불확실한 것에 불과하다.

사람은 하는 일이 있어야 한다는 말도 그렇다. 그것은 직업 없이 빈둥빈둥 노는 사람이 얼마나 행복한지 모르는 사람들의 이야기다. 그런 논리는 인간을 착취하기 위해, 지배자들이 만들어 놓은 덫이다. 사람이 직장을 갖고 있다는 것보다 더 불행한 일은 이 세상에 없다. 이것은 내 개인의 생각이 아니다. 대부분의 직장인들이 노동이란 것을 어떻게 생각하고 있는지, 나는 알고 있다. 그래서 나는 당신들도 한번 집에서 놀아보라고 권한다. 자고 싶을 때 자고 일어나고 싶은 때 일어나는 생활이 얼마나 행복한지 곧 깨닫게 될 것이다. 물론 집에서 애를 봐야 한다는 게 조금 불행한 일이기는 하다. 그러니까 현재의 나는 아주 불행한 상태에서는 벗어나 있지만, 그렇다고 아주 만족하고 행복한 상태는 아니라는 말이다.

직장에 다닐 때, 나는 빨리 늙고 싶었다. 그렇다고 젊은 청년보다 늙은 할아버지가 더 좋았다는 의미는 아니다. 직장을 갖지 않아도 타인이 내게 어떤 눈초리도 어떤 스트레스도 가하지 않을 것이란 의미에서, 늙고 싶었다는 뜻이다. 자식들 공부 다 시키고 난 다음에는, 아내가 있어도 좋고 없어도 좋다고 생각했다. 아무런 부담 없이 하고 싶은 일을 할 수 있다면 얼마나 좋을까. 아내가 있어서 같은 길을 가면 좋겠지만, 혹시 다른 길을 간다 해도 상관없었다. 서로에게 짐이 되는 거추장스러운 존재는 되고 싶지 않았다. 몸이 늙어서 거동이 조금 불편해진다한들 어떠랴! 그것은 견딜 만한 일이라고 여겨졌다. 어떤 의무도 없는 자유를 누리기 위해 그 정도쯤은 감수해야 한다. 그러나 돈은 조금 있어야 했다. 그렇다. 돈은 반드시 있어야 한다. 그런 이유로 빨리 늙기를 바랐던 것인지도 모른다. 나이가 예순쯤 되면 수중에 돈이 조금은 있을 것 같았다. 그때까지 나는 무슨 일이든 할 것이고, 노후를 대비해서 저금도 해 놓았을 것이고, 연금보험제도도 어느 정도는 실시될 것이 틀림없었다. 자식과 가정을 위해 내 인생을 포기하고 사는 이 젊은 시절의 시간이 하루에 일 년씩 지나갔으면 좋겠다고 생각했다.

그러나 나의 희망은 너무 빨리 이루어졌다. 나이 마흔에 직장에서 해고되었다. 애들은 이제 겨우 다섯 살과 세 살이다. 이놈의 고시공부 때문에 나는 서른다섯에 결혼을 했다. 아니다 사법시험 때문이 아니라 그녀 때문이었다. 선희는 사법시험에 떨어지고 다시는 내 앞에 나타나지 않았다. 혹시 그녀를 다시 볼 수 있을지도 모른다는 기대감으로 사법시험을 계속했지만 다시는 그녀를 볼 수 없었다.

해고를 통고받은 날, 인사팀장의 면담요청에 나는 당황했다.

"회사의 사정이 여의치 못해 어쩔 수 없다. 감원을 해야 하니 이해해라, 미안하지만 어쩔 수 없다. 그렇게 되었다……."

인사팀장의 입에서 그런 말들이 줄줄이 흘러 나왔다. 결론은 나더러 나가달라는 말이었다. 장기 불황이 계속되고 있는 데다 삼팔선이니 사오정이니 하는 판이니, 현실적으로 다른 회사에 취직할 가능성은 거의 없었다. 삼팔선을 넘긴 것만 해도 다행이었다. 이건 진짜 변명에 불과하지만 해야겠다. 나는 꽤 유능한 샐러리맨이었다. 그럼에도 불구하고 나는 늘 불안했다. 그래서 더욱 열심히 일했다. 그럴수록 불안은 더욱 커져갔다. 어느 정도 예상은 하고 있었지만 그 불안이 현실로 나타났다. 나는 받아들일 수 없었다. 어떻게 해서든 그 상황을 뒤집고 싶었다.

직장이 없으면 얼마나 좋을까 하는 생각을 언제 했느냐는 듯 나는 가족 네 명의 생계가 걸린 문제라고 애원했다. 어떻게 나에게 이럴 수 있느냐고 따지고 들었다. 부장에게로 화살을 돌렸다. 매일 점심때마다 술 마시고 오후 내내 잠만 자는 부장이 무슨 염치로 나를 지목했느냐고, 대체 기준이 무엇이냐고, 술을 못 마시는 것이 기준이냐고……, 횡설수설했다. 인사과장은 미안하지만 어쩔 수 없다는 말만 되풀이했다. 그는 자기도 언제 잘릴지 모르는 신세라며 한숨지었다. 잠깐 나보다 더 불쌍해 보였다.

사람은 의연해야 할 때가 있다. 지금 생각하면 내가 왜 그렇게 나약하게 굴었는지 부끄럽다. 나는 고백한다. 당시의 내 행동은 아주 수치스러운 것이었다고. 지금 나의 아내는 고등학교 교사라는 대단히 훌륭한 직업을 갖고 있다. 또 내게는 고시공부를 다시 시작한다는 명분도 있다. 서른네 살까지 했던 고시공부다. 불안해할 이유가 없다.

그런데 예상치 못한 불안감이 생겼다. 바로 아내의 상냥함이었다. 내가 직장에 다닐 때, 아내는 전혀 부드럽지 않았다. 뭐가 그리 불안한지, 내 행동이 조금만 평소와 달라도 이상한 눈초리를 보냈다. 늘 바가지를 긁고 다니던 아내가, 요즘은 부드럽다 못해 사근사근했다. 지난 달 사법고시 최종 합격자 명단이 발표되었다. 나보다 16살이나 어린 까마득한 대학 후배가 수석 합격을 했다. 그날 나는 혼자서 술을 마셨다. 대취였다. 만신창이가 되어 집에 돌아와 침대위에 엎어졌다. 쓰러져 있는 내 등을 쓰다듬으며, 아내는 여유를 가지라고 위로했다. 다시 시작한 공부인데 금방 되겠느냐며 용기를 북돋워주었다. 직장 다니던 사람이 일 년 만에 사법고시에 붙는다면 누가 고시공부를 마다하겠느냐고도 했다. 아내의 마음을 모르는 바는 아니었다. 그러나 그런 아내의 태도가 나를 더욱 불안하게 만들었다. 아내는 내 마음을 모른다. 나는 아내에게 물질 뿐만 아니라 정신까지도 원조를 받아야 견딜 수 있는 금치산자禁治産者이자 심신상실자心神喪失者였다.

또 전화벨이 울렸다. 전화기 쪽으로 얼굴을 돌렸다. 검은 텔레비전 옆에서 하얀 전화기가 울리고 있었다. 조금 전에 전화했던 사람이다. 틀림없다. 그냥 알 수 있다. 이건 직감이다. 나는 전화를 거는 사람이 아내에게 볼일 있는 남자라고 단정짓는다. 다시 머리에 핏발이 섰다. 천천히 전화기로 발걸음을 뗀다. 수화기를 집어 들 때까지 벨은 다섯 번을 더 울었다. 소리에도 색깔이 있다면 지금의 전화벨 소리는 붉은색이다. 어떤 놈인지 확인해야겠다. 내가 먼저 말을 하지는 않을 것이었다. 수화기를 귀에 바싹 붙여대고 잠자코 그쪽의 목소리를 기다렸다. 남자의 목소리를 기대했다. 그쪽도 침묵이었다. 숨소리조차 들리지 않았다. 전화기가 먹통이 된 것인지, 정말 누가 전화를 걸기는 한 것인지 혼란스러웠다. 몇 초가 지났을까, 아니면 몇 분이 지났을까. 전화는 딸각하는 소리와 함께 끊어졌다.

요즘 이렇게 끊어지는 전화가 자주 왔다. 이런 전화는 나를 불안하게 만들었다. 그러고 보니 아내가 집에 있을 때 유난히 많았다. 어제도 말없이 끊어지는 전화를 몇 번 받았다. 마지막에는 신경질적으로 수화기를 쾅 하고 내려놓았다. 다시 전화기가 울렸을 때, 아내가 황급히 수화기를 집어 들었다. 아내는 그쪽의 말을 듣기도 전에 잘못 걸었다고 소리쳤다. 분명 수화기를 들자마자였다. 아내의 얼굴이 약간 일그러져 있었다. 전화는 다시 걸려오지 않았다.

모든 것에 자신이 없다. 이제 석기에게 야단치는 일조차 조심스럽다. 다행히 석주는 아직 조금 만만하다. 석기는 벌써부터 빨리 어른이 되었으면 좋겠다고 한다. 내가 서른이 넘어서야 생각한 것을 녀석이 주절거리고 있는 것이다. 녀석은 이제 겨우 다섯 살이다. 아니 이게 무슨 짓인가. 다섯 살짜리 어린애의 말과 내 생각을 같은 수준에 놓고 비교하다니, 말도 안 되는 짓거리다. 석기의 말과 내 생각에는 분명한 차이가 있을 것이다. 녀석은 자기가 어른이 되면 겪어야 할 고통을 알지 못한다. 지금 내가 저 녀석을 돌보지 않아도 된다면 얼마나 행복할까. 그런 생각을 하면 오줌을 찔끔 지릴 만큼 온몸에 전율이 흐른다. 그런데도 나는 애들을 돌봐야 한다. 이것은 어쩔 수 없는 내 운명이다.

석주는 어느 틈에 현관 앞에 앉아 장난을 쳤다. 플라스틱 모형 칼을 치켜들었다가 내려친다. 다시 그 칼끝을 신발에 넣고 번쩍 들어 신발 안을 들여다본다. 반복적 작업이다. 저 녀석은 무슨 생각을 하고 있을까. 녀석처럼 생각이 없으면 얼마나 좋을까. 저 녀석에게 생각이 없는 것처럼, 내게 저 녀석이 없으면 얼마나 좋을까!

"얍! 정의의 칼을 받아라~."

석기의 고함소리가 들려왔다. 칼을 든 동생을 보고 석기도 장난감 칼을 치켜들었다. 내가 저들에게 정의의 칼을 휘두르면 어떻게 될까. 머리를 흔들어본다. 아들에게 칼을 휘두르다니, 아들이 내 적이라도 된단 말인가? 그렇다. 녀석들은 내 적이다! 내 인생을 담보로 잡고 있는 놈들!! 두 발에 족쇄를 채워 나를 꼼짝 못하게 하는 놈들!!! 사방에 출구라고는 없는 이 집에서, 감옥 같은 이 상황에서 탈출하고 싶다. 칼이든 총이든 상관없다. 어떤 무기든 내리쳐 차꼬를 깨부수고 싶다.

내가 동굴 속에서 탈출을 시도한다.

끼기긱거리는 소리가 문틈에서 들려온다. 방은 여전히 어두침침하다. 모든 것이 기연가미연가 하다. 끼기긱거리는 소리에 화들짝 놀라 침상에서 깨어났다. 이게 무슨 소리인가. 한참을 멍하니 문을 바라보고 서 있다. 그 소리는 문틈에서 나온다. 소리를 좇아 문 쪽으로 다가가 철문에 손을 얹는다. 미세한 떨림이 느껴진다. 경첩이 달려 있는 문틈이 조금 벌어져 있다. 그 틈새로 손을 집어넣어 문짝을 잡아당긴다. 문짝은 벌어졌다가는 다시 좁혀지기를 반복한다. 탄성이 있는 문이다. 나는 도저히 탈출할 수가 없다.

가끔 이렇게 느닷없이 환상이 떠올랐다. 무슨 일인지 알 수 없었다. 머리를 흔들었다. 아이들이 두 겹 세 겹으로 겹쳐 보였다. 나는 환상을 떨쳐 버리려는 듯 소리쳤다.

"야, 빨리 밥 안 먹을래?"

'말 잘 듣고 공부 열심히 하는 아이는 정신병에 걸릴 우려가 많습니다.'

전화기 옆 검은 텔레비전 속에서 유명한 정신과 의사가 나를 향해 말했다. 그 의사는 말상이었다. 검은 말.

'이 집 아이들이 로보트지 어디 애들인감. 어쩜 이렇게 모두들 조용히 책상 앞에만 앉아 있어? 당신들은 착한 아이들 둬서 좋겠수. 공부도 잘하고, 말썽도 안 피우고……'

내가 어렸을 적 우리 집에 놀러온 부모님의 친구 분들 말이다. 그분들은 입에 침이 마르도록 우리 형제를 칭찬했다. 그러나 사실 그 말은 칭찬이 아니라 비아냥이었다는 것을 나는 안다. 그들은 아버지와 어머니의 과거를 알고 있는 사람들이었다. 아무리 발버둥쳐도 망나니의 후예라는 사실은 변함이 없다고 말하는 듯했다. 그들은 우리들을 꼭 로봇 같다고 말했다. 나는 그 말이 정말로 듣기 싫었다. 그러나 싫다는 말을 할 줄 몰랐다.

다섯 살 때의 내 모습은 말 잘 듣는 어른 같은 아이였다. 나는 결혼할 때까지도 계속 그런 모습이었고 결국은 이렇게 미쳐버렸다. 공부, 혹은 다른 사람이 시키는 일 이외에는 어떤 일도 무서워했다. 그런 내 자신을 되돌아본다. 오히려 아이들이 대견스러워 보이기까지 한다. 한정 없이 초라해진 내 모습과는 달리 옷에 밥풀을 묻힌 채 칼싸움을 하는 아이들이 존경스럽다. 아이들은 유치원에 가야 한다는 강박관념이 없다. 그래도 나는 그들을 유치원에 보내야 했다. 달래야 했다.

"이제 그만하고 밥 드세요."

존댓말이 튀어나왔다. 애들에게 존댓말을 하다니, 무슨 짓인가 하는 생각도 들었지만 어쩔 수가 없었다. 이렇게 해서라도 아이들을 빨리 어디론가 보내야만 했다. 이런 걸 의사들은 강박사고라고 말했다.

아이들에게 빨리 먹이기 위해서 밥을 물에 말았다. 밥풀에서 보랏빛 물이 우러나왔다. 왠지 물에 만 밥이 침통했다. 숟가락으로 퍼 올린 밥은 옅은 보라색이었다. 아이들은 여전히 밥을 먹지 않을 모양이었다. 밥을 먹이지 못하고 유치원에 보낼 바에는 괜히 말았다. 그러나 이미 후회해도 소용없는 일이다. 버릴까 했으나 아깝다는 생각이 들어 숟가락을 들어 한 입 물었다. 순간 역한 냄새가 났다. 아이들이 남긴 밥을 먹고 싶지 않았다. 두 아이는 어느 틈에 텔레비전 화면에 눈동자를 고정시키고 있었다. 화면 속에서는 인형극이 펼쳐지고 있다. 인어공주 이야기다.

한 달 전에 다녀온 부산 해운대에는 인어공주 조각상이 있었다. 태어나서 처음 가본 남해안이었다. 해운대 모래밭은 넓고 편편했다. 몇 번 가본 적이 있는 동해안의 좁고 가파른 모래밭과는 달랐다. 밀려왔다 밀려가는 파도에 모래밭이 묻혔다가 다시 드러나곤 했다. 밀려든 바닷물에 아이들 얼굴이 얼핏 스쳤다. 아이들이 걱정되었다. 출근 시간에 아이들에게 옷을 입히며 허둥대는 아내의 모습이 눈앞에 어른거렸다. 애 보기가 싫어 무작정 떠난 여행지에서 나는 애 보는 문제를 생각하고 있었다. 내가 어디론가 떠난다 해도 그것은 떠남이 아니었다. 나는 언제 어디에 있든지 애들에게 잡혀 있는 것이었다.

오늘은 어디론가 가고 싶다는 생각이 간절하다. 유치원 앞마당에 그 여선생이 나와 있다. 여선생과 같이 떠나면 더욱 좋을 것 같다. 이런 경우는 없었다. 무슨 일이라도 있는 걸까. 나와 아이들을 본 그녀가 눈길을 다른 곳으로 돌렸다. 그녀의 얼굴에 겸연쩍어하는 기색이 역력했다. 다시 언 이밥이 생각났다. 희다 못해 푸른빛이 도는 얼굴이다. 고개 돌려 인사하는 그녀의 목소리가 파르르 떨린다.

"안녕……하세요……."

그녀의 얼굴이 옅은 보랏빛으로 변했다. 나는 대답 대신 품에 안겨 있는 석주를 그녀에게 넘겨주었다. 석주가 아버지를 외치며 내 목을 끌어안았다. 그녀가 "석주 착하지"를 연발한다. 우는 아이를 내게서 떼어내 안기 위해 그녀가 두 팔을 벌려 나와 석주의 가슴 사이에 집어넣는다. 석주의 등을 붙잡고 있던 내 손등에 그녀의 가슴이 뭉클 와 닿는다. 젖가슴이 크다. 순간 그녀와 나 사이에 어떤 전율 같은 것이 흐른다. 찌르르 한다. 잠시 정신이 아득해지면서 세상이 온통 보랏빛으로 변했다. 그러나 우리는 약속이라도 한 것처럼 시치미를 떼고 아이를 주고받았다. 아이를 안은 그녀가 빠르게 돌아섰다. 바람 때문인지 그녀의 머리칼이 휘날렸다. 허리가 돌고 머리가 돌고 이어서 머리칼이 그 뒤를 잇는다. 그녀의 품에 안긴 석주도 함께 돈다.

다시 머리에 핏발이 선다. 조금 다른 색의 핏발이다. 돌아선 그녀가 교실 쪽으로 걸음을 옮겼다. 그녀의 몸이 한 번 휘청거렸다. 회전력 혹은 관성 때문이다. 석주가 그녀의 목을 그러안은 팔에 힘을 주었다. 그녀에게 안긴 석주가 나였으면 좋겠다. 그녀는 하얀 블라우스를 입고 있다. 어제도 입었다. 어쩌면 그것은 유치원 선생들의 제복일지도 모른다. 나는 하얀 블라우스를 입지 않은 그녀의 모습을 본 적이 없다. 결국은 그녀의 애처로운 눈빛과 석주의 원망 섞인 외침 속에서 우리는 헤어졌다. 내 눈빛은 어떠했을까, 궁금하다. 석기는 무덤덤한 표정으로 발걸음을 뗀다. 이별이란 슬픈 거다.

사람을 만나다가 안 만나면 왜 슬픈가. 애초부터 만나지 않은 것이 더 슬퍼야 할 텐데 그렇지 않다. 어떻게 행동해야 할지 판단이 서질 않는다. 그녀와 마주치지만 않았어도 조금은 덜 슬펐을 것이다. 언뜻 그녀에게 안긴 석주의 옷에 들러붙은 보라색 밥

풀이 보였다. 그 밥풀이 멀어지면서 까만 점으로 변한다. 우습게
도 초등학교 시절 미술시간에 배운 짧은 지식이 생각났다. 어쩌
면 중학교 때일 수도 있다. 아무튼 물감은 섞으면 섞을수록 검은
색이 된다고 했다. 그렇다. 이 세상에는 사람이 너무 많다. 울타
리 밖의 세상을 보라. 온통 검은 빛뿐이지 않은가. 이놈의 세상
은 곧 망하고 말 거다.

태양의 흑점이 커지고, 일식으로 달이 해를 삼키고, 우주는 팽
창하다 못해 급기야는 '팡' 하고 터져버린다.

세상이 검다니 그것은 터무니없는 말이다. 그렇다. 빛은 섞을
수록 하얗게 변한다는 사실을 잊고 있었다.

"아, 모르겠다. 아무것도 모르겠다."

이 세상이 밝은 것인지 어두운 것인지 혼란스러웠다. 산산이
헤쳐졌을 때, 검은색이 나올지 흰색이 나올지 상상이 안 되었다.
우주의 끝에 당도하면 뭔가 보일지 모를 일이다. 그러나 끝이 있
다면 끝 다음은 우주가 아니고 뭘까. 하다못해 그 끝 다음에는
아무것도 없는 빈 공간이라도 있어야 논리에 맞다. 그 빈 공간은
또 무엇이란 말인가. 다른 우주인가? 그런 논리는 결국 우주는
하나가 아니고 수천 개, 수만 개, 아니 무한대라는 결론을 이끈
다. 그 수많은 우주들의 집합을 우리는 뭐라 부르는가. 그것은
거울 속의, 거울 속의, 거울을 들여다보는 것만큼 난해하다.

석주를 안은 여선생이 유치원 안으로 사라지자 갑자기 희지도

검지도 붉지도 않은 공허감이 밀려들었다. 이제 뭘 하지, 할 일이 없다. 아무 할 일이 없다는 것은 직장을 다니는 것보다 더 불행한 일이다.

돌아서며 고개를 떨쿠었다. 담장 아래 나팔꽃이 피어 있었다. 보라색 꽃이었다. 붉은 빛이 강한 보라색이다. 오늘은 왜 이렇게 자꾸 보라색이 보이는지 알 수가 없다. 정서불안이다. 브라질인지 인도인지에서는 아침에 보라색을 보면 슬프거나 재수 없는 일이 일어난단다. 나는 내가 무엇 하는 사람인지도 모를 때가 종종 있다. 지금도 그렇다. 나는 고시 준비생인데 그걸 잊고 있었다. 할 일이 없다는 것은 엄청난 불행이라고 말하고 있으니, 어처구니가 없다. 요즘의 나는 제정신이 아니다. 애 보기와 고시공부 사이에서 갈팡질팡이다. 갑자기 시간이 궁금해졌다. 가끔 이렇게 시간을 알고 싶어질 때면 시계를 차지 않은 걸 후회한다. 시계를 보지 않아도 아홉 시가 넘은 것은 확실했다. 자동차 시동장치에 열쇠를 꽂고 오른쪽으로 돌렸다. 부르릉거리는 소리와 함께 손과 다리에 떨림이 동시에 느껴졌다. 전자시계가 '09:34'라는 숫자를 깜빡거란다.

차를 뒤로 빼면서 룸미러를 들여다본다. 룸미러 속으로 유치원 출입문에 걸려 있는 거울을 본다. 거울 속에 나팔꽃이 가득했다. 한 사내가 나팔꽃을 보고 있다. 수많은 나팔꽃이 보랏빛 웜홀 속으로 빨려들었다. 사내도 웜홀 속으로 뛰어든다. 사내가 있는 곳은 보랏빛 우주 끝자락이다. 그곳에 보랏빛 혹성이 있다. 혹성은 온통 보라색이다. 혹성은 거울 속에 존재하는 나팔꽃의 우주다. 혹성에 가까워질수록 사내의 몸은 작아진다. 사내의 몸이 작아질수록 혹성은 상대적으로 커진다. 모든 것은 상대적이다. 사내는 혹성 위를 떠다닌다. 날개가 없는데도 사내의 몸은 가고 싶은 쪽으로 날아간다. 신기한 일이다. 사내는 몸을 흔들지도 두 팔을 휘젓지도 않는다. 두 다리를 버둥거리지도 않는다. 그냥 앞으로 가고 싶다고 생각하면 앞으로 가고, 되돌아가고 싶다고 생각하면 되돌아간다. 발끝에 살짝살짝 나팔꽃잎이 닿는다. 그 곳에는 아내도 없고 아이들도 없다. 오로지 보라색 나팔꽃뿐이다. 하늘은 파란색이다. 해도 없고 달도 없다. 혹성뿐이다. 어디서 빛이 나오는지 알 수 없다. 사내는 끝없이 누워만 있다. 그곳에서 사내가 할 일이라곤 누워 있는 일뿐이다. 잠도 안잔다. 공상도 할 수 없다. 아무런 생각도 떠오르지 않는다. 배도 고프지 않다. 오로지 불안하다. 불안. 다시 앞으로 간다고 생각한다. 움직이지 않는다. 두 발이 땅에 들러붙어 있다. 사내의 다리가 보라색으로 변해 있다. 나팔꽃 줄기다. 소리를 지른다. 그러나 그것은 소리 없는 아우성이다. 비명도 나오지 않는다. 사내가 서서히 나팔꽃으로 변한다. 두 팔에서 넝쿨이 솟아난다. 보라색 넝쿨이다. 나팔꽃이 꽃봉오리를 터트린다.

"팡! 팡! 팡!"

"빵! 빠~앙!"

경적소리에 룸미러를 흘끗 쳐다본다. 뒤에 차들이 꼬리에 꼬리를 물고 있다. 앞에 서 있던 자동차는 벌써 저만치 내달렸다. 황급히 가속발판을 밟았다. 서둘러야 했다. 요즘 도서관 주차장은 항상 만원이었다. 그 주차장이 도서관 주차장인지 아니면 도서관이 있는 중앙공원의 주차장인지는 분명치 않다. 주차장은 늘 차들로 빼곡했다. 며칠 전에는 차를 주차시킬 수가 없어 산 너머까지 갔다. 산 너머 약수터 입구에 차를 세우고 산길을 걸어 도서관에 가면 일석삼조—石三鳥일 것이라고 생각했다. 산길을 걸으며 미리 운동을 조금 하고 들어가면 공부가 훨씬 능률적일 것 같았다. 가끔 도서관 열람실에 자리를 잡고, 산책을 한 후 공부를 시작하기도 했다.

반대편 산을 넘어 도서관에 가겠다고 생각한 것은, 예전에 건너편 약수터에 가본 적이 있기 때문이었다. 물통을 들고 가는 사람들과는 달리, 나는 책가방을 어깨에 메고 걸었다. 앞서 가던 두 여자가 나를 흘끔흘끔 쳐다보며 뒤로 쳐졌다. 여자들이 나를 두고 수군거렸다. 머리가 근질거렸지만 그 여자들이 내 뒤통수를 바라보고 있을 것 같아 안 긁었다. 앞사람의 손에 매달려 흔들리는 큰 물통을 보고, 차 안에 작은 물병을 두고 온 것을 깨달았다. 약수터에서 헐떡이며, 물 한 바가지를 전부 먹었다. 저절로 커윽 하는 소리가 나왔다. 약수터를 지나자 산길이 가팔라졌다. 발이 아팠다. 고개를 꺾었다. 슬리퍼를 신고 있는 맨발에 먼지가 뽀얗다. 아픈 다리를 끌고 고갯마루에 올랐다. 길은 사방으로 뚫려 있었다. 도서관이 소나무 숲 사이로 멀리 보였다. 산길로 가기에는 너무 먼 곳이었다.

지나온 약수터와 도서관 옆 산 너머 약수터는 서로 다른 곳이었다.

도서관 옆의 산길 중간중간에는 철봉, 평행봉, 역기, 복근운동기, 링 등 간단히 할 수 있는 운동기구들이 있다. 제일 먼저 나타나는 것은 평행봉이다. 평행봉을 지나 얼마를 더 오르면 철봉이 나온다. 나는 철봉 옆에서 법전을 뒤적거리며 숨을 가다듬었다. 간간이 내려다보는 도서관 앞 잔디밭에 노란 옷을 입은 아이들이 줄지어 걷고 있다. 석기, 석주는 무엇을 하고 있을까. 그만 내려가야지 하면서도 몸은 자꾸만 위쪽을 향한다. 양복을 입고 구두를 신은 젊은 남자를 만났다. 남자는 무표정하게 터덜터덜 산 아래를 향하고 있다. 남자의 두 발이 미끄러지면서 기우뚱했다. 희붐한 먼지가 날린다. 남자가 이곳에서 올라갔다가 다시 내려오는 것인지, 아니면 반대편에서 산을 넘어오는 것인지 궁금하다. "저기…, 아저씨!" 남자가 뒤를 돌아보았다. 물어볼까 말까 망설이다 그냥 돌아서 위로 향했다. 남자가 뭐라고 중얼거렸다. 나는 계속 위를 향해 걸었다. 링 옆에까지 왔다. 모두들 알겠지만 링은 체조의 한 종목이다. 원미산 중턱에 있는 링은 체조경기장의 그것과는 달랐다. 낮은 철봉에 굵은 쇠사슬이 한 뼘쯤 걸려 있고, 그 끄트머리에 수갑처럼 생긴 손잡이가 달려 있었다. 그것에 매달려 몸을 흔들면 쇠사슬은 철그렁거렸다. 그것이 왜 수갑처럼 느껴졌는지 모르지만, 나는 그것을 처음 보았을 때 수갑을 떠올렸다. 쇠로 된 손잡이는 늘 차가웠다. 그 차가운 느낌은 시간이 갈수록 더욱 짙어졌다. 왠지 링에 매달리면 내가 고문당하는 것 같아 두려웠다. 나는 링에서만 운동했다. 링에 매달려 몸을 축 늘어뜨리고 있으면, 모든 것이 막막해지고 마음도 편해졌다. 아무것도 생각나지 않았다. 몸을 비틀면 링은 철그렁철그렁 울었다.

눈꺼풀이 점점 내려앉았다. 자리에 앉아 한 시간 정도 지나면 으레 찾아오는 현상이었다. 손등으로 눈을 한 번 비볐다. 그리고 다시 책으로 눈길을 돌렸다. 희미하게 '간통죄는 친고죄親告罪'라는 글귀가 눈에 들어왔다. 서양에서는 이미 사라진 지 오래된 죄목임에도 우리나라에서는 여전히 그 위용을 자랑하고 있었다. 십 년 전만 해도 가장 점수 따기 쉬운 과목이 형법이었다. 그러나 이미 오래전의 일이어서, 요즘은 형법이 가장 점수가 짜다. 점수야 어떻든, 간통이라는 글자에 유치원 여선생의 얼굴이 겹쳐진 것은 부끄러운 일이었다. 간통이라는 글자를 보는 순간 그녀가 떠오르다니, 보통 야릇한 일이 아니었다. 그녀와 내가 커피라도 함께 마신 적이 있느냐 하면 그런 것도 아니었다. 그런데 왜 자연스럽게 그녀가 떠오르는지 알 수 없는 일이었다. 나는 아내가 있는 유부남이니까, 그녀와 내가 성관계를 갖는다면 물론 간통에 해당한다. 그러나 다행스럽게도 그녀와 내가 성관계를 가질 가능성은 거의 없었다. 만에 하나 관계를 갖는다 해도, 간통죄는 친고죄이므로 내 아내가 처벌해달라고 요구하지 않는 한, 간통이 아니라 로맨스다. 내 아내만이 죄를 주장할 수 있다. 따라서 남들은, 심지어 경찰까지도 두려워할 필요가 없다. 다시 말해 아내만 조심하면 되는 것이다. 이 얼마나 다행스러운 일인가. 그런 생각을 하면서 무슨 죄라도 지은 사람처럼 주위를 힐금 힐금 둘러보았다. 바로 옆자리에 머리가 희끗한 남자가 엎드려 있었다.

창 밖에서 사이렌 소리가 들렸다. 민방위훈련이다. 도서관은 훈련을 하지 않는다. 지하로 내려가지 않아도 되었다.

다시 책을 들여다보았다. 내용이 눈에 들어오지 않았다. 약수 터에 갈 수도 없었다. 오전에 산에 갔다 보았던 남자가 생각났다. 오늘 읽은 책의 양은 백 쪽이 채 안 되었다. 벽에 걸린 시계는 이미 네 시를 알리고 있었다. 하루 목표량 삼백 쪽을 채우려면 다섯 시까지 백 쪽은 족히 더 읽어야 한다. 불가능하다. 다시 책으로 눈을 돌리자 간통죄 운운의 글귀 위에 여선생의 얼굴이 겹쳐졌다. 아침에 느낀 그녀의 큰 가슴이 자꾸 눈앞에 어른거렸다. 그녀는 지금 무얼 하고 있을까. 그녀의 이름은 무엇일까. 아뿔싸! 이름도 모르는 여자와의 간통을 꿈꾸다니. 내가 미쳐도 단단히 미친 모양이다. 마음이 자꾸 조급해졌다. 한 시간 만에 형법 책을 백 쪽 남짓 읽는다는 것은 도저히 불가능한 일이다. 오히려 이름도 모르는 여선생과 정을 통하는 일이라면 그나마 가능성이 있다. 내가 원하는 것이 그녀와의 성관계라면 간통보다 강간이 훨씬 쉬울 것이다.

유치원을 향하여 차를 몰았다. 도로는 차들로 빽빽했다. 이토록 많은 차들이 무슨 볼일이 있어서 도로를 질주하는지 모르겠다. 오늘도 독서 목표량을 채우지 못할 것 같았다. 조금이라도 책을 더 읽으려면 아내가 빨리 와야 한다. 아내는 지금 무엇을 하고 있을까. 아내가 어떤 남자와 벌거벗은 채 엉켜있는 모습이 떠오른다. 차들 사이로 여자의 누드 그림이 보였다. 세 편을 연속해서 상영하고, 지정좌석도 없고, 시간제한도 없는 극장이었다. 상영장과 매표소 사이의 공간에서는 컵라면도 팔고 만화도 있다. 누드화는 두 개다. 하나는 '홍분' 다른 하나는 '원시적 본능'이다. 나머지 하나는 제목이 적혀 있지 않다.

며칠 전에 나는 그 극장에 갔었다. 입구부터 어두침침했다. 하얀 아크릴판에 '입장료 5,000원'이라고 적혀 있었다. 돈을 받는 작은 구멍이 있다. 나는 그냥 문을 밀고 들어가 의자에 앉아 있는 아줌마에게 4천 원과 할인권 한 장을 건네주었다. 튀긴 강냉이를 먹고 있던 아줌마가 묘한 웃음을 지으며 할인권을 되돌려

주고 다시 손을 강냉이 그릇으로 옮겼다. 아줌마의 손은 작달막했다. 작은 손을 크게 벌려 여자의 젖가슴을 애무하는 듯 천천히 강냉이를 그러모았다. 서너 개의 강냉이가 손아귀에 잡혔다가 떨어졌다. 다시 손을 벌려 강냉이 위로 얹었다. 손을 옹크리자 몇 개의 강냉이가 그릇 밖으로 튕겨나갔다.

유치원 마당에서 아이들에게 옷을 입히는 그녀의 손이 떨리고 있었다. 수척한 모습이 고혹적이라고 느껴졌다. 내가 그녀와의 간통 혹은 강간을 생각하고 있기 때문이었다. 아침의 포동포동했던 얼굴이 조금 핼쑥해졌다. 오히려 야윈 반달 같은 얼굴이 더욱 요염하다. 보랏빛 나팔꽃은 이미 시들었다. 시든 나팔꽃 넝쿨 위로 내리꽂히는 저녁 햇살에 나른함과 귀찮음의 잔해가 스멀거린다. 오늘 하루는 이렇게 되도록 이미 결정되어 있었는지도 모를 일이다. 아침에 아이들이 그놈의 보라색 밥풀을 옷에 떨어뜨려 애를 먹이더니 결국 이렇게 되고 말았다.

여섯 시가 넘었는데도 아내는 돌아오지 않았다. 이런 적은 없었다. 무슨 사고가 난 것은 아닐까. 자꾸 불안하다. 휴대전화도 불통이다. 혹시 교통사고라도 난 것은 아닐까. 내가 왜 이렇게 불길한 생각을 하는지 모르겠다. 어쩌면 나는 아내가 어떤 사고를 당하길 은근히 바라는지도 모른다. 그 이유는 무엇일까? 높은 빌딩 난간에 서면 뛰어내리고 싶어지는 충동과 비슷한 것일까? 뛰어내리면 안 된다는 것을 알고는 있지만, 그래도 뛰어내

리면 하늘을 날 수 있으리라는 그런 생각 말이다. 베란다 천장에
서, 잉꼬를 가둬둔 새장이 바람에 흔들렸다. 지금은 세 마리가
함께 있지만 한 마리만 갇혀 있던 적이 있었다. 지난 봄 새장을
청소하기 위해 잠시 거실 바닥에 내려놓은 사이, 석주가 문을 열
었다. 한 마리는 다시 잡혔지만 다른 한 마리는 기어이 창문을
통해 밖으로 날아갔다. 그리고 며칠 동안은 저녁이면 다시 날아
와 맞은편 빌라 지붕 위에서 제가 살던 우리집을 바라보며 재재
거렸다. 일주일이 지나자 잉꼬는 더 이상 나타나지 않았다. 남은
새가 외롭다는 아내의 말에 한 달 만에 한 쌍을 더 사왔다.

아내도 잉꼬처럼 외로웠던 것일까. 아내는 지금 다른 남자와
저녁을 먹고 있을지도 모른다. 만약 아내가 불륜을 저지른다면
나는 어떻게 할 것인가. 아내의 외도를 이유로 이혼을 청구할 것
인가?

그렇게는 못 할 것 같았다. 모른 척하며 그냥 살 것 같았다. 내
가 생각해도 우스운 일이었다. 아내가 다른 남자와 밥을 먹고 있
을 것이라는 상상이 불륜으로 치닫다니. 여자는 남자와 밥을 같
이 먹으면 잠자리도 같이 한단 말인가. 틀림없다. 나는 미쳤다.
미치지 않았다면, 미치지 않았다면……, 이러지 않을 것이다. 아
니……, 잘 모르겠다.

선희는 어디에서 무얼 하고 있을까….

일곱 시가 넘었는데도 아내는 소식이 없었다. 두 아들은 배가

고프다고 자꾸 보챈다. 애들을 데려올 때 유치원 여선생도 같이
데려올 걸 잘못했다. 그랬다면 밥을 해줄 수도 있을 텐데, 지금
그녀는 없다. 결국 라면을 끓였다. 라면이 끓기 시작하는데 파가
어디 있는지 찾을 수 없다. 파를 넣지 않으면 라면은 느끼하다.
면이 풀어지기 전에 스프와 파를 넣어야 하는데 마음만 급했지
파가 보이지 않는다. 그런데도 나는 느릿느릿 움직였다. 석기와
석주가 식탁에 턱을 고인 채 나를 바라보고 있었다. 스프를 먼저
넣고 파를 찾기로 했다. 스프 봉지가 잘 찢어지지 않는다. 아내
는 지금 어디에서 무엇을 하고 있는가. 화가 났다. 머리 아프다.
나는 지금 이 고생을 하고 있는데, 이런 현실을 알고 있기나 한
것일까. 머리 아프다. 빨리 아내가 왔으면 좋겠다. 머리가 아프
다. 가스레인지 위에서는 라면이 보글보글 끓고 있었다. 머리가
아프다. 내 머리도 부글부글 끓었다.

　요즘 아내의 태도는 전과 사뭇 달랐다. 전에는 적극적이지는
않아도 요구하면 응했던 섹스다. 그런데 요새는 자꾸 귀찮다고
하고, 이 남자가 왜 이러느냐며 번번이 뿌리친다. 누군가 전화를
해서 내가 받으면 끊어버린다. 그 남자 때문에 나와의 섹스를 거
부하는 것이 틀림없었다. 오늘 아침에 온 전화도 그 남자일 것이
었다. 거실의 전화기는 검은 텔레비전 옆에 조용히 앉아 있다.
아침처럼 요란스럽게 울리지 않았다. 소리 없는 전화기가 나를
더욱 불안하게 만들었다. 오늘 저녁 약속 때문에 아침에 전화를

했던 것이 분명했다. 아내는 지금 그 남자를 만나고 있는 것이다. 끊어지는 전화의 주인공이 아내의 남자라고 나는 확정지었다.

스프봉지는 잘 찢어지지 않고 늘어나기만 했다. 나는 얼굴이 벌개져서 현관 쪽으로 내동댕이쳤다.

"으이그……, 썅!"

바닥에 부딪힌 스프봉지가 터지면서 주욱 미끄러졌다. 보라색 가루가 바닥으로 흩어졌다. 식탁에 턱을 괴고 기다리던 둘째가 기어이 울음을 터뜨렸다. 동시에 텔레비전 옆 전화기가 신경질적으로 울리기 시작했다. 나는 엉거주춤 전화기를 쳐다보았다.

움직일 수가 없다. 발걸음이 떨어지지 않았다. 맨발에 밟힌 마른 밥풀이 간지러웠다. 아침에 먹던 보라색 밥풀이었다.

다시 머리에 핏발이 섰다.

발가락 사이로 보라색 벌레가 기어나오기 시작했다.

벌레구멍

벌레구멍

갑자기 눈앞에서 붉은 벌레가 기어가기 시작했다. 실제로 내 팔뚝에서 기어가고 있는 것이 아니라 망막에 촌충 같이 생긴 벌레가 위에서 아래로 내려가고 있었다. 요즘 들어 생긴 증상이었다. 눈앞이 침침해지며 다시 팔뚝이 쓰려왔다. 팔뚝에는 벌겋게 부풀어 오른 길쭉한 선이 한 개 그어져 있었다. 붉은 선은 별똥별 꼬리처럼 선명하게 붉은 빛을 냈다. 벌레구멍을 빠져나올 때 긁힌 자국이었다. 붉은 생채기를 보며 나는 혼잣말로 중얼거렸다. 드디어 내가 〈아인슈타인-로슨 다리〉를 건넌 것일까?

그 사내였다. 그림자처럼 내 주위를 배회하던 사내가 금호동에 나타났다. 사내가 언제부터 내 주위를 맴돌았던가? 사내는 금호동 사람이었다. 2차원의 세계에서나 있을 법한 사내. 밀레니엄에서 선희와 내 주변을 맴돌던 사내였다. 나는 안다. 사내가 다시 이곳으로 돌아와야만 했던 것처럼, 나도 이곳 금호동으로 와야 한다는 사실을…. 사내는 몸의 부피를 가늠할 수 없을 정도로 바싹 말랐다. 나도 변할 것이다. 2차원의 사내처럼 바싹 마른 내가 보이는 듯하다. 사내가 내 쪽으로 달려들 기세였다. 그는 한 달 전 붉은 실내포장마차에서도 내게 달겨들었었다.

포장마차 주인은 삶은 닭발을 양념에 한 번 담근 후 기름 프라이팬에 넣고 달달 볶기 시작했다. 매콤한 냄새가 술집 안으로 자욱이 번져 나갔다.

한 사내가 들어온 것은 그때였다. 사내는 술집에 들어오면서 누구를 찾는지 아니면 자리를 찾는지 눈을 이리저리 굴렸다. 눈이 빠르게 움직이는 것과는 어울리지 않게 몸은 느릿하게 허청거렸다. 그 허청거리는 모습은 어디에선가 본 듯한 몸짓이었다. 주인은 사내에게 흘낏 한 번 눈길을 주고 하던 일을 계속했다. 어서 오라든가, 앉으라든가 하는 말도 하지 않는 것으로 보아 둘은 잘 아는 사이 같았다. 사내는 내가 앉은 탁자에 한 손을 짚은 채 서서 계속 주위를 살폈다. 몸을 가눌 수 없을 정도로 취해 있었다. 탁자에 내리 짚은 그의 손등에 정맥이 벌레처럼 꿈틀거렸다.

그때 갑자기 정수리에 강한 통증이 느껴졌다.

그렇다. 바로 그 사내였다. 밀레니엄 카페 주위를 맴돌던 그 그림자였다. 선희의 아이를 빼앗아 간 그 사내였다.

정수리가 터질 것 같은 압박감과 함께 알싸하게 무엇인가가 내 머리 속을 후벼팠다. 피가 배어 나오는 게 느껴졌다. 얼굴을 찡그리며 술잔을 들었다. 머리가 아팠다.

사내가 느닷없이 너도 똑같은 놈이야 하며 나를 덮쳤다. 사내의 주먹을 피하며, 왜 주방 쪽의 주인을 바라보았는지 모르겠다. 나는 그때 그가 이 세상 사람이 아닌 것처럼 느껴졌다. 그 사내가 바로 금호동 사람이었다. 2차원의 그림자 사내였다. 주인은 금방 볶은 닭발을 안주 삼아 술을 먹고 있었다. 그는 닭발을 든 채로 우리들을 쳐다보았다. 입가에는 빙긋한 미소 비슷한 것이 스쳤다. 주방 쪽을 바라보다 갑작스레 당한 일이었다. 사내의 떨리는 손을 보는 순간 사건이 벌어지리라는 것을 감지했지만 막을 방도가 안 떠올랐다. 우리는 서로의 멱살을 움켜쥐었다. 사내의 멱살을 맞잡았을 때, 그의 목이 유난히 길다는 것을 발견했다. 너무 가늘어서 더 길게 보였는지 모르겠다. 그의 목 왼쪽에는 검푸른 정맥이 툭 튀어나와 있었다.

벌레구멍 같았다.

그것을 보는 순간 사내의 목을 조르고 싶은 충동을 느꼈다. 바닥에 떨어진 양복을 힐끔거리며 사내의 목을 치켜들었다. 그러자 놀랍게도 그의 몸이 너무 쉽게 들렸다. 헝클어진 그의 머리가 아래에서 내 눈 위로 불쑥 솟구치듯이 올라갔다. 멱살을 먼저 잡은 것은 사내였지만 사내는 내 힘을 당하지 못했다. 그는 켁켁거리지도 못하고 온몸에 경련이 일다가 축 늘어졌다. 그의 몸은 얇았다. 2차원의 생물체 같았다. 옆에 칼이 있어 목을 자르면, 잘려진 검푸른 정맥에서 벌레떼가 솟구칠 것 같았다. 의자에 걸쳐 있던 갈색 양복이 바닥으로 떨어졌다. 양복이 내 몸에서 떨어져 나간 모가지 같다는 생각이 들었다. 나의 놀라움은 그의 가벼움 때문이 아니라 어쩌면 그의 눈 때문이었는지도 모르겠다. 왜 그런 느낌이 들었는지 모르지만, 위로 치켜올려지면서도 계속해서 내 눈을 쏘아보는 그의 눈에서 벌레 비슷한 것을 보았다. 다시 각다귀 냄새를 맡은 것 같기도 했다. 언젠가 보았던 눈이었다. 망막 위에서 아래로 줄기차게 연이어 떨어지는 벌레가 있었다. 낮에 보았던 흔들리는 동굴이었다.

나는 그 눈빛이 누구의 눈빛인지 안다. 그 눈빛을 확인하는 순간 내 몸도 함께 부양되면서 공중으로 치솟았다. 다시 정신이 아득해졌다. 다시 벌레구멍인가?

시간여행에서 가장 곤란한 문제는 인과율이었다. 어떻게 이미 있었던 일을 다시 없었던 것으로 바꿀 수 있단 말인가.

시간여행이 가능하다면 우리가 알고 있는 역사의 모든 것들이 깨질 수 있는 것으로 된다. 역사의 진로를 바꾸어 놓은 중요한 사건을 변화시키기 위해 시간을 거슬러 올라간 수천의 사람들에 의해 야기될 혼란을 상상해보라. 그것이 불가능한 일임을 금방 알 수 있을 것이다. 김구선생의 암살을 막기 위해 서대문 경교장에는 미래로부터 온 사람들로 가득 메워질 것은 뻔한 일 아닌가. 역사책은 다시 쓰여질 수밖에 없다. 그러나 아인슈타인의 상대성이론이 이 곤란한 모순을 해결해준다.

상대성이론의 세계선에 의하면 인간은 우주에 미세하게 떠돌아다니는 먼지의 세계선들이 일시적으로 모인 집합체다. 우리가 태어나기 전에 온 우주에 퍼져있던 세계선들이 하나로 모여 우리의 몸을 형성하고 죽으면 그것들은 다시 떨어져 우주 공간으로 흩어진다. 그러므로 시간여행자의 세계선은 과거를 변형시키는 것이 아니라 과거를 완성시킬 수 있을 뿐이다. 만약 과거로 시간여행을 떠난 자가 있다면, 그의 인생은 이미 그가 시간여행을 통해 과거로 가게끔 결정되어 있는 것을 완성한 것에 불과하다.

또 물리학 이론을 씨부렁거리고 있다니, 아무래도 내가 미친 것이 틀림없는 것 같다. 이놈의 물리학만 머리 속에서 지워버린다면 새로운 인생을 살 수도 있을 것 같았지만, 나의 뇌는 금호동에만 오면 물리학에 관한 기억을 되살려낸다. 법학에 대한 기억은 까무룩히 벌레구멍 속으로 처박힌다.

벌레 먹은 붉은 해마의 짓이다.

그렇다면 나는 이미 망나니의 후예로 태어났고 또 언젠가 타임머신을 타고 과거로 돌아가 망나니로 살다가 죽게 되어 있다는 말이 된다. 다시 말해 나의 운명은 이미 결정되어 있고, 그 결정된 운명의 시간표대로 살아가고 있는 것이다. 갑자기 모든 것이 혼란스러워졌다. 인생을 새롭게 만들어가는 것이 아니라 어떤 절대자의 계획에 의해 이미 만들어진 연극에서 연기하는 것에 불과하다니, 도저히 승복할 수 없는 일이었다. 그러나 그 눈, 사내의 눈이 낯익은 이유는 무엇이고, 그 눈에서 강한 죽음의 냄새가 나는 것은 또 무엇 때문이란 말인가. 나는 아버지의 죽음조차 지키지 못했다. 그러므로 죽어가는 사람의 눈을 보았을 리가 없다. 사내의 눈에서 죽음의 그림자가 어른거리고 있다는 사실이 도저히 믿을 수가 없었지만, 나는 분명히 사내의 눈에서 죽음의 그림자를 보았다. 이런 현상을 운명론이 아니고서야 어떻게 설명한단 말인가.

나는 이곳 금호동에만 오면 물리학자가 된다. 하늘과 조금 더 가까운 이곳에서 나는 물리학자를 꿈꿨다. 그러나 아버지와 어머니는 내가 검사가 되어야만 한다고 강요했다. 그때부터 나는 인간과 로봇 사이를 넘나들어야 했고, 과학자지망생과 검사지망생 두 개로 나뉘어졌다. 내 뇌는 두 개로 나뉘어져 있다. 좌뇌와 우뇌. 좌뇌는 법학자를, 우뇌는 물리학자를 지망한다. 그 두 개의 뇌 밑에 붉은 해마가 끊임없이 헤엄치며 균형을 유지한다.

주위는 여전히 금호동의 비탈진 모습뿐이었다. 산꼭대기까지 다닥다닥 붙어 있는 작은 지붕들. 그 사이를 헤집고 얼키고 설킨 골목길. 잔뜩 찌푸린 하늘이 낮게 가라앉아 있는 장난감 같은 블

럭집. 이무기 모양으로 죽어 나자빠진 한강. 금호동이 그렇게 내 발 아래 놓여 있었다. 혹시 내가 다른 우주로 빠져나갔었다고 하더라도 지금은 다시 이곳 달동네 금호동으로 돌아와 있는 것이다. 나는 영원히 이곳 금호동을 벗어나지 못할 것이다.

팔뚝의 붉은 상처 옆에 보라색으로 변한 또 하나의 선이 선명했다. 어제 쐐기풀에 긁힌 자국이었다. 좀더 밝은 빨간 자국은 오늘 긁힌 흔적이다. 팔뚝의 상처가 실제로는 하나인데 둘로 보이는 것인지, 아니면 실제로 상처가 둘인지 확실치가 않다. 게다가 쐐기풀에 긁힌 자국을 혜성의 꼬리처럼 붉게 빛난다는 둥, 하늘에 그려진 별똥별의 자취 같다는 둥, 팔뚝에 아름다운 선을 그리고 있다는 둥, 하고 있으니 내 자신이 한심스럽다. 쐐기풀에 긁힌 자국조차 그 지겨운 물리학 이론과 연결시키다니, '나' 라는 놈은 정말이지 구제불능이다. 더군다나 이런 일은 한두 번이 아니었다. 아이들 옷에 묻은 밥풀떼기를 보고서도 혹성 같다고 했고, 거울 속의 내 얼굴을 보다가 느닷없이 어떤 우주에서 날아온 외계인인가 의심하기도 했다. 심지어 아버지의 시신이 묻힐 묏자리를 다른 세계로 통하는 통로로 착각해 뛰어들기까지 했던 것이다.

문상객들은 아버지를 잃은 슬픔이 오죽 컸으면 저렇게 무덤까지 따라가려고 몸부림치겠느냐며 눈시울을 적셨지만, 사실 나는 아버지의 죽음이 그다지 슬프지 않았다. 오히려 힘든 생을 마감

한 아버지를 축하해주어야겠다는 생각까지 갖고 있었다.

어제 긁힌 보라색 자국은 부기가 빠지면서 딱정이가 앉았다. 딱정이 옆으로 벌레가 기어간 듯 붉게 부풀어 오른 것이 마치 쇠똥구리가 다니는 벌레구멍처럼 보였다. 어쩌면 쐐기구멍인지도 모르겠다. 어디쯤에서 긁혔는지 알 수 없었지만 집에 돌아가면 아내는 내가 오늘도 이곳 금호동에 다녀온 것을 알아챌 터였다. 아내의 잔소리를 들을 생각을 하니 다시 짜증스러워졌다.

그러나 이제 곧 우리가 이곳 금호동으로 이사와야 한다는 걸 아내도 알 때가 됐다. 며칠 후면 집이 완전히 남의 손으로 넘어가게 된다는 사실을 알아야 한다. 경매로 아파트 소유권이 넘어간 것은 이미 보름 전 일이었다. 며칠 안에 집달리들이 몰려와 세간을 밖으로 내놓을 것이다. 아내는 아직도 그런 일은 일어날 수 없다고 생각하는 모양이었지만, 아내의 생각과는 무관하게 우리 식구 모두가 이곳 금호동으로 이사를 해야 하는 것은 어쩔 수 없는 현실이었다.

아내는 내가 가끔 이곳에 다녀오는 것을 알고 있었다. 처음에는 별말을 하지 않았으나 작년에 고시공부를 포기하고 나서부터는 심하다 싶을 정도로 핀잔을 주었다. 사람의 마음이란 참 이상하다. 똑같은 일을 당했음에도 그때의 처지에 따라 느낌이 달라진다. 그것은 아내뿐만이 아니고 나도 마찬가지다. 전에는 아내가 아무리 잔소리를 해도 들어줄 만하다고 생각했었는데, 요즘은 별일도 아닌 것 가지고 신경질을 부린다. 어제는 밥 먹었느냐고 묻는 말에 화가 치밀어 아내를 밀쳐버리고 말았다. 그런 걸 보면 원효대사가 대단한 사람이라는 생각이 든다. 이 세상에 존재하는 것은 모든 것이 다 공이면서 색이다. 그런데 거기에 사람의 마음이 끼어들면 달라진다.

발 아래로 금호동의 좁은 골목길이 뱀처럼 꿈틀거리고, 낮은 지붕들이 약 먹은 바퀴벌레처럼 빌빌거렸다. 그리고 골목 쪽으로 빠끔히 뚫려 있는 창문 밑에 깨진 하수구가 있었고, 그 구멍 위에 하루살이가 떼지어 아우성치고 있었다. 저것들에게도 삶이라는 것이 있을까? 생각이라는 것이 있을까? 저 하루살이들은 성충으로 하루를 살기 위해서 애벌레 상태로 몇 날을 지내는 것인지 궁금했지만 알 수 없는 일이었다. 몇 시간 일 수도 있고 몇 년의 시간이 필요할 수도 있을 거였다. 매미가 보름 정도의 성충 생활을 위해 칠 년 동안의 유충 시절을 거친다는 이야기를 들은 적이 있다. 북아메리카에 산다는 어떤 매미는 십칠 년인가를 유충으로 지낸다고 했던 것 같지만 기억이 정확치 않다. 모든 게 희미해졌다. 정확한 것은 모두 사라지고 혼돈만이 존재한다. 좀 더 침착해져야 한다. 그리고 모든 것을 논리적으로 따져보려고 노력해야만 한다. 더 이상 방황할 수는 없는 일이었다. 하루살이라고 해서 유충 기간이 며칠 혹은 몇 시간일 필요는 없다고 해야 한다. 하루살이가 여름에 나타나는 것으로 봐서 오히려 그것들은 알의 상태로 몇 달을 지내고 유충 생활을 또 몇 달간 보낼 것이라고 추측해야 올바른 논리다. 최소한 알과 유충으로 있는 기간이 1년은 될 것이다. 물론 이러한 생각이 잘못되었다는 것을 나는 알고 있다. 모기는 일 년 만에 10대 손자까지도 볼 수 있다는 사실을 나는 이미 알고 있는 것이다.

할아버지는…, 할아버지의 할아버지의 할아버지는…, 망나니가 아니라 모기였을는지도 모르는 일이다. 어쩌면 하루살이였을 수도 있다. 그래 하루살이였던 게 분명하다. 틀림없이 내 조상은 하루살이였을 것이다. 붉은 하루살이….

하루살이들은 도랑 안으로 빨려 들어가기 위해 갖고 있는 모든 힘을 쏟는 듯 뒤엉켜 있었다. 힘겹지만 조금씩 도랑 속으로 이동했다. 이제 곧 깨진 하수구 틈으로 들어갈 기세였다. 어디로 가려고 저러는 것일까. 어딘지는 모르지만 그들이 이곳을 떠나려 하고 있다고 생각했다. 나의 유충기간은 얼마나 될까. 나 자신을 하루살이와 비교하고 유충기간이 어떻고 하고 있다니, 내가 미친 것이 아닌가 의심스럽다. 미친 게 아니라 하더라도 최소한 미쳐가고 있는 것은 확실한 것 같다.

하루살이들이 깨진 하수구 틈새로 막 들어가려는 순간이었다. 다른 세계로 간다면 얼마나 좋을까. 얼마나 좋을까…. 그런 상상을 하자, 다른 우주로 가는 길을 찾는 이론중의 하나인 양자 이론이 슬그머니 내 머리 속을 파고들었다.

양자 이론에 의하면 이 우주에는 곳곳에 다른 우주로 통하는 다리가 있다. 그것을 웜홀이라고도 부르고, 발견자의 이름을 따서 〈아인슈타인-로슨 다리〉라고도 부른다. 웜홀에 대해 간단히 설명하자면 영어로 이렇게 쓴다.

wormhole.

글자 그대로 벌레구멍이라는 말이다. 나는 웜홀을 가끔 warmhole로 잘못 인식해서 따뜻한 구멍으로 해석했다. 사과에 붙어 있는 벌레가 사과 반대편 쪽으로 가기 위해 사과 표면을 빙 돌아가는 대신, 사과에 구멍을 뚫고 가면 훨씬 빨리 반대방향으로 갈 수 있다는 이론이다. U자 형으로 구부러진 종이 위에 있는 개미가 한쪽 끝에서 다른 한쪽 끝으로 갈 수 있는 방법은 전체를 종이의 면을 따라 돌아가는 방법과 한쪽 끝에서 다른 쪽 끝으로 건너뛰는 방법이 있다고 말한다. 그렇다면 우리들이 살고 있는 이 휘어져 있는 공간에서 우리는 다른 공간으로 쉽고 빨리 갈 수 있는 길을 찾아낼 수 있는 것이 된다.

공간이 휘어져 있다는 것은 물리학에선 상식이다.

어느 틈에 나는 또 돼먹지 않은 물리학 이론을 씨부렁거리고 있었다. 내 인생에 있어서 아무짝에도 쓸모없는 물리학 이론을 계속해서 웅얼거리고 있는 내가 너무도 밉게 느껴졌다. 제대로 알고 있는 것도 아니다. 금호동시절 틈틈이 공부한 그놈의 물리학이론이 이곳 금호동에만 오면 내 몸 속에서 꿈틀거린다. 에일

리언처럼. 또는 연대보증의 부종성처럼.

빛이 휘어질 수 있다는 사실 하나로 공간도 휘어져 있다고 주장하다니…, 말도 안 되는 소리다. 그런 얼토당토않은 것을 생각하느니 차라리 아내의 그 저주스러운 잔소리나 피할 생각을 하는 것이 몇 백 배 더 유용한 일일 것이다.

아내는 오늘 아침 조상이야기까지 들먹거리며 이곳 금호동에 또 갈 거냐고 잔소리를 퍼부어댔다. 그녀의 말에 따르면, 나는 천민 중에서도 최하층인 망나니의 후손이었다. 이곳 금호동 이야기가 나올 때마다 그녀는 나와 금호동과 망나니를 삼위일체나 되는 것처럼 연결시켰다. 사실 망나니의 후손이니 뭐니 하는 말은 내 입에서 먼저 나온 말이기는 했다. 결혼하기 위해 그녀의 부모님께 인사드리러 가던 날, 그녀는 나에게 본관이 어디냐고 물었다. 그때 나는 망나니의 후손이기 때문인지 본관 같은 것은 없다고 말해버렸다. 가문이 어떻다느니, 족보가 있느니 없느니 하는 소리를 듣고 싶지 않았다. 우리 집에는 족보도 없었고, 나는 증조할아버지의 이름도 몰랐다. 호적에도 할아버지까지만 기재되어 있을 뿐이었다. 그러므로 내가 망나니의 후손이라고 말한 것이 전혀 근거 없는 이야기는 아니었던 것이 된다. 그리고 나는 철이 들면서 내가 망나니의 자손일는지도 모른다는 생각을 계속 해왔던 것이다.

숙부가 있었지만 그의 얼굴을 본 적이 없다. 숙부는 떠돌이로 우리와 연락이 닿지 않았다. 아버지도 평균 일 년에 한 번씩 이사를 했으니까, 숙부 입장에서 보면 아버지가 떠돌이였는지도 모르는 일이긴 했다. 내가 대학시험을 위해 재수하던 어느날, 집에는 조그만 계집아이 하나가 와 있었다. 어머니는, 네 작은아버지가 두고 갔다, 고 말했다. 아버지는 방안에 쭈그리고 앉아 술만 먹고 있었다. 그 아이는 이틀 후에 다시 사라졌다. 나는 아버지가 그 계집아이를 죽였을지도 모른다고 추측했다.

결혼하고 혼인신고가 제대로 되었는지 확인하기 위해 떼어본 호적등본에는 숙부가 이미 삼 년 전에 사망한 것으로 되어 있었다. 결혼하기 삼 년 전이라면 밀레니엄에서 선희를 만난 즈음이었다. 선희가 사라지고 2년 만에 나는 결혼했다. 고등학교 선생이라는 직업이 아내와의 결혼을 가능케 했다.

보통 사람들 같으면 마땅히 숙부의 장례식에 참석해야 했지만 나는 숙부의 죽음도 알지 못했었다. 아버지도 마찬가지였다. 호적부에 적힌 숙부의 이름 위에는 굵은 선으로 가위표가 그려져 있었다. 왠지 영정 위에 가위표를 그린 것 같아 섬뜩했다. 숙부의 이름을 알고는 있었지만 글로 써 있는 것을 본 것은 그때가 처음이었다. 가위표로 지워진 이름은 잘리어진 머리처럼 내 가슴에 각인되었다. 숙부의 이름 밑에는 사촌의 이름이 적혀 있었다. 나에게도 사촌이 있다는 사실이 이상스럽게 느껴졌다. 나는 그때까지 내게 사촌이 있을 것이라는 생각을 하지 못했다. 그때 우리집에 잠시 있었던 여자아이는 어느새 내 기억에서 사라지고 없었다. 그 여자아이가 다시 생각났다.

죽은 숙부의 주소지는 강원도 강릉이었다. 찾을 마음만 있으면 사촌을 찾을 수 있을 것 같았지만 별로 그러고 싶지 않았다. 그러나 의외로 아내는 꼭 찾아야 한다고 말했다. 그러나 아내는 그곳이 달동네임을 확인하자, 곧바로 돌아가자고 우겼다.

혈육은 반드시 찾아야 한다고 강조하던 아내가 갑자기 돌변한 것에 화가 치밀었다. 일그러진 아내의 얼굴 위로 멀리 동해의 바다가 출렁거렸다. 달동네 뒷산에는 이미 해가 진 뒤였지만 산너머의 저녁햇살을 받은 바다가 보석처럼 반짝였다. 그곳은 식민지 개척시절의 대영제국처럼 해가 뜨는 것은 볼 수 있으나 해가 지는 모습은 볼 수 없는 곳이었다. 대영제국 시절 엘리자베스1세인가 하는 여왕이 세계 도처에서 식민을 시도한 것도 신세계를 찾기 위함이었을 거였다. 어쩌면 그녀는 새로운 식민지를 새로운 세계로 인식했을지도 모를 일이다. 대영제국이 연상된 것은 순전히 해가 지지 않는다는 말 때문이었다. 달동네와 대영제국이 연관될 이유는 아무 데도 없었다.

아무리 그런 과거가 있다손 치더라도 요즘의 상황에서의 내 행동은 비난받아 마땅하다. 게다가 아내는 무려 3년 동안 내 고시공부를 뒷바라지했다. 아내의 입에서 나오는 망나니의 이야기에 신경질적으로 대응하는 것은 괜한 자격지심의 발동에 불과하다. 내 자존심이 허락하지 않는다. 전 같으면 그냥 지나칠 수도 있는 일이었지만 지금의 내 처지 때문에 용납할 수 없는 일이었다. 더구나 아내의 입에서 망나니의 이야기가 나오기 시작한 것은 내가 직장에서 쫓겨났을 때가 아닌, 고시공부를 포기한 직후의 일이었다.

여자들은 고시공부에 어떤 환상을 갖고 있다. 분명하다. 그렇게 상냥하게 고시공부 뒷바라지를 하던 아내가, 저렇게 변한 것을 어떻게 달리 설명할 수 있단 말인가.

아내가 망나니에 대해서 늘 부정적으로만 말한 것은 아니었지만 대개는 오늘처럼 부정적인 의미로 사용했다. 그래도 나의 대응방식은 틀렸다.

"누가 떠돌이 망나니의 자손 아니랄까봐 그렇게 달동네를 찾아다녀요? 그 시간 있으면 고시공부는 왜 못해요?"

꼬박꼬박 존대를 하면서도 아내는 그렇게 비아냥거렸다.

"아니, 망나니하구 달동네하구 무슨 상관이 있다고 그래?"

망나니와 내가 무슨 관계가 있느냐고 말하지는 못했다. 그렇다, 나는 아내에게 비아냥의 대상에 불과하다. 망나니와 나는 분명히 관계가 있는 것이다. 어떻게 해서든지 망나니 이야기를 입에 올리지 않으려고 했지만 아내는 내가 미울 때마다 무슨 주문처럼 망나니를 들먹였다. 그리고 기어이 달동네와 망나니를 연결시켜서 결국은 나에게까지 연결시키는 것이었다.

"왜 없어요? 조선시대에 죄수의 목을 주로 어디에서 베었는지 아세요? 바로 지금의 금호동처럼 마을에서 가장 높은 곳에서 였다구요. 호적도 없지요. 벼슬은 무슨 벼슬, 서당에도 다니지 못하고, 세금도 안 내고, 달동네 사람들 다들 그렇지 않나요?"

아내는 무슨 광기라도 씌였는지 얼굴이 벌개져 있었다.

"사는 것도 지네들끼리 산동네에 모여 살면서 남들이 들어오는 걸 막았구, 자기들은 마을에도 내려오지 못했지!"

말을 마친 그녀가 거울 속에서 숨을 몰아쉬었다. 무엇에 화가 났는지 분이 안 풀리는 모양이었다. 거울 속에서 헐떡이던 그녀가 갑자기 돌아앉으며 목소리를 더욱 높였다.

"전쟁터에선 어떻구요. 산 어귀에 진을 치고 병참 본부가 있는 산꼭대기에서 참수를 했지요. 효수梟首가 뭔지 알죠? 망나니가 뎅겅 자른 적장의 목을 막대기에 걸어 높이 매달아 놓는 거요. 그것두 진지에서 제일 높은 곳에 꽂아 두었대요. 그러니 지금의 금호동과 뭐가 달라요."

"아니, 아니…, 이 여자가?"

나는 아내의 말에 더 이상 대꾸하지 못하고 말을 더듬거렸다. 드디어 금호동이라고 지명까지 꼬집어, 나와 망나니를 연결시켰다. 아내는 평상시에 목소리도 작고 품위 있게 말하는 것을 자랑으로 여겼지만, 한 번 화가 나면 도대체가 대책이 없는 여자였다. 누가 있건 없건 가리지 않고 소리를 내질렀고, 이것저것 집어던지기까지 했다. 밀양 박씨 양반의 집안이라고 했지만, 그럴 때마다 나는 아내도 양반 집안의 딸은 아닐 것이라고 추측하곤 했다. 망나니의 후손일 것이라고까지 생각한 적이 있었다. 특히 망나니에 대해 강한 혐오감을 나타내는 것을 그 증거로 삼았다. 역사이야기라면 아내를 당할 수가 없다. 아내는 고등학교 역사 선생이다. 언젠가 본 삼국지 만화영화에서 조조가 여포의 목을 베던 곳도 진지의 맨 꼭대기 광장이었다. 금호동 뒤에 숲이 있듯 이, 광장 뒤에는 숲이 우거져 있었다. 어쩌면 나는 진짜로 망나니의 후손일는지도 모른다. 그렇지 않고서야 어떻게 증조할아버지의 이름도 모른단 말인가. 내가 할아버지에 대해서 아는 것이 없는 것처럼 아버지는 아버지의 할아버지에 대해서 아는 것이 아무 것도 없었다. 아버지는 내 증조할아버지의 이름도 몰랐다. 그러니까 아버지는 당신의 할아버지의 이름도 몰랐던 것이다.

아내는 내 마음을 다 알고 있다는 듯이 '흥' 하는 콧소리를 내고 화장대로 돌아앉아서 얼굴을 토닥거리기 시작했다. 남편을 그토록 화나게 만들어놓고 태연히 수업 준비를 하는 여자였다. 그럴 때마다 나는 선희를 생각했다. 그러나 선희를 찾을 수는 없는 노릇이었다. 이런 모습을 선희에게 들켜서는 안 된다.

아내는 사실 내 피자집 경영을 달가워하지 않았다. 그냥 고시 공부를 계속하라는 것이었다. 정 그게 부담스러우면 집에서 애 만 보라고 했다. 그러나 나는 그럴 수 없었다. 어쩌면 아내는 내가 자기 뒷바라지를 하면서 살기를 원했는지도 모른다. 그래서 고시공부를 할 때에는 그토록 위로를 했는지도 모를 일이다. 실질적으로는 나에게 살림을 맡기고 자기는 밖으로 나돌고 싶었던 것이다. 고시공부를 포기하고 피자집을 한다고 했을 때, 그녀는 다시 악녀로 되돌아갔다. 아내에게는, 자영업이란 쌍놈들만이 하는 천박한 업종이었다. 물론 이해는 한다. 무려 3년간을 남편 고시공부 뒷바라지를 했다면 잘 한 것이다. 그럼에도 불구하고 이제 나도 돈을 벌고 싶었다. 다른 남편처럼 아내에게 큰소리치고 싶다는 것이 그 이유다.

그러나 마흔 다섯인 내가 할 수 있는 일은 아무 것도 없었다. 아내가 그토록 싫어하는 의료장비 영업사원조차도 일자리가 없었다.

그렇게 모든 것이 막막할 때 나는 금호동을 찾곤 했다.

오늘도 나는 금호동을 향해 가고 있다. 이제는 이곳에서 살 집을 알아봐야 한다. 시간이 별로 없다. 아내를 떼어놓고 혼자 아니면 아이들만 데리고 왔으면 좋겠지만, 아내는 별거나 이혼이란 할 수 없는 것으로 알고 있다. 자기의 생각을 하나도 바꾸지 않으면서 이혼을 거부하는 아내를 나는 이해할 수가 없다. 오늘 아침 아내는 출근을 하며 혹시 금호동에 가더라도 언덕에서 뛰어내리지는 말라고 했다. 망나니들은 자살을 유난히 많이 했다고 부연 설명까지 덧붙였다. 그녀는 생글생글 웃고 있었다. 자살이야기를 하면서 웃을 수 있다니 기가 막혔다. 어쩌면 아내는 내가 정말로 자살하길 바라는지도 모른다. 내가 알고 있는 그녀는 충분히 그런 생각을 할 수 있는 여자였다. 연대보증을 서준 친구가 부도를 당해 그 빚을 떠안게 되자 아내는 부정을 탔다고 했다. 친정아버지의 죽음, 내 친구의 부도, 그에 따른 우리 가족의 파산, 이 모든 것은 자기가 망나니의 자손과 결혼했기 때문이라고까지 말했다. 그런 말을 한 것으로 봐서 아내도 이제 곧 우리들이 집에서 쫓겨날 것을 알고 있는 것이 분명했다. 옛날에는 망나니를 길거리에서 보기만 해도 부정을 탄다고 했는데 결혼을 했으니 오죽하겠느냐고 궁시렁거렸다. 내가 홍보실에 근무하지 않았더라면 그녀와 결혼하지 못했을 것이다. 그런데, 아내와 결혼을 하고 회사가 어려워졌고, 나는 영업부로 옮겨야만 되었다. 어쩌면 부정을 탄 것은 아내가 아니라 나였는지도 모른다. 내가 이 여자와 결혼했기 때문에 내 앞에 자꾸 불행이 닥쳐오는지도 모른다. 그럼에도 불구하고 나는 조상이야기만 나오면 아무런 대꾸도 할 수가 없었다. 차라리 정말로 죽어버리고 싶었다. 아내가 친정쪽에 도움을 청하지 않는 것은 순전히 망나니의 후손인 나 때문이었다. 아내는 애들을 생각하면 친정에 손을 벌리고 싶지만 누구 좋으라고 그러느냐고 말했다. 갑자기 현기증이 나고 어지러워졌다. 몸에서 기운이 빠져나갔다. 앉아 있기조차 힘들어졌다. 아내로부터 벗어날 수만 있다면 좋겠다는 생각과 함께 쓰러지는 몸을 지탱하려고 앉은 채로 한 손을 땅바닥에 짚었다.

그때 손이 땅 속으로 쑥 빠지면서 어디론가 빨려 들어가기 시작했다. 팔이 빠져들자 누군가 뒤에서 나를 바닥으로 밀어넣었다. 땅 속에서 나를 잡아끄는 것이 아니라 땅 위에서 누군가가 나를 땅 속으로 쳐박았다. 빠져들어 가면서 이것이 진짜 웜홀이 아닐까 하는 생각이 퍼뜩 떠올랐다.

벌레구멍에 관한 가장 초기 이론은, 블랙홀 안으로 들어가면 새로운 우주에 도착할 수 있다는 것이었다. 블랙홀로 빨려 들어갈 때 우리들의 몸은 블랙홀의 강력한 중력에 의해 갈갈이 찢겨져 흔적도 남지 않게 된다는 것이 초기의 이론이었지만, 이제는 회전하는 블랙홀에서는 그 중력을 약화시킬 수 있고 빠져나갈 수 있는 가능성이 있다는 것을 발견하기까지 이르렀다. 그 후 우주 공간의 몇 백 광년 떨어진 먼 곳에 있는 블랙홀이 아닌, 바로 우리들이 살고 있는 이곳의 모든 물질을 구성하는 원자 속의 물질에서 벌레구멍을 찾을 수 있다는 데까지 발전한 것이 오늘의 양자이론이다. 원자를 구성하는 아주 작은 물질 안에 다른 우주로 건너갈 수 있는 벌레구멍이 있다는 학설이다. 물론 그 작은 벌레구멍을 찾는다고 해도 우리들이 통과할 수 있을 정도로 크게 만들기 위해서는 현재의 지구상 모든 인간들이 몇 백 년 동안 사용할 에너지를 한꺼번에 쏟아 부어야 한다는 어려운 점이 있기는 하지만 이론상으로는 가능하다.

　아, 이게 무슨 짓이란 말인가. 또 그놈의 물리학 이론을 나도 모르게 중얼거리고 있다니, 아무래도 내가 이상하다. 정신을 차리기 위해 안간힘을 썼지만 몸은 계속해서 까부라지듯이 어디론가 깊숙이 빨려 들어가는 것 같았고, 정신이 아득해졌다.

　그것은 어떤 동굴 같은 것이었다. 벌레구멍 같은 캄캄한 동굴의 벽은 계속해서 일렁거렸다. 앞으로 전진할수록 동굴은 점점 좁아졌다. 동굴의 벽에 내 몸이 꽉 끼는 것 같은 압력을 받았지만 이상하게도 몸이 동굴에 닿지는 않았다.

　얼마나 지났을까, 갑자기 주위가 넓어졌다. 한 남자가 앉아 있는 작은 골방이 나타났다. 주위는 검은 그림자가 꽉 들어차 있었기 때문에 그곳이 어디인지 도저히 알 수가 없었다. 남자의 모습도 희미하게만 보였다.

　남자는 발아래 있었다. 내 발은 공중에 떠 있었다. 방안의 모습을 공중에 둥둥 떠다니면서 보고 있었던 것이다. 중력은 존재하지 않았다. 창문도 없고 밖으로 뚫린 구멍이라곤 오직 바닥의 3분의 1을 차지하는 컨베이어 벨트가 지나가는 구멍뿐이었다. 그곳에서 남자는 돌을 자르고 있었다. 천장에서 솟아내리는 돌고드름을 일정한 크기로 잘랐다. 돌고드름은 자라는 모습이 보일 정도로 빨리 자라났다. 남자는 거의 쉴 틈이 없었다. 조금만 게을렀다가는 돌고드름에 찔려 죽을 것처럼 위태로웠다. 아슬아슬했다. 잘리어진 돌은 바닥에 떨어지기가 무섭게 컨베이어 벨트로 굴러 골방 밖으로 옮겨졌다. 몇 개의 돌고드름 조각들이 남자 옆에서 나뒹굴었다. 그의 곁에 널브러져 있는 돌은 돌하르방의 잘리어진 머리같이 눈을 부릅뜨고 있었다. 떨어진 돌 고드름은 밑으로 굴러 떨어졌다. 중력이 없을 거라는 생각은 틀렸다. 그러나 나는 여전히 중력에 영향을 받지 않고 공중에 떠 있었다. 남자와 나는 서로 다른 공간에 존재하는 것 같았다. 몽롱한 상태에서도 계속해서 물리학 이론과 연결시키는 내가 밉다는 생각이 들었다. 어쩔 수 없는 일이었다. 남자 옆에 돌침대 하나와 변기 하나가 보였다. 그리고 흩어져 나뒹굴고 있는 몇 개의 망치와, 옷가지 몇 점, 땀에 절은 수건, 부스러진 돌가루, 그런 것들이 보였다. 남자는 그곳에 갇혀있었다. 왜 그곳에 갇혔는지 궁금했지만 알 수 없는 일이었다. 나는 그의 어깨를 뚝 쳤다. 그러나 그는 느끼지 못하는 모양이었다. 다시 그의 어깨를 세게 쳤다. 그제서야 그는 망치를 든 채로 고개를 돌렸다.

놀랍게도 남자는 바로 나였다.

늙어버린 나였다.

삐쩍 마른 몸에 작업복을 걸치고 있었다. 그것은 입고 있다기보다는 차라리 걸치고 있다는 말이 어울렸다. 잔뜩 쪼그라들었는지 키도 무척 작았다. 그는 나를 보지 못했다. 어깨를 쓰윽 문지르고 다시 돌을 자르기 위해 망치질을 시작했다. 그의 눈에는 내가 보이지 않는 모양이었다. 늙은 내가 왜 이곳에 갇혀 있는지 알 수가 없었다. 갇혀 있다면 탈출할 생각이라도 해야 할 것인데 전혀 탈출할 생각을 하지 않는 것 같았다. 철문밖에는 지키는 사람도 없었다. 천장의 돌 고드름에서는 물방울이 점점이 떨어져 내렸다. 그 물방울 하나가 내 콧등을 때렸다. 갑자기 어떤 강력한 힘이 내 몸을 빨아들이면서 나는 다시 그 흔들리는 벌레구멍 같은 동굴 속을 통과했다.

잠시 후 나는 금호동의 산비탈에 앉아 있는 나를 발견했다. 멀리서 돌진해 오던 한강이 언덕에 가로막혀 오른쪽으로 꺾였다. 하류가 보이지 않았다. 한강의 하류는 어디로 어떻게 흐를까. 어떻게 지금까지 살아왔는지 용하다는 생각이 들었지만, 나는 아직도 분명히 살아있다. 이곳 금호동 산비탈에서 태어나 어찌어찌 강남의 아파트 단지에까지 진출했다. 그러나 이제 다시 이곳으로 돌아와야 한다. 빗방울이 하나둘 떨어지기 시작했다. 깜박잠이 들었던 것일까. 그러나 꿈이라고 생각하기에는 뭔가 석연치 않다. 그것은 너무나 선명했다. 손을 짚었던 자리가 움푹 들어간 형태를 유지하고 있었다. 어쩌면 〈아인슈타인-로슨 다리〉를 건너 미래의 나를 본 것인지도 모른다. 내가 정말로 미래를 본 것이라면 미래 언젠가는 내가 감옥에 갇힌다는 말이 된다. 늙

은 내가 골방에 갇혀 강제노역을 당하고 있는 것이 분명했던 것
이다. 과거의 내가 사람의 목을 자르는 망나니였다면 모르지만,
미래의 내가 동굴 속 골방에 갇혀 돌 고드름을 자르고 있다니 전
혀 이해할 수 없는 일이었다. 금호동에 갇혀 있다고 생각했기 때
문일지 모르겠다. 잠재의식이 꿈으로 나타난다는 말을 들은 적
이 있다. 그렇지만 동굴 속 망치소리는 너무나 장장했다.

땅 속에 진짜로 웜홀이 있는지도 모른다. 그걸 적어두어야 겠
다. 바지 뒷주머니에 손을 넣고 꼼지락거렸다. 다행히도 접힌 복
사용지 두 장이 바짝 눌려진 채 손가락에 걸렸다. 접혀 있는 상
태로 급히 생각나는 내용을 메모하기 시작했다.

콜롬버스는 인도에 가기 위해서 반대 방향으로 간 결과 아메
리카 신대륙을 발견했다. 이 우주의 끝에 도달해서 다른 우주로
통하기 위해 한없이 하늘로 솟구치는 대신 반대로 땅 속으로 들
어가면 우리는 훨씬 빨리 다른 우주에 도착할 수 있는 것이 아닐
까. 이 생각은 모든 물질을 구성하는 원자핵을 이루고 있는 작은
알갱이 안에 다른 우주로 통하는 웜홀이 있다는 이른바 아기우
주 이론에도 부합된다. 보다 큰 우주의 관점에서 보면 이 우주가
바로 그 세계의 물질을 구성하는 원자의 하나이고, 지구는 그 원
자를 구성하는 아주 작은 물질 중의 하나일지도 모른다. 버뮤다
삼각해역이 바로 원자의 구성물질에 존재하는 웜홀일는지 누가

알겠는가. 그 길을 찾는다면 우리는 새로운 우주에서 새로운 삶을 살 수 있게 된다.

그곳에서의 삶의 방식은 이곳과 아주 다를 것이다. 혼인제도라는 것이 없을 수도 있고, 신분제도도 없고, 일을 하지 않아도 지천으로 먹을 것이 쌓여 있을 수도 있고, 그저 자기 하고 싶은 대로 행동하면 되는 세계일 수도 있고, 중력이 없는 하늘을 둥둥 떠다닐 수도 있는 것이다. 그렇게만 된다면 내가 금호동으로 다시 돌아올 필요도 없는 게 아닐까.

나는 또다시 현실로 돌아와 있었다. 그렇다, 하루살이조차 떠나려고 하는 금호동으로 다시 돌아온 것이다. 앞으로 어떻게 살아갈 건지 고민해야 하는 마당에 우주이론이 무슨 필요가 있단 말인가. 모든 것을 잊고 싶다. 이런 마음상태 때문에 엉뚱하게도 〈아인슈타인-로슨 다리〉가 생각났을 거였다.

하루살이들이 유충 시절의 일을 기억할 수 있을까 의문이 들었다. 유충 시절과 성충 시절의 생활을 서로 다른 우주의 생활이라고 느끼는 것은 아닐까. 그래서 자기들에게 유충 시절이 있었던 것을 전혀 기억하지 못하는 것은 아닐까. 왜 자꾸 이런 생각을 하는지 모르겠다. 다른 우주가 있다면 그곳으로 가고 싶다. 다른 세계로 지금 떠날 수 있다면 얼마나 좋을까. 버뮤다 삼각해역에서 갑자기 사라진다면 다른 우주로 갈 수도 있을 텐데…. 내가 점점 정신이상자가 되고 있는 것 같다.

빗방울이 계속해서 떨어졌다. 금호동에 올 때마다 어김없이 비가 내렸다. 아니, 언제나는 아니었지만 금호동은 비가 와야 제격이다. 빗방울이 점점 굵어졌다. 이제 일어나야 할 시간이었다. 땅바닥에 손을 짚고 엉덩이를 들자 찌르르 하고 엉덩이에서부터 다리까지 저려왔다. 막혔던 혈관이 뚫리면서 피가 몸 속을 휘돌아 치는 게 느껴졌다. 다리가 휘청거리며 몸이 약간 앞으로 쏠렸다. 차라리 그냥 밑으로 굴러 떨어지고 싶다는 생각이 들었다. 자살까지는 하지 말라고 하던 아내의 얼굴이 스쳐 지나갔다. 나는 다시 자리에 주저앉고 말았다. 얼마나 앉아 있었던 것인지는 정확치 않았지만 꽤 오래 앉아 있었던 것 같다. 지나가는 사람은 아무도 없었다. 멀찌감치 앉아 있던 사내도 사라졌다.

막내가 걱정되었다. 점심을 먹이고 이제 곧 형이 올 것이라며 낮잠을 재우고 나왔지만, 녀석이 금방 깨어났음을 나는 안다. 첫째 아이 석기는 어느새 초등학교에 입학했다. 나도 그 녀석이 법대에 갔으면 좋겠다고 생각중이다. 한심한 일이다. 아버지는 해가 중천에 떴을 때 일어나, 나를 재우고 밖으로 나가곤 했다. 그때마다 나는 잠을 자지도 않으면서 시키는 대로 눈을 감았다. 아버지가 집을 나가면 곧바로 일어나 뒤를 좇아갔다. 그러나 결국 놓치고, 울면서 집으로 돌아와 형을 기다렸다. 아버지는 당신을 좇아오다가 집으로 돌아가는 나를 숨어서 확인했다. 그러나 나는 아버지가 숨어 있는 곳을 찾아내지 못했다. 집에 혼자 남는 것이 무서우면서도 왜 눈을 감고 자는 척했는지 알 수 없는 일이었지만 그렇게 할 수밖에 없었다. 막내도 틀림없이 자지 않고 있었음에 틀림없다. 아파트 문을 찰칵 하고 잠그는 소리와 함께 침대에서 뛰어나와 현관문을 바라보고 서 있는 막내의 모습이 눈에 선했다.

걱정을 한다고 해도 이미 늦었다. 빗발은 더욱 거세졌다. 몸에 걸친 옷은 한기를 느낄 정도로 속살까지 젖었다. 맏이가 학교에서 돌아왔을 것이고 아내도 집에 돌아와 있을 가능성이 있을 거였다.

구멍가게 처마 밑에서 비를 피하고 서 있었다. 다시 옛날 생각이 났다.

창문 밑을 흐르던 도랑물, 그 도랑을 향해 입을 벌리고 있던 재래식 변소의 뒷구멍, 추녀 밑에서 빗물로 목욕하던 개구리장수 아저씨. 초등학교 몇 학년 때의 일인지 정확치 않지만 처마 밑에서 목욕을 하다 사타구니에 솜털이 보숭보숭한 것을 처음 발견했다. 그 이후로 다시는 처마 밑에서 목욕을 하지 않았다.

우산을 하나 샀다. 고동색 우산이었다. 우산은 천으로 만든 것이었지만 조잡해 보였다. 바람이 조금만 세게 불어도 우산살이 부러질 것 같이 흔들거렸고, 한가운데에서 물이 샜다. 물이 뚝뚝 떨어지는 우산을 들고 골목길을 걸었다. 아무리 생각해도 이해할 수 없는 일이었다. 내가 골방에서 돌을 자르고 있다니 도저히 있을 수 없는 일이었다. 게다가 그 돌은 천장에서 자라는 돌 고드름이었다. 망치, 정, 돌 침대, 그리고 검은 컨베이어 벨트, 어디선가 본듯한 것들이었다. 연이어 어느 끝도 없는 동굴을 걷고 있는 모습이 떠올랐다. 누군가를 만나기 위해 걷고 있는 것은 분명했지만 그 상대방이 누군지는 알 듯 말 듯 했다.

지금의 나도 누군가를 찾아 골목길을 헤매고 있다는 것을 알아차렸다. 아무리 세월이 30년이 넘게 흘렀다고 해도 이곳은 아직까지 옛날의 그 달동네 골목길이 남아 있는 것이다. 그리고 아는 사람 몇몇이 아직까지 이곳에 살아 있을 수도 있다. 그렇다고 그들을 만나면 어떻게 해야겠다는 계획이 있는 것은 아니었다. 아무 생각도 없이 무작정 걷고 있는 내가 왠지 정신 나간 것 같이 생각되었다.

비는 계속해서 내렸고, 길은 미끄러웠다. 골목길에 다닥다닥 붙어 있는 집들이 눈을 혼란스럽게 했다. 하늘도 어디론가 사라져 버렸다. 머리 위에는 고동색 우산만이 있었고 우산을 젖히면 세차게 떨어지는 빗방울뿐이었다. 길은 여전히 뱀 허리처럼 구불구불했다. 차가웠다. 미끈거렸다. 움막처럼 지붕이 낮은 집들이 골목 양쪽으로 줄지어 서 있었다. 가슴께 높이의 앞집 지붕 위에, 젖은 양말들이 비를 맞고 있었다. 갑자기 아무라도 좋으니 만나서 이야기 할 수 있는 사람이 있었으면 좋겠다고 생각됐다.

외로웠다. 눈물이 났다. 누구라도 좋으니 이야기 할 사람이 필요했다. 아무 집이나 들어가고 싶어졌다. 시멘트 칠도 하지 않아 블록과 블록을 잇는 몰타르 줄이 보이는 허름한 집들이 줄지어 골목길을 거슬러 올라와 나를 스쳐 산 쪽으로 등을 보이며 줄달음쳤다. 문득 한 집이 내 앞에 멈춰섰다. 벽에 구멍이 여러 개 뚫린 집이었다. 구멍 안에 휴지조각과 담배꽁초가 들어 있는 것이 보였다. 주머니를 뒤져 비에 젖은 담배를 꺼내 입에 물었다. 젖은 담배에 라이터 불이 옮겨붙으며 피식거렸다. 잘 타지 않는 매콤한 담배를 입에 문 채로 그 집을 기웃거렸다. 강릉 달동네에 살던 사촌동생의 집과 비슷했다.

몇 번 망설이다 검은 대문을 주먹으로 두드리기 시작했다. 대문 밑부분에서 녹슨 쇳가루가 빗물에 젖은 채 떨어졌다. 방문이 열리는 소리와 함께 늙은이의 목소리가 들렸다.

"누구요~?"

그 소리를 듣자마자 나는 골목 아래로 도망쳤다. 그러나 몇 발자국 내딛지 못하고 미끄러지고 말았다. 엉덩이에 진흙이 잔뜩 묻어났다.

강릉에 갔던 날, 아내가 떠난 후 나는 사촌의 집 앞에서 망설이다 쪽문을 두드렸지만 아무런 대답도 들을 수 없었다. 땅거미가 스멀거릴 때까지 문 앞에 쪼그리고 앉아 사촌을 기다렸다. 몇몇 사람이 흘긋거리며 내 곁을 지나갔다. 해가 진 이후에 골목길을 내려오던 나는 가로등 밑에서 사촌과 마주쳤다. 골목을 올라오는 그의 얼굴을 본 순간 나는 그가 내 사촌임을 금방 알아챘다. 그러나 나는 모르는 척 그냥 스쳐 지나쳤다. 아내에게는 이사를 간 것 같다고 거짓말을 했다.

"이봐요 젊은이, 댁이 문을 두드렸소?"

한 노인이 문을 빠끔히 열고 목만 내놓은 채 내다보며 물었다.

"아니요, 제가 아닌데요."

단호하게 아니라 부인하고, 아래로 뛰기 시작했다. 강릉의 사촌동생 집 앞에서 모텔로 돌아가던 비겁한 내 모습이 떠올랐다. 얼마 내려가지 않아서 책으로 머리를 가린 채 골목을 걸어 올라오고 있는 빨간 후레아 원피스를 입은 여자를 만났다.

"우산 같이 쓰시겠어요?"

우산을 조금 들며 여자에게 말했다. 여자의 눈이 동그랗게 커지면서 얼굴에 미묘한 주름이 만들어졌다. 빗물에 흘러내린 머리카락 몇 올이 여자의 왼쪽 눈을 슬쩍 가렸다. 그녀는 무슨 말인가를 하려다가 주춤주춤 뒤로 물러섰다. 그녀의 얼굴 표정이 급격히 일그러졌다. 내가 다시 한 번 권하려고 하는 순간 여자는 뒤도 돌아보지 않고 옆 골목으로 뛰기 시작했다. 빗물이 묻은 안경을 통해 여자의 뒷모습이 어른거렸다. 왜 도망을 가는지 이해할 수가 없었다. 갑자기 화가 치밀었다.

"야! 이년아, 내가 널 잡아먹기라도 하냐."

소리를 질렀지만 골목길에는 나 이외의 누구도 없었다. 골목은 연결되어 있을 것이었다. 그녀가 나 때문에 비를 조금 더 맞고, 조금 더 힘들게 집에 도착해서 가슴을 쓸어 내릴 것을 나는 알았다. 이 작은 블록집들을 골목길이 연결하고 있듯이 우주도 서로 통하는 길이 있을 것 같았다.

골목길은 다시 조용해졌다. 해가 있으면 해바라기를 하는 노인네들이라도 골목길에 나와서 앉아 있을 터였지만, 비 때문에 아무도 없었다. 얼룩 발바리 개 한 마리가 비에 젖어 땟국물이 질질 흐르는 꼬리를 엉덩이에 감춘 채 옆을 스쳐 지나갔다. 병든 개였다.

사위가 컴컴해지기 시작했다. 슬슬 술집으로 가야할 시간이었다. 오늘은 술집 주인이 어떤 태도를 취할지 은근히 기대가 됐다. 그는 마주하고 있기에는 거북살스러운 사람이었다. 이상하게 나는 그 술집에 있으면 무슨 일이 일어날 것 같은 불안감을 느꼈다. 한편으로는 그 불안을 즐기고 있는 것도 사실이었다.

희미하게 술집 간판이 보이기 시작했다. 붉은 색으로 실내포장마차라고 쓴 간판이었다. 금호동에 오면 마지막으로 들르는 곳이었다. 이곳에서 술이 취해야 집으로 돌아갈 수 있는 것이다. 술집 지붕은 여전히 칠이 벗겨진 빛 바랜 빨간색 기와였고, 듬성듬성 돌멩이에 눌린 비닐로 땜질이 되어 있었다. 그 옆으로 부동산중개소와 양품점이 나란히 보였다. 부동산중개소는 양철판으

로 출입구가 막혀 있고, 불 켜진 양품점의 쇼윈도우에는 〈70%
세일〉이라고 적힌 큼지막한 형광종이가 조명을 받아 밝게 빛나
고 있었다. 이사올 집을 찾기 위해 왔지만, 부동산중개소에는 한
번도 들르지 않았다. 갑자기 몸이 부르르 떨려왔다. 가을비 때문
인지, 이사올 집을 알아보는 일은 한 번도 한 적이 없다는 사실
때문인지 알 수가 없었다.

술집의 알루미늄 샤시 유리에는 빨간 글귀가 뚜렷했다. 문을
열고 들어서자 빨간 모자를 쓴 주인이 보였다.

아무도 반겨주지 않는 이곳, 땅에 떨어진 이무기의 비늘처럼
허물어질 듯한 집들, 골목마다 쌓여 있는 쓰레기 더미, 그 쓰레
기더미 위에서 윙윙거리던 파리 떼와 각다귀들, 낮이면 몇몇이
모여 해바라기를 하고 있는 노인들, 그 옆에 옹기종기 모여 흙이
낀 손톱으로 공기놀이를 하는 아이들, 밤이 되면 썩은 뱀의 내장
처럼 시커멓게 변하는 골목길…, 대장암이었던 아버지는 썩은
내장을 한 자쯤 내쏟고 죽었다.

그 골목길에서 나는 외로움을 떨쳐버리기라도 하려는 듯 모든
힘을 다 소모할 때까지 헤매고 다녔다. 마지막으로 더 이상 걸을
수 없을 정도로 지쳤을 때, 들르는 곳이 이 술집이었다. 알루미
늄 샤시로 되어 있는 술집의 문은 미닫이였다. 문이 열리고 닫힐
때마다 끼긱거리는 참을 수 없는 소리가 들렸다. 온몸에 소름이
돋게 만들었다. 미닫이문의 소리가 마지막 남은 한 톨의 힘마저

빼앗아 갔다. 처음 이 술집에 들어섰을 때 주인은 자리를 권하지도 않은 채 말했었다.

"이곳 사람이 아닌 모양인데 혼자 왔수?"

나는 대답을 하지 않고 자리에 털썩 주저앉았다. 빤히 쳐다보는 주인에게 마지못해 고개를 주억거렸다. 주인이 다시 말했다.

"누구 만나러 오신 게 아니구?"

만나고 싶어서 왔지요, 하지만 오늘도 만나지 못했네요, 라고 말하고 싶었다. 그러나 나는 대답할 기운도 없었다. 그는 더 이상 나에게 말을 붙이지 않았다. 그러나 주인이 말을 하지 않게 되자 오히려 주인이 아무 이야기라도 계속했으면 좋겠다고 느끼며 조급하게 술을 마셨다. 내가 이 술집에 들어설 때마다 그는 손님들과 술잔을 기울이고 있었다. 달동네 사람들처럼 뭔가 언성을 높이고 있기도 했다. 이곳 금호동의 역사를 그만큼 아는 사람도 드물 것 같았다. 어쩌면 아버지 이름을 말하면 알 수 있는 사람인지도 모른다.

오늘 아침 아내가 집을 나가자 내 마음은 무조건 어디론가 떠나고 싶은 상태였다. 가도가도 목적지에 도착할 수 없는 이상한 세계를 생각했다. 그녀를 다시 만나지 않아도 되는 곳으로 가고 싶었다. 블랙홀처럼 끝없이 빨려 들어가기만 하고 아무 것도 나올 수 없는 곳으로 가고 싶었다. 내가 그런 골목에 갇혀 있다고 느껴졌다. 차라리 모든 것을 포기하고 내 의지가 전혀 반영될 수 없는 세계에 몸을 내맡기고 싶었다.

　굳이 설명을 하자면 나는 한 달 전에 완전히 망했다. 고시공부를 포기한 후 고심 끝에 시작한 피자집은 그럭저럭 꾸려갔지만 언제인지도 기억나지 않는 연대보증이 모든 것을 앗아갔다. 강북에 있는 피자집은 이미 한 달 전에 남의 손으로 넘어갔고, 강남에 있는 아파트도 며칠 전에 남의 손으로 넘어갔다. 어쩌면 오늘 집달리들이 들이닥쳤을는지도 모른다. 아내는 그것도 모르고 계속해서 잔소리만 늘어놓는다.

　이런 구차한 설명을 내가 왜 하는지 모르겠다. 앞으로의 계획도 없다. 그저 하루살이처럼 먹지도 않고 생각도 없이 살고 싶다. 골목마다 여기저기 쌓여 있는 더러운 음식 쓰레기의 즙을 먹고사는 각다귀가 되었으면 좋겠다는 생각까지 들었다. 누군가를 만나는 행운이 있을지도 모른다는 막연한 기대를 갖고 하루종일 골목길을 오르내리다 보면 제정신이 아니게 된다. 그 길이 그 길 같고 모든 것이 혼란스러워진다. 삐쩍 마른 각다귀가 되었으면 좋겠다니 우스운 일이었다. 차라리 귀신이 되었으면 좋겠다고 말하는 것이 더 낫지 않겠는가. 금호동에 오면 나는 골목길을 밤늦은 시각까지 헤매고 다녔고, 골목마다 버려져 있는 쓰레기 더미에는 어김없이 벌레들이 꿈틀거렸다.

　사위가 어둑해지면 나는 지친 다리를 끌고 이 술집에 들르곤 했다. 금호동에서 엉덩이를 붙일 수 있는 곳은 동네 뒷산과 가파른 골목길, 그리고 이 술집 뿐이었다. 비록 내가 안주할 수 있는 곳이 아니라 다시 일어서야 할 곳이었지만 말이다.

나는 술병과 안주접시를 앞에 놓고 주인과 문 쪽으로 번갈아 눈길을 주고 있었다. 술집에서조차도 누군가가 불쑥 낯익은 얼굴로 문을 열고 들어올 것이라는 기대를 갖고 앉아 있었다. 누군가를 만나지 못하면 이곳으로 이사 올 수 없을 것 같았다. 이곳에서 살지 못할 것 같았다. 그러나 이 술집으로 아는 사람이 들어오는 우연은 없었다. 아는 사람들은 모두 금호동을 떠났고, 한 번 금호동을 떠난 사람은 결코 돌아오지 않을 것이라고 확신하던 내가 그들을 기다리고 있는 것이었다. 버뮤다 삼각해역을 통해 다른 우주로 빠져나간 사람들이 다시는 이 우주로 돌아오지 못한다는 이야기처럼, 금호동을 떠난 사람들은 결코 살아서는 돌아올 수 없다고 생각했던 내가, 지금 그들도 다시 이곳으로 돌아오기를 기대하고 있는 것이었다. 그들도 망하길 원했다. 나 혼자만 다시 이곳으로 들어온다는 사실이 억울했다. 그런 일은 절대로 있을 수 없다고 생각했다. 왜 나만 다시 이곳으로 돌아와야 한단 말인가. 술집 주인은 그저 멍하니 창밖을 쳐다보고 있을 뿐이었다. 밖에서는 비가 계속해서 내렸다.

술집을 기웃거리는 사람도 없었지만 그런 사람이 있다 하더라도 그는 결코 밖에까지 뛰어나가 호객 하는 행위를 하지 않았다. 그저 눈길을 밖으로 주고 있을 뿐 밖을 보고 있는 게 아니었다.

주인의 얼굴에서 무료함이 묻어 나왔다. 그에게 말을 붙이기 위해서 술을 권했지만 그는 오늘도 술잔을 받지 않고 주방으로 들어갔다.

그리고 한 사내가 들어왔다. 불현듯 뱀의 독처럼 두려움이 몸속으로 파고들었다. 나를 맞이해 줄 사람이 바로 이 사내였다. 모든 것을 잃고 허깨비 같은 몸뚱이만 남은 사람이었다. 나 역시 이 사내처럼 서서히 죽어 갈 것이 틀림없어 보였다. 다시 각다귀가 생각났다. 모기와 비슷하게는 생겼지만 동물의 피도 빨아먹지 못하고 그저 썩은 음식물의 즙만으로 연명하는 각다귀. 아니라고, 아니라고, 속으로 되뇌며 술잔을 입에 갖다 대는 순간, 그는 나에게 김부열 아들이 아니냐고 물었다. 숙부의 이름이었다. 숙부도 이곳 금호동에 잠시 살았었다는 이야기를 들은 적이 있었다. 사내가 진짜로 숙부를 아는 것일까? 아니었다. 절대로 그럴 리가 없었다. 단호하게 아니라고 대답했다. 그러나 내 목소리는 어쩔 수 없이 심하게 떨렸다. 누군가 아는 사람을 만날까봐 오히려 나는 두려워하고 있었던 것이다. 내 눈을 빤히 쳐다보는 그의 눈은 언덕 위에서 빠졌던 그 지하 골방으로 들어가는 커다란 벌레구멍처럼 흔들거렸다. 분명히 내 눈을 똑바로 직시하고 있는데 그 눈동자는 흔들렸다. 사내는 내 의견을 묻지도 않고 탁자에 마주 앉았다. 자리에 앉자마자 앞에 놓여 있는 술을 들이킨 후 금호동이 싫어서 떠난 놈이 무슨 이유로 나타났느냐고 다그쳤다. 그 소리는 나에게 하는 것 같기도 했고 사내 자신에게 하는 것 같기도 했다. 사내는 나를 아는 것 같기도 했고 모르는 것 같기도 했다. 어쩌면 애초부터 말을 붙이기 위한 수작이었는지도 모를 일이었다.

사내의 얼굴에서 회색 빛이 돌았다. 몸에서는 시큼하고 역겨운 냄새가 났다. 그것은 금호동 골목 냄새였다. 벌레 냄새인지도 모르겠다. 아니, 각다귀 냄새였다. 언덕에서 뛰어내리지는 말라고 하던 아내의 목소리가 다시 들리는 듯 했다. 사내는 조금씩 죽어 가고 있었다. 자기의 몸을 일부러 조금씩 죽이고 있는 것 같기도 했다. 사내는 빈 술잔을 다시 채우고 입으로 가져가 단숨에 목에 털어 넣었다.

갑자기 사내의 얼굴에 성난 아버지의 얼굴이 겹쳐졌다. 이 사내를 만나기 위해서 금호동에 온 것은 아닐까 하는 의심이 들었다. 그러나 사내는 처음부터 나를, 금호동을 떠난 사람 정도로 여기고 있는 모양이었다. 그는 이곳을 곧 떠날 사람이었다. 이곳을 떠나는 사람과 새로 들어오는 사람이 나란히 앉아 있었다. 사내와 나의 공통점은, 어쩔 수 없이 떠나고, 어쩔 수 없이 들어온다는 점이었다. 사내가 왜 왔느냐고 물었을 때 나는 그리워서 왔다고 대답했다. 그렇게 대답하면서 주인쪽을 바라보았다. 주인이 흠칫 놀란 표정을 지었다. 그 대답이 실수였다. 나는 사실대로 말했어야 옳았다. 그리워서 오는 것이 아니라 강제로 떠밀려

들어오는 것이라고 말해야 옳았다. 아버지가 운명적으로 이곳에 들어온 것처럼 어떤 강력한 힘에 의해 이곳으로 들어올 운명에 처해 있다고 말해야 했다. 사내가 어쩔 수 없이 이곳에서 살아온 것처럼, 어쩔 수 없이 이곳에서 살게 되었다고 말했어야 옳았던 것이다. 사내의 검은 얼굴이 더욱 새카맣게 변하면서 손이 부르르 떨렸다. 주인이 주방에서 술잔을 기울이고 있는 모습이 보였다.

사내가 느닷없이 너도 똑같은 놈이야 하며 달려들었다. 그때 왜 주방 쪽의 주인을 바라보았는지 모르겠다. 주인은 금방 볶은 닭발을 안주 삼아 술을 먹고 있었다. 그는 닭발을 든 채로 우리들을 쳐다보았다. 입가에는 빙긋한 미소 비슷한 것이 스치는 것 같기도 했다. 주방 쪽을 바라보다 갑작스레 당한 일이었다. 사내의 떨리는 손을 보는 순간 사건이 벌어지리라는 것을 감지하고 구원을 요청하기 위해 주인을 쳐다보았을 것이었다. 이런 사태가 발생하리라 직감했던 것 같다. 그와 동시에 나도 벌떡 자리에서 일어났다. 우리는 서로의 멱살을 움켜쥐었다. 사내의 멱살을 맞잡았을 때, 그의 목이 유난히 길다는 것을 발견했다. 너무 가늘어서 더 길게 보였는지 모르겠다. 그의 목 왼쪽에는 검푸른 정맥이 툭 튀어나와 있었다. 벌레구멍 같았다. 그것을 보는 순간 사내의 목을 조르고 싶은 충동을 느꼈다. 바닥에 떨어진 양복을 힐끔거리며 사내의 목을 치켜들었다. 그러자 놀랍게도 그의 몸이 너무 쉽게 들렸다. 헝클어진 그의 머리가 아래에서 내 눈 위로 불쑥 솟구치듯이 올라갔다. 멱살을 먼저 잡은 것은 사내였지만 그는 내 힘을 당하지 못했다. 그는 켁켁거리지도 못하고 온몸에 경련이 일다가 축 늘어졌다. 옆에 칼이 있었으면 목을 자르고 싶었다. 잘려진 검푸른 정맥에서 솟구치는 벌레떼를 보고 싶었다. 의자에 걸쳐 있던 갈색 양복이 바닥으로 떨어졌다. 양복이 내 몸에서 떨어져 나간 모가지 같다는 생각이 들었다. 나의 놀라움은 어쩌면 가벼움 때문이 아니라 그의 눈 때문이었는지도 모르겠다. 왜 그런 느낌이 들었는지 모르지만, 위로 치켜올려지면서도 계속해서 내 눈을 쏘아보는 그의 눈에서 벌레 비슷한 것을 보았다. 다시 살 썩는 냄새를 맡은 것 같기도 했다. 언젠가 보았던 눈이었다. 망막 위에서 아래로 줄기차게 연이어 떨어지는 벌레가 있었다. 낮에 보았던 흔들리는 동굴 같았다. 이제 곧 죽음을 맞이할 사람들이 공통적으로 갖고 있던 눈빛, 그것이었다.

멱살을 잡힌 채 사내는 살모사처럼 내 눈을 쏘아보았다. 눈이 시려 눈물이 나왔다. 사내의 눈에는 죽음의 그림자가 계속해서 어른거렸다. 그렇게 보이는 것은 순전히 내 심리상태 때문일 것이었지만 나는 그렇게 합리화하고 있었다.

정신과 의학에 기시감旣視感이라는 말이 있다. 어떤 생각을 많이 해서 결국은 처음 당하는 일, 처음 보는 장면, 처음 나누는 대화를 이미 경험했던 것이라고 착각하는 것을 말한다. 내가 자주 느끼는 기시감은 지각장애현상이라는 일종의 정신병이다. 그렇다, 결국 나는 미쳐버린 것이다. 아인슈타인의 상대성이론을 너무 생각하다보니 이렇게 헛 것을 보게 되고, 그놈의 망나니의 망령이 내 몸을 온통 휩싸고 있는 것이다. 나는 분명히 사내의 눈에서 사형수에게서나 볼 수 있을 것 같은 느낌을 받았다. 조금만 힘을 주면 사내는 죽을 것 같았다. 그의 눈도 그것을 바라고 있는 것처럼 보였다.

조금만 더, 조금만 더….

사내가 이렇게 말하는 듯했다. 손에 서서히 힘이 들어가고 그는 소리도 지르지 못한 채 버둥거렸다. 눈이 동그랗게 커지면서 핏발이 섰다.

들리워진 사내의 눈에서 진짜로 죽을지도 모른다는 생각이 기어나왔다. 그것은 정말이지 전혀 예상치 못한 일이었다. 이곳은 나를 살인자로 만드는지도 모른다. 내가 사람을 죽일 수 있다니 말도 안 되는 일이었지만, 그는 이곳에서 나에게 살해되도록 운명지어진 사람이라면 이야기는 달라진다. 내가 힘이 센 것이 아니라 사내의 몸이 너무 가벼웠다. 아니, 그와 나는 다른 인종이었다. 전혀 다른 세계에 사는 다른 종류의 생물이었다. 나는 3차원의 뚱뚱보 사내였지만, 그는 2차원의 그림자 사내였다. 나는 어느 틈엔가 이렇게 피둥피둥 살쪄 있었고, 이런 모습은 옛날의 내가 아니었다. 이제 더 이상 나는 금호동에 살던 말라깽이가 아

니라는 사실을 깨달았다. 그렇다. 사내와 내가 다른 인종이듯,
금호동과 전혀 다른 세계에 살던 내가, 어느날 갑자기 이곳 금호
동으로 떨어지고 만 것이었다.

사내의 검은 손아귀에 붙잡힌 흰색 와이셔츠가 가늘게 주름잡
혔다. 나는 와이셔츠가 파르르 떨고 있다고 느꼈다. 그의 팔목을
움켜쥔 내 팔이 조금씩 움직이고 있다고 느껴졌다. 잡고 있는 손
목을 놓아주어야 될 것 같이 생각되었다. 그때 다행히도 술집 주
인이 우리 둘을 떼어내는 시늉을 했다. 나는 슬그머니 손을 놓고
자리에 앉았다. 이해할 수 없는 일이었지만 분명히 술집 주인은
시늉만 했고, 사내와 나는 거의 동시에 손을 놓았다. 옆 탁자에
서 우리를 지켜보던 사람들도 다시 아무 일 없었다는 듯 술잔을
들었다.

숨을 가쁘게 몰아쉬며 사내가 내 앞에 놓인 술잔을 집어 입안
에 들어붓고는 자기 앞에 쾅 하고 내려놓았다. 나도 말없이 사내
앞에 놓인 술잔을 내 앞으로 옮긴 후, 술을 채워 입으로 가져갔
다. 차가운 술이 목구멍을 타고 아래로 내려가는 것이 느껴졌다.
뱃속이 뜨거워졌다. 사내가 다시 술을 마셨고, 내가 사내 앞에
놓인 잔을 끌어당겨 술을 채운 후 또 마셨다. 술잔이 나와 사내
사이에서 몇 번 왔다갔다 했다. 벌레 같은 술이 목구멍을 타고
내려가는 것이 느껴졌다. 뱃속이 더욱 뜨거워졌다. 사내와 나 사
이를 왕복하는 술잔에 삐쩍 마른 2차원의 그림자가 담겨 있었

다. 그렇게 술잔에 담긴 채 왕복하던 마른 그림자가 중간쯤에 놓여 있는 닭발에 옮겨붙었다. 닭발을 집어들면서 핏빛 벼슬이 선명하게 빛나는 닭 모가지를 도마에 올려놓고 칼로 잘게 다지던 어머니를 생각해냈다. 사내의 눈이 죽은 닭의 눈과 비슷했는지도 모를 일이었다. 사내의 눈에서 낯익은 죽음의 그림자를 봤다면 그것은 죽은 닭의 눈에서였을 것이다.

그날도 오늘처럼 비가 내리고 있었다. 빗물이 타닥-, 탁-, 탁- 소리를 내며 떨어지는 처마 밑에서 어머니는 머리에 분홍색 수건을 두른 채 죽은 닭의 목에서 털을 뽑고 있었다. 도마 왼쪽에 닭이 담겨 있는 양푼이 뿌연 물 위로 하얀 김을 꾸역꾸역 내뱉었다. 털이 뽑혀감에 따라 목이 비틀어져 죽은 닭 모가지에서 푸른 살빛이 드러났다. 퍼렇게 죽어 있는 닭 모가지의 살결이 분홍색 수건에 가려 슬쩍슬쩍 보이는 어머니의 멍든 눈두덩과 비슷했다.

아버지의 술주정은 정말로 참기 힘든 것이었다. 이유 없는 폭언과 폭행은 가족을 공포의 도가니에 몰아넣었고 나를 화나게 했지만, 그것에 대항해서 할 수 있는 것은 아무 것도 없었다. 그때마다 나는 참을 수 없는 절망감에 진저리쳤다. 도망가고 싶다고 생각했다. 그러나 내가 할 수 있는 일은 앉아서 가만히 당하는 일뿐이었다. 아버지의 술주정은 어머니의 비명이 한동안 계속된 후에야 그쳤다. 땟거리가 없는데 무슨 술이냐며 대들던 어머니가 장에 내다 팔기 위해 기르던 닭을 잡았다. 금호동에는 개나 닭을 기르는 집이 종종 있었다. 그런 것들이 부업으로서의 역할을 톡톡히 했던 것으로 기억된다.

닭을 잡기 위해 여러 사람들이 둘러서 있었다. 그중 한 청년이 닭다리를 붙들고 주먹으로 몇 번 닭의 등을 쳤지만 닭은 죽지 않았다. 열 다섯 살의 내가 닭의 목을 오른손으로 꽉 쥐었다. 닭이 울컥 목구멍으로 똥 같은 것을 조금 토해냈다. 섬칫하여 손을 놓쳐버렸다. 손에서 풀려난 닭은 장독 뒤로 숨어서 좀체 나오지 않았다. 나는 장독 뒤에 숨은 닭을 바들바들 떨며 쳐다보았다. 그때 닭의 눈과 내 눈이 마주쳤다. 빨갛게 핏발이 선 닭의 눈에는 물기가 묻어 있었다. 그 눈 속으로 내가 한정 없이 빨려 들어가는 듯한 느낌이 들었다. 아무도 닭을 죽이지 못해서 결국 내가 닭의 목을 다시 잡았다. 이번에는 두 손으로 닭의 목을 비틀고 버둥거리는 닭의 몸을 무릎으로 짓눌렀다. 내 목은 여전히 외로 틀어져 있었다. 닭은 계속해서 버둥거렸고 나는 죽을힘을 다했다.

닭의 목을 비틀면서 어머니를 때리던 아버지를 생각했다. 무릎 밑에서 버둥거리는 닭다리가 경련을 일으키는 것이 느껴졌다. 고개를 바로 했을 때 닭의 다리는 서서히 벌어지고 있었다. 닭은 더 이상 움직이지 않았지만 목을 놓을 수가 없었다. 혹시 살아 있다면 틀림없이 나에게 덤벼들 것 같았다. 목을 놓으면 그

목구멍으로 닭의 죽은 영혼이 나와서 나를 덮칠 것 같았다.

망나니들도 이런 두려움을 잊기 위해 술을 먹고 칼을 휘둘렀음에 틀림없다. 단칼에 목을 치지 못했을 때 그 죄수는 초인적인 힘으로 망나니에게 달겨들기라도 하려는 듯 몸부림 쳤을 것이라고 추측할 수 있다. 떨어져 나간 죄수의 목은 완전히 의식을 잃을 때까지 만화 삼국지의 관우처럼 소리지르기도 했을 것이고, 소리까지는 몰라도 눈을 이리저리 굴렸을 수도 있을 것이었다. 사람의 목이 잘리어지고 얼마쯤 지나야 의식이 완전히 끊어지는 것일까. 그러고 보니 사내의 눈에서 목이 잘린 채 두리번거리는 죄수의 눈을 보았는지도 모르겠다.

털 뽑힌 닭의 모가지는 뼈가 부러져 있었다. 우리는 닭의 몸통과 다리만 먹은 것이 아니라, 닭 모가지와 닭발 그리고 닭대가리까지도 칼로 곱게 다진 후 밀가루 반죽에 섞어 기름에 부쳐먹었다. 사내는 멀거니 닭발이 얹혀 있는 접시를 바라보고 있었고, 나는 그의 눈길을 따라 닭발을 바라보았다. 사내도 나와 똑같은 경험이 있을 것이라는 생각이 들었다. 갑자기 사내와 동질감을 느꼈다. 그의 아내가 지금 닭 모가지를 잘게 다지고 있을 것 같기도 했다.

닭발을 오도독 오도독 씹으며, 사내와 내가 싸움을 시작한 이유를 되짚어보았다.

사내는 내게 금호동에는 무엇 때문에 왔느냐고 물었고 나는 그리워서 왔다고 했다. 왜 그렇게 대답했을까. 왜 솔직하게 나도 이제 이곳 사람이 될 것이라고 말하지 못했을까. 사내는 내가 거짓말을 하고 있다고 생각했을 것이고, 그래서 내 멱살을 잡은 것이 틀림없어 보였다. 어쩌면 그 죽음의 그림자 때문이었는지도 모를 일이긴 했다. 주먹질이 몇 번 오가는 사이에 양복 윗저고리가 바닥에 떨어지고, 와이셔츠 단추가 하나 떨어져 나갔고, 금테 안경이 바닥에 떨어져버렸다. 사내에게서는 떨어질 것이 아무것도 없었다. 아직도 금테 안경은 발 밑에 버려져 있었지만 나는 줍지 않았다. 고개를 숙이고 있는 사내의 얼굴이 어디에 긁혔는지 검은 딱정이가 크게 붙어 있었다. 딱정이가 조금 떨어져서 건덩거렸다.

사내가 닭발을 하나 집어들었지만 무슨 생각을 하는지 먹지는 않고 계속해서 닭발에 눈길을 고정시키고 있었다. 그는 닭발이 무슨 연구자료라도 된다는 듯이 바라보았다. 천체의 별자리에서 새로운 〈닭발자리〉라도 발견한 것일까. 소란스럽던 술집은 다시 조용해졌다. 옆 탁자에서 이야기소리가 들려왔다.

"오늘도 공쳤어, 큰일이야."

"그러게 말야. 뭘 가지고 경기가 좋아졌다는지 내참…."

"씨팔, 병신 같은 우리들한테까지 돌아올 건덕지가 있겠어?"

예비군복 바지를 입은 네 명의 남자가 푸념을 하며 술을 마시고 있었다. 나는 술을 한 모금 들이켰다. 사내도 술을 먹었다. 그들의 푸념은 붉은 닭발에 붙어서 떨어지지 않고 계속됐다. 닭발의 붉은 양념은 고대 화성에서나 느낄 수 있었던 불길한 어떤 저주 비슷한 것을 느끼게 했다. 붉게 양념된 닭발을 먹으면 뭔지 모르지만 나에게 굉장한 불행이 닥칠 것만 같은 불안이 엄습했다.

"김씨가 괜찮을까?"

"글쎄…, 많이 다쳤다고 하던데…."

"오늘 안 갔었어? 가 봐야지 이 사람아!"

"사람이 산다는 게 다 뭔가, 그럴 때 가 봐주고 하는 거지."

그들은 다친 누군가를 걱정하고 있었다. 얼굴에 큰 흉터가 있는 남자는 맨 끝에 앉아 술만 마시고 있었다. 그들의 이야기를 들으며, 나는 두 남자와 한 여자가 깨진 술병을 휘두르며 뒤엉켜 있는 모습을 생각해냈다. 내 턱 밑에 상처를 입힌 싸움이었다. 여섯 살 때의 일이다. 그 당시 나는 그들이 싸우는 이유를 알지 못한 채 그저 습관적으로 싸움을 구경하고 있던 중이었다. 생각해보면 그들도 별다른 이유 없이 습관적으로 싸우고 있었음에 틀림없다.

깨진 술병, 각목 그런 것들을 휘두르며 싸우고 있는 그들에게, 좀더 가까이 다가서서 구경하는 것은 타인의 폭력이 언제 나에게까지 영향을 미칠지 모른다는 두려움과 야릇한 흥분을 일으켰다. 나는 용케도 번번이 싸움 구경을 무사히 마치곤 했지만, 그날은 여섯 살 난 어린아이로서는 무모하게도 그들 옆에 너무 가까이 다가가 있었던 듯싶다. 그때 얻은 상처를 볼 때마다 나는 현실의 나를 잊고 싸움 구경을 하는 어린 사내아이가 되곤 했다. 폭력이 가져다주는 흥분, 붉은 피가 가져다주는 전율, 죽음 저편에 대한 막연한 두려움과 동경을 동시에 즐겼다. 오늘 아침에도 나는 거울 속의 상처를 보았다.

보통 때에는 완전히 잊혀졌던 턱 밑의 상처 자국이 오늘 아침 거울 속에서 도드라지게 보였던 것은 순전히 망나니를 들먹이는 아내 때문이었다. 상처를 볼 때마다 나는, 조금만 더 아래에 상처가 났더라면 어떻게 되었을까 하며, 온몸에 전율을 느끼곤 한다. 강릉까지 찾아가 겨우 만난 사촌동생에게 말도 붙이지 못하고 돌아서던 때, 아내의 입에서 처음으로 망나니 이야기가 나왔을 때, 아버지가 암이라는 병을 이겨내지 못하고 결국 내장을 쏟아내고 죽었을 때, 잘 다니던 직장에서 쫓겨났을 때, 갑자기 빈털터리가 되어 끼니를 걱정해야 할 처지가 되었을 때, 나는 거울 속에서 턱 밑의 상처 자국을 발견하곤 했다. 턱 밑의 상처는 무력감에서 비롯되는 돌출 행동을 유발시켰다. 그 상처는 금호동을 생각나게 했고, 금호동은 목을 베던 망나니를 생각나게 했다.

"이러나 저러나 죽기는 마찬가진 걸 뭐, 가 본다고 뾰족한 수가 생기는 것도 아니고…"

말없이 술만 들이키던 네 번째 남자가 말했다. 모든 것을 포기한 듯 착 가라앉은 목소리였다. 그 말투에는 사형 집행장의 사형

수에게나 있을 법한 음습함이 묻어 있었다. 모든 것을 포기한 목소리였다. 동네 사람들이 말썽꾸러기인 나에게 어떤 욕을 해도 무관심했던 아버지였지만, 이상하게 〈망나니 같은 놈〉이라는, 농담 섞인 말에는 죽기살기로 싸움을 시작하는 아버지였다. 그때 나는 아버지를 이해하지 못했었다. 그러나 망나니가 장난꾸러기라는 의미뿐만 아니라 죄인들의 목을 치던 사람백정이라는 뜻도 갖고 있다는 사실을 알고부터 어렴풋이 내가 망나니의 후손일 것이라고 짐작했다. 아버지가 그토록 심각하게 〈망나니 같은 아들〉에 대해 걱정할 수밖에 없었던 심정을 이해하는 차원을 넘어서 절실하게 공감했다. 아버지는 단 한 번도 조상 이야기를 한 적이 없었다. 족보도 없고, 친척도 없고, 선산도 없는 우리 집안은 이곳저곳을 떠돌아다니던 망나니의 후손이 틀림없을 것이었다.

성당에서 절두산으로 성지순례를 갔을 때, 망나니에 대한 기록이 있을까 하고 자료를 찾아보기까지 했었다. 그러나 망나니에 대한 기록은 단 한 줄도 없었다. 절두산에서 많은 가톨릭 성인들이 망나니의 칼에 목이 잘리어졌다는 기록은 있었지만, 망나니들에 대한 기록은 아무 것도 없었다. 처형을 담당했던 망나니들이 어디에 살던 사람들인지, 아니면 포도청에서 관리하던 천민인지 등에 대한 기록도 없었다. 심지어 몇 명의 망나니가 동원되었는지조차 기록되어 있지 않았다.

망나니는 그렇게 홀연히 나타났다가 가무룩히 사라지는 존재였다. 세상의 그 누구도 관심을 갖지 않았고, 길에서 마주치는 것조차 두려워했던 존재였다. 그러나 배가 고플 때에는 주막 부엌 뒤에 가서 부스럭대기만 하면 되었다니 흥미로운 일이다. 망나니가 온 것을 알면 주먹밥과 김치 나부랭이를 던져주었다. 결코 소금을 뿌리는 일은 일어나지 않았다. 더러는 상을 봐주기도 했다고 한다. 심지어 주모들은 망나니의 옷 일부를 떼어내 부적처럼 주막 부엌에 걸어놓기까지 했다고 하니 놀라운 일이다. 주막에서는 망나니가 왔다가는 날에는 장사가 잘 된다는 미신이 있었던 모양이라고 아내는 말했다.

아내의 말에 의하면 고대古代에는 망나니가 권력자였었다. 동양의 고대 전제국가에서는 망나니가 존경을 받고 두려움의 대상이었다고 말했다. 국왕의 측근으로 늘 곁에서 수행하며 국왕이 내리는 사형판결을 즉석에서 집행하는 권력자였다. 죄인에 대한 처형은 분명히 지배자의 절대적인 권력을 보여주고, 지배자의 전유물인 신비적인 힘을 강화하고 확인하는 역할을 했다. 사람을 죽여도 처벌받지 않는다는 것이 망나니를 두려움의 존재로 만들었을 거였다. 국가질서를 유지하고 제물祭物을 관장하는 권력의 보조자였다. 사제司祭와 다를 것이 없다고 대우받았다. 동서양을 막론하고 중세까지도, 인간들은 사람을 처형함으로써 미래에 발생할지도 모를 불행한 일을 피할 수 있다고 믿었다. 그런 의미에서 망나니는 인신공양人身供養의 집행자였다. 범죄자를 처형함으로써 국가 내부의 불순한 생각들이 정화되었고, 죄의 벌충이 되어 두려움과 불안에서 해방되는 것이었다. 이와 같은 믿음 때문에 망나니의 유품을 몸에 지니고 다니면 악귀를 물리칠 수 있다고 믿는 미신이 있었다고도 했다. 심지어 망나니의 똥까지도 마력이 있다며 갖고 싶어하는 사람들이 있었다니 우습다.

이런 이야기는 물론 아내가 기분이 좋았을 때 들을 수 있는 이야기였다. 그럼에도 불구하고 망나니에 대한 기록이 서양에서도 극히 드문 것으로 보아 그들이 한 곳에 정착하지 못하고 이리저리 떠돌아다닌 것은 대륙의 동서를 막론하고 어쩔 수 없는 사실이었던 모양이다.

그러니까 막연하게 세상이 싫고 어디론가 떠나고 싶다는 생각이 들 때 내가 이곳 금호동을 제일 먼저 떠올리는 것은 오히려 자연스러운 일일 수도 있다. 그렇다고 해서 이곳에 오면 다시 세상이 아름다워 보인다거나, 새로운 용기가 생겨난다는 말은 아니다. 오히려 이곳에서 더욱 쓸쓸하고 외롭고 무력한 나를 확인하고 더욱 절망에 빠지곤 했던 터였다. 참을 수 없는 상실감에 빠질 때마다 산비탈 달동네 금호동을 떠올렸고 무작정 이곳을 찾아왔었다. 금호동에 다녀온 후, 그래도 현재의 삶이 과거의 이곳 금호동에서의 삶보다는 낫다고 위안을 얻었다고 말해야 옳다. 그렇지 않고서야 어떻게 그토록 절망으로 몰아넣는 이곳을 힘들 때마다 찾는단 말인가.

달동네는 반 이상이 아파트 단지로 변해 있었고, 아직도 남아 있는 뱀허리 골목길의 블록집들은 당시에 부자 동네로 꼽히던 곳이었다. 그토록 좁고 지저분한 골목길이 30년 전에는 부자동네였다. 이 좁은 골목에서 나는 더욱 외로운 나와 맞닥뜨렸고, 그것을 피할 수 없을 만큼 골목길은 좁고 가팔랐다. 이곳으로 내가 돌아와야 하는 것이었다. 아니 이미 돌아와 있었다. 사내는 내 그림자였다.

낮에 지하철 금호동역에서 내려 시장을 지날 때 한 여인이 파랗고 빨간 파라솔 밑으로 푸성귀를 그러모으고 있는 모습을 보았다. 빨간 색 수건을 머리에 쓰고 있는 여인의 얼굴에서 나는 비로소 「내가 금호동에 왔구나」 하고 느꼈다.

문지방 옆에 놓인 양푼 위로 빗물이 톡-, 톡- 소리내며 일정한 간격을 두고 떨어지고 있었다. 부엌에서 밥상을 들고 온 어머니의 머리에서 빗물이 흘러내렸다. 그때부터 나는 밖으로 나갈 준비를 했다. 비가 거의 그칠 무렵, 장대비가 지금처럼 는개비가 될 무렵이면 참지 못하고 성급하게 밖으로 나갔다. 비를 맞으며 동전과 녹슨 못을 줍기 위해 도랑의 하류를 뒤지고 다녔다. 장대비가 오는 날에는 도랑에 똥 덩어리가 함께 흘러내리는 일도 종종 있었다. 그 똥 덩어리는 누런 똥물을 동반했다. 누군가가 똥물을 발견하면 똥이다, 하고 소리를 질렀고, 도랑가에 사람들이 우르르 몰려나와 웅성거렸다. 도랑 쪽으로 뚫린 변소 뒷구멍으로 오물을 퍼낸 것이었다. 그 똥물이 지나고 나면 물은 다시 맑아졌고, 사람들은 아무 일도 없었다는 듯 다시 집안으로 들어갔다.

사내의 검정색 잠바가 내 흰색 와이셔츠와 대조를 이루고 있었다. 사내의 검은 팔뚝과 내 흰 팔이 대조적이었고, 검푸른 정맥을 가진 사내의 손등과 핏줄이 거의 보이지 않는 내 손등이 대조적이었고, 사내의 비쩍 마른 체구와 퉁퉁한 내 몸뚱이가 대조적이었다. 아무리 비교해 보아도 그와 나는 닮은 것이 하나도 없었다. 그러나 이상하게도 그 형태는 비슷했다. 다만 나는 3차원의 부피가 강조되었고, 그는 2차원의 그림자가 강조되었다. 우리는 다른 우주에 사는 생물이었다. 내가 앞에 놓인 술을 먹은 후 그의 앞에 술잔을 놓자마자 사내는 술잔을 비우고 다시 내 앞에 놓았다. 우리는 언제 싸웠느냐는 듯이 다시 술잔을 주고받았다.

벽에서 괘종시계가 시간을 알려주기 위해서 뎅뎅거렸다.

하나, 둘, 셋, 넷 …. 시계 소리를 하나하나 세었다. 시계 소리는 정확히 열 한 번 울렸다. 이제 그만 일어날 시간이었지만 주인을 부른 나는 왜 그랬는지 모르게 계산서를 달라는 말 대신에 소주 한 병을 더 달라고 말해버렸다. 술잔 속에서 검은 잠바가 일렁거렸다. 후줄근히 땀이 밴 와이셔츠와 느슨하게 풀어진 넥타이가 검정 잠바로 인해 반짝반짝 빛을 내고 있었다. 사내가 내 팔뚝에서 핏줄을 찾으려는 듯, 걷어 올려진 와이셔츠 아래로 드러난 내 팔뚝을 일정한 간격을 두고 꾹꾹 눌렀다. 깨끗한 팔뚝, 살찐 팔뚝, 정맥도 안 보이고, 근육도 보이지 않고, 석고상처럼 하얀 팔뚝이 마음에 안 드는 모양이었다. 그는 생전 처음 보는 외계인을 조심스럽게 살피듯이 어설프게 그러나 계속적으로 내 팔뚝을 꾹꾹 눌렀다. 하얀 살결 위에 붉게 불어난 쐐기풀 자국이 선명하게 보였다. 쐐기풀에 스친 상처가 다시 아려왔다. 옆 좌석에서 술을 먹던 네 명의 남자는 언제 나갔는지 사라지고 없었다. 술집 안에 손님이라고는 이제 우리 둘 뿐이었다.

사내는 미칠 것만 같다고 했다. 금호동이 지긋지긋해서 도망치고 싶어하는 줄 알았지만 막상 떠나게 되니 떠날 수가 없다고 말했다. 다른 곳에서는 살아갈 자신이 없다고 중얼거렸다. 그건 나도 마찬가지였다. 금호동에 와서 살 수가 없을 것 같았다. 모든 것이 막막했다. 안주를 하나 더 시킬 요량으로 메뉴판을 보았지만 희미해서 아무 것도 알아볼 수가 없었다. 그제서야 나는 안경이 바닥에 떨어진 걸 생각해냈다. 안경을 줍기 위해 몸을 굽히자 안경 옆에 떨어져 있는 닭발 하나가 보였다. 손이 먼저 다가간 것은 안경이 아니라 닭발이었다. 닭발을 집기 위해 손을 내뻗으며 떠날 수가 없으면 그냥 금호동에 남아 있으면 되지 않느냐고 말했다. 그 말을 하는 순간 허리에 강한 통증을 느끼며 나는 앞으로 꼬꾸라지고 말았다. 누군가가 내 옆구리를 힘껏 내리친 듯한 느낌이 들었지만 사내는 여전히 탁자 맞은편에 앉아 있을 뿐 술집 안에는 더 이상의 사람은 없었다. 주인도 보이지 않았다. 왼손으로 허리를 움켜쥐고 오른손으로는 닭발을 집어든 채로 한참동안 두리번거렸지만 분명히 술집 안에는 사내와 나 둘뿐이었다. 탁자 위에는 술병과 접시에 얹힌 닭발 하나가 남아 있었다. 내 손에 있는 닭발이 조금 더 커 보였다. 이유는 알 수 없었지만 닭발만큼은 꼭 주워야 할 것 같았다.

햄버거의 살코기가 사실은 닭모가지를 잘게 다진 것일지도 모른다는 소문이 있었다. 그 소문을 처음 들었을 때 좋아하지도 않는 햄버거를 일부러 사 먹었다. 그러나 햄버거에서 옛날의 닭모가지로 만든 동그랑땡 맛을 느낄 수는 없었다. 바닥에 떨어져 있는 닭발은 어머니가 곱게 다져서 만들어 주시던 그 맛을 느낄 수 있는 가장 유사한 것이라고 생각되었다. 닭발과 닭대가리와 닭모가지를 뼈 채로 곱게 다져 만든 어머니의 동그랑땡 맛을 잊을 수가 없었다. 왠지 닭발을 들고 있으면 마음이 편안해졌다.

허리에 다시 강한 통증이 느껴졌다. 무엇인가 커다란 창에 찔린 듯, 허리는 좀처럼 펴지질 않았다. 한참만에 고개를 들었을 때 사내는 이미 탁자 밑에 쓰러져 있었고, 탁자 위의 술병이 데구르르 굴러 요란한 소리를 내며 바닥에 파편을 날렸다. 엉거주춤 사내를 안아 일으켰을 때 사내의 팔뚝에 붉은 선이 그어져 있었다. 그 선에서는 붉은 액체가 조금씩 스며나오고 있었다. 사내를 일으켜세우며, 탁자 위를 흘러내리는 소주 사이로 빙긋이 웃고 있는 술집 주인의 얼굴을 보았다. 그는 분명 웃고 있었다.

사내는 정신을 차리지 못하고 있었다. 사내의 팔에 그어진 상처와 내 팔에 남아 있는 쐐기풀 자국이 나란히 붉은 빛을 띠고 있었다. 그 붉은 선에서 벌레들이 스멀스멀 기어나왔다. 그리고는 술집 전체를 뒤덮는 것이었다.

나가야 한다고 생각했다. 빨리 사내를 안전한 곳으로 옮겨야 할 것 같았다. 웃고 있는 주인을 뒤로 하고 사내를 부축해 밖으로 나왔다. 사내는 죽은 뱀처럼 축 늘어진 채 질질 끌려 나왔다. 문을 나설 때 입구에 꽂혀 있는 우산이 보였다. 빗물이 뚝뚝 떨어지던 우산이었다. 빗물은 이미 말라 있었다. 사내를 부축한 상태 그대로 우산을 집어들었다. 사내는 정신이 조금 드는지 몸을 약간 비틀었다. 나오기 싫은 표정이었지만 나는 그를 들쳐업듯하고 좁은 골목길을 오르기 시작했다. 길은 가팔랐다.

아버지에게서 들은 이야기에 의하면 금호동의 산비탈 달동네는 6.25사변이 끝나면서 생겼다고 했다. 고향에서 소작지를 빼앗긴 농민들이 서울로 올라와서 천막을 치고 일궈낸 곳이 이곳 금호동이었다. 아버지는 그렇게 쫓겨날 줄 알았으면 사변 때 지주에게 대들어 보기라도 하는 건데 그렇게 못 했다고 후회했다.

다시 전쟁이 터지면 그 놈을 반드시 죽여버리겠다고도 말했다. 그러나 아버지는 망나니의 칼을 갖고 있지도 않았고, 한 곳에 터 잡고 살 수 있는 능력도 없었다. 현대식 아파트가 들어선다는 이유로 아버지는 또다시 금호동을 떠나야 했다. 몇 년만 더 고생하면 집을 사서 나올 수 있었겠지만 우리는 금호동에서 쫓겨났다. 금호동 사람들은 또다시 다른 곳으로 뿔뿔이 흩어졌다. 여러 곳에서 금호동으로 쫓겨왔던 사람들이 다시 여러 곳으로 흩어져야 하는 것은 어쩌면 당연한 일일 수도 있었다. 그들의 세계선, 그들의 운명은 이렇게 모였다가 흩어지게 결정되어 있는 것이다. 우주 공간에서 떠돌던 먼지들의 세계선이 우리 몸으로 뭉쳐져 태어나고, 죽은 후에 다시 흩어지듯 그렇게 운명지어졌던 것이다. 이곳 사람들 모두가 망나니의 후손일는지도 모른다는 생각까지 들었다.

아버지는 '어떻게 하면 금호동을 떠날 수 있을까?' 하는 희망으로 살았다. 골짜기에서 세 들어 살다가 산꼭대기에 있는 집을 산 아버지는 앞마당에서 아래를 굽어보며 복 있는 집이라고 말했다. 거칠 것 없이 앞이 확 트인 이런 자리는 명당의 제1요소를 갖추었다. 한강이 흘러드는 상류 방면은 보이면서, 바다로 빠져나가는 하류 방면은 언덕에 가려 보이지 않는 것을, 재물이 들어오기만 하고 나가지는 않는 형상이라 말했다. 그 동네의 모든 집은 명당에 터잡고 있었다. 아버지의 말에 따르면, 모두들 부자가 되어서 이사를 나가야 마땅한 집들이었다. 아버지는 풍수와 역학에 관심이 많았다. 사글세방을 얻으면서도 경관이 어떠니 수맥이 있다느니 따졌고, 큰누이가 결혼하겠다고 하자 사위 될 사람과 딸과의 궁합을 보러 용하다는 점집을 다녀오기도 했었다. 아내는 고대의 망나니들이 주술사의 역할까지 했었다고 말한 적이 있다. 아내로부터 그 말을 듣는 순간 나는 이 여자가 어떻게 아버지의 습관을 이리도 잘 알고 있을까 하고 의심을 했었다. 아버지는 운명을 믿는 마음이 굉장히 강했다. 모든 것을 운명 탓으로 돌리곤 했다. 그게 싫어 물리학을 공부한 내가 아인슈타인의 세계선 이론과 맞닥트렸을 때 나는 이것도 운명인가보다 라고 절망했다. 결국은 그렇게 연결되어 있었던 것이다. 누가 아인슈타인의 상대성이론이 점쟁이의 운명론과 연결될 수 있다고 감히 생각이나 했겠는가.

사내와 나는 어두운 골목길에서 승강이를 했다. 하늘에서는 비가 추적추적 내렸다. 다시 빗발이 굵어져 있었다. 사내가 내 손을 매몰차게 뿌리쳤으나 나는 그의 손을 놓치지 않으려고 두 팔에 힘을 주었다. 내가 왜 이토록 이 사내에게 매달리는지 모르겠다는 생각이 들었다. 사내와 함께 달동네 꼭대기까지 왜 가야 한단 말인가. 그러나 마음과는 달리 나는 계속해서 사내를 끌고 위쪽을 향해 올라가려 했고, 사내는 가지 않으려 버텼다. 사람들이 한두 명씩 대문을 열고 나와 우리를 구경했다. 더러 창문을 열고 내다보는 사람도 있었다. 지금 그들은 낯모르는 두 남자의 사건에 끼어들어야 할지 말아야 할지 망설이고 있음에 틀림없다.

비가 온 후 도랑을 따라 내려가며 동전과 쇠붙이를 줍던 어린 시절이 생각났다. 그들이 다정스럽게 느껴졌다. 우산 속의 얼굴들이 따뜻해 보였다. 알 수 없는 일이었다. 그들이 다정스럽게 느껴지다니 이 무슨 해괴한 생각이란 말인가. 안 된다고 고개를 가로저어 보았지만 그들이 이제 더 이상 낯설지 않은 것은 어쩔 수 없는 일이었다.

"야 이 새끼들아, 뭘 봐! 상관 말고 꺼지란 말야."

얼토당토않은 생각을 떨쳐버리려는 듯 나는 그들에게 소리쳤다. 구경하던 사람들이 주뼛거리며 다시 집으로 들어가고, 모가지만 덩그마니 얹혀 있던 창문도 탁 하는 소리와 함께 닫혔다. 몇몇 사람들은 남아서 여전히 구경할 것이라고 기대했지만 아무도 남지 않았다. 구경꾼들은 모두 자기들 집으로 들어갔다. 다시 골목에는 나와 사내만 남았다. 나는 병신 같은 놈들이라고 그들의 등어리에 대고 중얼거렸다. 가슴이 더욱 답답해졌다. 그들을 다시 불러내고 싶었다. 안경이 비에 젖어 모든 것이 뿌옇게 보였다. 양복 윗저고리를 술집에 두고 온 것을 깨달았지만 다시 돌아가고 싶질 않았다. 우산을 챙겨 들고 나왔으면서 저고리를 잊을 수 있다는 것이 우스꽝스러웠다. 그러나 금호동에서의 행동은 이래야 어울리는 것이었다. 모든 것이 뒤죽박죽되고, 아무런 이유도 없이 한밤중에 길거리에서 큰 소리를 지르며 옥신각신하고, 그것을 빙 둘러서서 구경을 하는 곳이 내가 아는 금호동이었다.

다시 사내의 팔을 잡아끌었다.

지금 어디로 가고 있는 것일까. 두려움이 엄습해왔다. 무작정 사내를 끌고 위로 올라갔다. 밤 열두 시가 다된 이 시간에 산으로 가서 뭘 어쩌겠다는 건가. 사내는 내 행동에 겁을 먹는 기색이 전혀 없었다. 그의 반응이 마음에 들었다. 나는 힘없이 골목에 주저앉았다. 멀리서 내 쪽을 향해 흘러들고 있는 검은 한강이 보였다. 한강의 양 옆에는 주황색 불빛이 빠르게 흐르고 있었다. 검은 한강이 낮에 보았던 벌레구멍처럼 느껴졌다.

온 몸이 꽉 조여왔다. 내가 다시 그 동굴 속을 날고 있는 것 같았다. 늙은 남자가 사방이 돌로 막힌 작은 공간에서 천장의 돌고드름을 자르고 있는 모습이 보였다. 낮에 동굴 속에서 본 늙은 내 얼굴이 그곳에 앉아 있었다. 어느 틈에 늙은 내가 앉아 있는 방안으로 들어와 있었던 것이다. 늙은 나는 현재의 내가 온 것을 알았는지 주위를 두리번거렸지만 나를 보지는 못하는 모양이었다. 출입구일 것 같은 철문이 등뒤에 굳게 잠겨 있었다.

그때 갑자기 철문 사이에서 끼기긱거리는 소리가 들려왔다. 문짝이 약간 뒤틀어져 있었다. 그리고 점점 그 폭을 넓혀 갔다.

어느 틈에 아래쪽 경첩은 거의 떨어져 나가기 직전이었으나 문짝의 벌어진 틈새는 사람이 빠져나갈 만큼 크지 않았다. 갑자기 내가 탈출을 시도하는 늙은이의 몸 속으로 빨려들어갔다.

벌어진 문틈 사이에서 빛이 들어오지는 않았다. 창틀 사이로 들어오지 않던 빛이 문틈으로 들어올 것이라고 기대한 것이 무리였다. 늙은 나는 빛을 찾아 헤매었다. 문틈은 겨우 팔이 하나 빠져나갈 정도만 벌어져 있을 뿐이었다. 위에 붙은 경첩은 여전히 견고했다. 벌어진 문틈 사이로 손을 내밀어 보았지만 아무것도 없었다. 바닥에 손을 가져갔다. 뭔가 축축한 것이 만져졌다. 거친 돌가루였다. 아니, 물에 젖은 손톱만한 돌 조각들이었다. 한 움큼 그것들을 움켜쥐어 보려고 했지만 돌을 움켜쥔 주먹이 문틈에 걸려 빠져나오질 못했다. 그러나 그것들이 돌 조각임에는 틀림이 없었다. 돌이 매우 단단한 것으로 보아 동굴 벽이 부서져 흘러내린 것이 아니라, 축축한 바닥의 물기를 제거하기 위해 일부러 깔아 놓은 돌 조각이라고 생각되었다. 기찻길의 철로 밑에 까는 돌 같기도 했다.

위쪽의 경첩 바로 밑에도 나무 조각을 끼워 넣었다. 경첩은 거의 내 얼굴 높이만큼 높게 달려 있었다. 끼워진 나무 조각에는 오줌을 깨진 밥그릇에 받아 뿌렸다. 문짝의 뒤틀린 모습과 끼기긱 소리는 '뛰이-뛰이-' 하는 사이렌 소리보다 훨씬 덜 무서웠다. 뿐만 아니라 누구라도 심지어는 나를 이곳에 가둔 사람일지라도 만날 수 있다는 생각이 나로 하여금 무서움을 견디게 하는 것이 분명했다. 혼자인 상태만은 면할 수 있다는 생각이 모든 것을 견디게 했다. 어쩌면 나는 그 끼기긱 소리를 통해 희망을 쌓고 있었는지도 모르겠다. 그러나 빛은 들어오지 않았고, 그들은 결코 내 앞에 나타나지 않았다. 여전히 식사를 가져다주면서도 그들은 모습을 드러내지 않았다. 그들은 나의 골방 생활에 대해서 눈곱만치의 관심도 없는 듯했다. 내가 밥을 먹든 안 먹든, 모두 먹어 치우든 남기든, 그들은 밥그릇을 내놓으면 새 밥을 놓고 갔다. 밥그릇을 내놓지 않으면 몇 날이 지난 듯해도 먹을 것을 주지 않았다. 나를 이곳에 가둔 그들이 나에게 관심이 없다니 이해할 수 없는 일이었다. 심지어 그들은 나의 탈출 시도에 대해서도 관심이 없는 것 같았다. 그렇지 않고서야 계속되는 끼기긱 소리를 듣지 못할 리가 없으며, 일그러진 문짝을 발견하지 못할 이유가 없는 것이었다. 그들의 의도를 추측할 수 없다. 그것이 나를 더욱 불안하게 만들었다. 심지어 나는 그들이 귀머거리에다 장님이 아닌가 하는 생각까지 했다. 그러나 그것보다는, 생각이라는 것을 하지 못하며, 조작된 프로그램에 의해서 움직이기만 하는 기계일 것이라고 생각하는 것이 더 그럴듯해 보였다. 나로서는 그것이 최선의 추론이었다.

방 한쪽에는 여전히 컨베이어 벨트가 움직이고 있었다. 위쪽에 달린 경첩도 거의 부서진 것 같았다. 문짝과 문틀 사이의 틈도 이제 한 뼘 정도 벌어져 있었다. 문짝을 힘껏 흔들어 보았지만 문은 끼기긱 소리를 내며 조금 흔들렸을 뿐 더 이상 벌어지지 않았다. 뒤로 물러섰다가 세차게 문짝에 어깨를 부딪히자 위쪽 경첩마저 철커덕 하며 떨어져 나감과 동시에 경첩이 달린 쪽으로 문이 열리면서 나는 골방 밖으로 내동댕이쳐졌다. 무엇엔가에 머리를 세게 얻어맞는 듯한 느낌과 함께 정수리 부분에 참을 수 없는 통증이 솟구쳤다. 주위를 둘러보았으나 여전히 빛이 없는 어슴푸레한 동굴뿐이었다.

뜯겨진 문짝이 잠금쇠에 매달려 덜컹거렸다. 급히 열린 문을 밀어, 닫혀 있는 것처럼 다시 맞춰 놓았다. 멀리서 소록소록 눈이 내리는 소리가 들리는 듯했다. 아주 멀리서 들려오는 기차소리 같기도 했다. 그러나 잘못 들었을 것이었다. 동굴 속에 눈이 내릴 리도 없고, 기차가 있을 까닭도 없는 것이다. 동굴은 여전히 캄캄했지만 무슨 소리가 들리는 것 같았다. 골방 밖의 동굴은 골방과는 달리 벽면과 천장이 울퉁불퉁했다. 깎은 지 오래된 동굴이어서 날카로운 정 자국은 없었지만 돌이 떨어져 나간 상처로 보아 자연 동굴이 아닌 것은 분명했다. 축축하게 젖은 바닥에 엄지손톱 만한 돌들이 두껍게 깔려 있는 것으로 보아 어떤 생물체가 일부러 길을 만든 것이 분명했다. 발걸음을 옮길 때마다 돌들이 부딪히면서 생겨난 서걱거리는 소리가 들렸다. 그렇다, 소리는 있었다. 어둠 속의 서걱거리는 소리는 귀신이라도 나올 것 같은 분위기를 만들었다. 동굴 천장에 철로 같은 것이 붙어 있는 것을 발견한 것은 골방 주위를 몇 번이나 왕복한 후였다. 그 쇠붙이는 얼마나 길이 들었는지 반짝반짝 빛났다. 빛이 없는 데 빛나다니 알 수 없는 일이었다. 어쩌면 빛이 있는지도 모르겠다는 생각이 들었다. 지금도 사용되고 있는 쇠붙이임에 틀림없었다. 그런 생각을 할 때 상자 비슷한 것이 사르륵 하는 작은 소리를 내며 철로 같은 쇠붙이에 매달려 다가왔다. 소리는 가까이에서 잔뜩 귀를 기울여야 겨우 들을 수 있을 정도로 작았다. 그것은 골방 앞에 멈춰서 밑으로 주욱 내려오는가 싶더니 순식간에 다시 위로 올라가 반대 방향으로 사라졌다. 상자가 밑으로 내려갔다 올라간 것은 거의 순간적인 짧은 시간이었지만 비스듬히 열린 문 앞에는 김이 모락모락 오르는 밥이 놓여 있었다. 그들은 아직도 내가 탈출한 것을 모르고 있는 것일까. 어쩌면 그들은 공룡이 갑자기 사라졌듯이 이미 멸종된 인종일는지도 모르겠다는 생각이 들었다. 그러나 그들은 내게 계속해서 밥을 가져다주었다.

골방을 나와 계속해서 걸었지만 깜깜한 동굴은 끝날 줄 모르고 내가 갇혀 있던 골방 비슷한 곳도 없었다. 그렇게 얼마를 걸었을까. 갑자기 공간이 넓어지며 주위가 조금 밝아졌다. 주위가 밝아졌다고 해서 대낮 같이 밝아진 것은 아니었다. 많은 집들과 골목길 때문에 눈은 오히려 더욱 혼란스러웠다. 동굴의 천장은 어느 틈에 사라졌는지 보이지 않았다. 그러나 길은 여전히 뱀 허리처럼 구불구불했고 차가웠다. 동굴과 달리 굽어진 길모퉁이에는 집들이 빼곡이 들어서 있었다. 움막처럼 지붕이 매우 낮은 작은 집들이었다. 그 집들 안에는 누군가가 살고 있을 것이 틀림없었으나 막상 문을 두드리려고 하니 겁이 났다. 그들은 틀림없이 나를 동굴 속 골방에 가둔 인종들일 것이었다. 누군가를 만나고 싶다는 바람과 나를 골방에 가둔 그들과 마주칠 수도 있다는 두려움이 나를 이러지도 저러지도 못하게 만들었다. 나는 계속해서 골목길을 걸었다. 길은 두 사람이 마주치면 한 사람이 조금 비켜서야 지나갈 수 있을 정도로 좁았다. 마을의 분위기는 장맛비가 내리기 직전의 검은 하늘을 이고 있는 잿빛 저녁 같은 느낌이었다. 누군가를 만날 수 있으리라는 기대를 갖고 걸으면서도 한편으로는 그들을 만나면 다시 골방으로 끌려갈 것이라는 두려움을 떨쳐버릴 수가 없었다.

얼마나 시간이 흘렀을까. 갑자기 동굴이 두 갈래로 갈라졌다. 아니, 내가 있던 동굴을 가로지르는 다른 동굴이 있었던 것이다. 그 동굴은 훨씬 크고 반듯했다. 그것은 동굴이 아니고 터널 같았다.

그리고 한쪽 끝에서 작고 노란 불빛을 보았다. 천장에서 차갑게 빛나던 하얀 철로는 그곳에서 끊어져 더 이상 이어지지 않았다. 터널에는 천장에 아무것도 없었다. 바닥도 반들반들한 시멘

트바닥으로 깨끗하게 정리되어 있을 뿐 설치되어 있는 것은 없었다. 노란 불빛은 따뜻한 기운을 내뿜고 있는지 나에게까지 따뜻함이 전해지는 것 같았다. 아, 그리고 노란 불빛의 뒤로 희미하게 하얀 빛이 있다. 그것이 출구인 것은 분명해 보였다. 이제 나는 살아난 것이다. 이게 무슨 소리인가. 내가 죽어 있기라도 했단 말인가. 그러나 그 불빛은 나에게 생명 바로 그것이라고 해도 무리가 아니었다. 노란 불빛이 갑자기 조금 커지는 듯했다. 그것은 불 꺼진 기지창에 늘어선 많은 기차들 중에 단 한 칸만이 불이 켜져 있는 것처럼 보였다. 내가 그 객차에 올라타면 그 기차는 움직일 것 같이 생각됐다. 그러자 그 노란 불빛은 점차로 커지면서 뒤로 불 꺼진 객차들을 이끌고 내게 달려오기 시작했다. 그것이 내게로 달려듦과 동시에 노란 불빛 뒤에 있던 하얀 부분이 점차 커지면서 온 세상이 환하게 밝아졌다.

정신을 차렸을 때에 사내는 이미 사라지고 없었다. 혼자서 비를 맞으며 골목길에 주저앉아 있었다. 다시 그 환상을 본 것이었다. 골방을 탈출하는 늙은 나를 본 것이었다. 무언가 좋은 일이 있을 것 같은 느낌이 들었다. 우산만이 옆에 접힌 채로 남아 있었다. 지나가는 사람은 하나도 없었다. 뒤를 돌아보았다. 십여 미터 뒤에 큰 자작나무가 비에 젖어 방범등 불빛을 하얗게 반사하고 있었다. 그 뒤로 검은 산 그림자가 어른거렸다. 어느 틈에 낮에 앉아 있던 산기슭에 앉아 있는 것이었다. 쐐기풀에 스친 팔뚝이 쓰려 왔다. 팔뚝에는 쐐기풀에 긁힌 자국이 길쭉하게 선을 그으며 벌겋게 부풀어 있었다. 검은 산 가장자리에는 지금도 쐐기풀이 잠들어 있을 것이었다. 조금만 더 산 쪽으로 올라가면 다시 쐐기풀에 쏘일 수도 있다는 생각이 들었다. 검은 한강은 여전히 상류로부터 금호동을 향해 흘러들고 있었고 하류 방향은 보이지 않았다.

하루살이는 이제 하수도 벌레구멍을 통해 다른 세계로 갔을 터였다. 하루살이조차 떠난 이곳 금호동으로 다시 들어와야만 한다고 생각했다. 가슴이 컥 막혔다. 하루살이들은 지금쯤 다른 세계에 도착했는지도 모를 일이었다. 새로운 세계에 도착한 그것들은 더 이상 하루살이가 아니었다. 백년살이 혹은 천년살이의 영장류가 되어 있을는지도 모를 일이었다.

다시 눈 앞에서 벌레가 떨어지기 시작했다. 그러나 이미 그 벌레는 아주 작아져 있었다. 멀리서 무슨 불빛 같은 것이 보였다. 언덕에서 뛰어내리지는 말라고 하던 아내의 얼굴이 다시 떠올랐다. 어쩌면 나는 진짜로 망나니가 되고 싶었는지도 모른다. 사내를 이곳 산꼭대기까지 끌고 온 것은 그를 이곳에서 죽이겠다는 잠재의식이 있었는지도 모르겠다. 벌떡 일어나 한강 너머를 바라보았다. 네온사인 불빛이 벌레처럼 꿈틀거렸다. 그 불빛은 줄지어 달리기도 하고, 멈춰서기도 했다. 도로의 가로등과 그 밑을 질주하는 자동차의 불빛이 서서히 나타났다. 한강의 하류방향을 가리고 있는 언덕 위에 촘촘히 전등불이 박혀 있었다. 좀더 아래에서는 다시 자동차의 헤드라이트 불빛이 있고, 연이어 이곳 금호동의 아파트 단지에서 나오는 불빛이 반짝거렸다. 아파트 단지 옆의 작은 집들 사이로 어두운 골목이 보이고 그 길을 한 남자가 올라오는 모습이 보였다.

　사라졌던 그 사내였다.

붉은 벌레

붉은 벌레

　결국 혼자서 모텔에 들어오고 말았다. 붉은 꽃이 피어 있는 모텔이었다. 붉은 꽃에는 붉은 벌레가 살고 있어야 제격이다. 나는 이미 오래 전에 이 모텔, 붉은 꽃이 피어 있는 모텔에 투숙하기로 예정되어 있었다. 그것이 내 세계선이다.

　하긴 선희의 집에 머물 수 있다고 기대한 것은 아니었다. 어차피 써야 할 논문도 있었다. 그녀의 집에서 논문을 쓸 수는 없는 노릇이었다. 호텔 입구에는 「찾아주셔서 감사합니다」라는 플래카드가 걸려 있었다. 플래카드가 바람에 펄럭이며 거친 파도소리를 냈다. 동굴 속을 비행할 때 들리던 소리였다. 은곡마을에서 조금 떨어진 바닷가에 있는 모텔이었다. 모텔 현관문을 들어설 때, 오른쪽 다리가 저려왔다. 카운터의 여자가 내준 방 열쇠 번호는 606이었다. 666이 아니어서 다행이었다. 나는 걸어서 6층까지 올라갔다. 3층을 거쳐 4층 계단을 올라갈 때, 내가 계단 숫자를 세고 있다는 것을 알았다. 그러나 언제부터 세기 시작했는지는 기억되지 않았다. 606호는 6층 맨 마지막 방이었다. 문을 열고 들어섰다. 다시 다리가 삐끗했다. 역시 오른쪽 발이었다. 모르겠다. 오른쪽 다리와 왼쪽 팔의 뻣뻣함. 한의학적으로 어떤 연관이 있는지…. 아니다. 나는 안다. 그것은 뇌의 구조 덕분이다. 좌우 두 뇌를 조절하는 붉은 해마의 머리에 버그가 일어났기 때문이다. 해마의 뇌에 벌레가 들어갔다.

커튼을 젖혔다. 창문 밖으로 바다가 조금, 아주 조금 보였다. 파란 색의 작은 배들이 줄지어 정박해 있었다. 멀리 간척공사를 하는 대형 크레인이 보였다. 파란 배 위에는 흰색의 선실도 있었다. 배 위에 얼기설기 엉켜 있는 전깃줄에 연결된 전등은 집어등이었다. 집어등은 고기를 집어삼킨다. 블랙홀처럼. 아니면 금호동의 하수구처럼.

창문 밖 바다에는 파도가 없었다. 호수처럼 출구가 없는 바다였다. 죽어 있는 바다였다. 작은 배 하나가 빠른 속도로 창문 오른쪽에서 나타났다가 왼쪽으로 사라졌다.

모텔에는 컴퓨터가 비치되어 있었지만, 문서작성 프로그램은 없는 컴퓨터였다. 인터넷 전용이었다. 노트북을 가져오길 잘했다. 타이핑을 할 생각을 하니 겁이 났다. 왼손가락을 움직여 보았다. 여전히 뻣뻣했다. 눈알도 침침했다. 힘들다.

'이러다 진짜 죽을지도 모른다.'

그러나 나 자신이 너무 엄살이 심한 것 아닌가 하고 생각한다. 힘들면 일을 줄이면 될 것이었다. 견뎌낼 수 있으니까 벌이는 일이었다. 어쩌면 아내에게 내조를 잘 하라는 압박일 수도 있었다. 그리고 이렇게 집을 떠날 핑계를 만드는 것인지도 모른다. 중간고사기간이 되자 아내는 한 주일 동안이라도 쉴 수 있는 기간이 있어서 다행이라고 말했다. 그러나 나는 논문을 써야했다. 그리고 은곡마을로 향했다. 집이 아니라면 다른 어떤 곳이어도 좋았다. 게다가 은곡마을은 핑계거리가 있었다. 선희가 그곳에 있었고, 지난 가을 그녀 남편 장례식 날 두고 온 수첩을 찾는다는 명분도 있었다. 지난 몇 년 간의 생명권에 대한 강의내용이 그 수첩에 기록되어 있었다. 장례식장에 모인 사람들 사이에서는 공공연히 자살이니 안락사니 하는 이야기가 오갔다.

집에서는 논문을 쓸 수 없다며 떠나온 곳이 은곡마을이었다. 은곡은 서해안과 남해안이 만나는 곳에 위치했다. 그곳까지 차를 몰고 간다는 것은 또 다른 고통이었지만 나는 굳이 은곡이어야 한다고 우겼다. 따뜻한 곳으로 가고 싶었다. 아내는 그냥 강화도쯤 가서 쓰라고 했다. 그래야 부족한 자료를 수시로 서울로 와서 챙길 수 있지 않느냐는 것이었다. 일리 있는 말이었다. 그러나 나는 수첩이 가장 중요하다고 말했다. 사실 그 이유는 정당한 것이 아니었다. 있을지 없을지도 모르는 수첩을 바라보고 멀리 떠나느니 집에 있는 각종 자료들을 참고하는 것이 더 나았다.

아내는 요즈음 내 걱정을 많이 했다. 아침마다 비타민제를 챙겼다. 아내는 가끔 이렇게 말한다.

"당신이 이렇게 성공할 줄은 정말 몰랐어요. 지난 일은 잊어요."

아내는 내가 지난 고시공부하던 때 이야기만 나오면 이맛살을 짓뿌렸다. 내가 박사과정을 들어간다고 했을 때 아내는 돈이 어디 있어서 대학원을 가느냐고 아우성이었다. 그러나 대학원 입학과 동시에 시간강의를 시작하자 아내는 그날부터 풀이 죽었다.

순전히 나 혼자 생각이지만, 아내는 내가 계속해서 찌지리 인생을 살길 바랐다. 틀림없다. 왜냐하면, 내 고시공부시절은 아내의 전성기였고 내 찌지리 시절이었다. 그때 내가 거의 미칠 지경이었다는 것을 아내는 몰랐다. 그때 내 뇌는 붉게 물들어 있었다.

이번 학기에 강의가 너무 많다는 것을 아내도 알고 있었다. 그러나 한가하게 그런 걸 따질 처지가 못 되었다. 시간강사가 감히 강의를 거절할 수는 없는 노릇이었다. 한 번 거절을 하면 언제 강의가 끊길지 모르는 처지였다. 내 나이가 벌써 오십이다. 이 짓도 잘 해야 십 년 남짓이다. 전임교수가 된다면 십오 년이야 하겠지만, 나는 안다. 이 나이에 전임으로 들어간다는 것은 이미 글렀다. 시간강의를 주는 것도 감지덕지해야 할 판이었다. 이처

럼 강의가 많아 힘들다는 엄살은 남들이 보기에 즐거운 비명이
었다.

힘들어 죽겠다며 일주일에 한 번씩 집에 들어가지 않았다. 목
요일 경기도 용인에서의 강의가 끝난 후에는 집으로 가지 않고
모텔에서 잤다. 다음날 천안에서의 강의를 위해서였다. 그리고
일주일에 마흔 두 시간이라는 초인적 강의시간도 빌미가 되었
다. 그럴듯하기는 했다. 용인에서 강의가 끝난 밤 10시에 금호동
으로 갔다가 이튿날 아침 7시에 천안으로 출발해야만 했다. 금
호동은 용인에서도, 천안까지도, 두 시간 이상 운전을 해야 하는
거리였다. 그래서 생각해낸 것이 외박이었다. 용인 강의가 끝나
면 천안으로 내려가 그곳 모텔에서 잤다. 아침 여덟 시에 일어나
샤워를 하고 느긋하게 학교 앞 식당에서 아침식사를 했다. 교수
로서의 품위를 지킬 수 있었다. 학생들에게 피곤한 모습을 보이
지 않을 수 있어 좋았다. 게다가 고속도로 통행료와 기름 값이
절약되었다. 그것으로 숙박비는 충당되었다. 조금 숨통이 트였
다.

중간고사 기간 동안에라도 바람을 쐬고 싶다고 말했다. 게다
가 5월 중순에 있을 학술대회에서의 논문 마감이 며칠 남아 있
질 않았다. 집을 떠난다는 나를 아내는 아무 말도 없이 물끄러미
쳐다보았다. 논문을 써야 한다는 말에 반대도 못하고, 그렇다고
흔쾌히 허락을 하고 싶지도 않은 일임에 틀림없었다. 더군다나

그 행선지가 은곡마을이었다. 은곡마을에는 선희가 있었다.

선희와 다시 만난 것은 전화를 통해서였다. 선희가 사라진 지 18년 만의 일이었다.

전화벨 소리가 요란하게 울렸다. 우리 집 전화벨 소리는 너무 컸다. 아내는 가는귀가 먹었다. 전화벨 소리가 요란했다. 나는 전화벨이 울릴 때마다 깜짝깜짝 놀란다. 그때 나는 꼼짝 않고 앉아 전화기만 뚫어져라 쳐다봤다. 왜 그랬는지는 설명할 수 없다. 다만 무언가가 나를 강력하게 잡아당기고 있었다. 전화기는 계속해서 울어댔다. 마지못해 천천히 일어나, 최대한 느릿느릿 전화기 쪽으로 향했다. 불과 사오 미터를 가는 동안 전화벨 소리는 정확히 다섯 번 더 울렸다. 머리가 아팠다. 다리가 삐긋했다. 불길했다.

"나 좀, 도와줄 수 있어?……."

"……."

"도움을 청할 사람이 너뿐이 없어…"

"……."

아무 말도 할 수 없었다. 창 밖에는 붉은 저녁노을이 불타고 있었다.

어떻게 내 연락처를 알 수 있었는지 알 수 없는 노릇이었다. 자신의 삶을 책임지라고 요구할 수 있는 채권이 아직까지 있다고 생각한 것일까? 이미 블랙홀에 용해된 듯 흔적도 없이 사라졌던 '밀레니엄'이 다시 내 머릿속을 비집고 들어왔다.

은곡마을 앞에 들어서며 나는 그녀에게 문자를 보내려 했다. 장승을 바라보며 힘겹게 자판을 눌렀다. 나 지금 은곡마을 입구인데, 라고 보내려 했다. 왼손이 말을 잘 듣지 않았다. 자꾸 저리고 시렸다. 여전히 찌릿찌릿했고, 검지손가락은 뭔가 장갑 같은 것을 끼고 있는 듯한 느낌을 주었다. 작은 핸드폰 자판을 찍는 손가락이 자꾸 엇나갔다.

"나지금금호동마을."

은곡마을에서 금호동이 생각날 이유가 무엇이란 말인가? 나는 정신을 집중하며 재활운동을 하는 심정으로 왼손을 다시 놀렸다. 글자를 몇 번이나 쓰고 지우고, 다시 쓰기를 반복했다. 새로 맞춘 다초점 안경도 어지러웠다. 장승과 솟대가 함께 서 있는 마을 입구에서 보낸 문자였다. 은곡마을 장승은 희한하게도 다리가 두 개였다. 다리가 두 개인 장승은 처음 보았다. 거무죽죽한 장승이었다. 울고 있는지 아니면 웃고 있는지 분간할 수 없었다. 입은 많이 삐뚤어져 있었다. 붉은 입술이 세월의 이끼로 검붉게 변했다. 눈동자는 흐릿했다. 장승의 두 다리는 밑동이 더 넓었다. 70년대의 나팔바지를 연상시켰다. 어쩌면 그때쯤 만들어진 것인지도 몰랐다. 장승 얼굴에 선글라스를 씌우고 싶었다. 두 발로 디디고 선 장승의 견고함과는 달리 솟대 기둥은 가냘팠다. 바람에 자꾸 흔들거렸다. 나무새가 이리저리 하늘을 날고 있었다.

"나지금은곡마을입군데."

겨우 문자를 완성했다. 저장을 누르고 메시지 종류는 긴급으로 정했다. 왼쪽 검지손가락으로 확인 버튼을 눌렀다. 메시지 전송이라는 글자가 뜨고 편지가 날아가는 모습이 반복적으로 나타났다. 잘 연결되지 않았다. 왼손이 다시 저려왔다. 재전송을 두 번 반복한 후에야 문자는 전송되었다. 전송되길 기다리며 손가락을 굽혔다 펴기를 반복했다. 손이 뻣뻣했다. 솟대 위의 나무새는 계속해서 이리저리 흔들거렸다.

선희의 집에 들어섰을 때, 그녀는 툇마루 밑에 붉은 맨드라미를 심고 있었다. 커다란 맨드라미꽃은 붉게 물든 뇌를 연상시켰다. 그 옆에 붉은 칸나가 서 있었다. 프리지어가 월동을 할 수 있다면, 그녀는 아마도 프리지어를 심었을 것이었다. 그러나 프리지어는 온실에서뿐이 자랄 수가 없는 식물이다. 붉은 꽃. 알뿌리 식물. 흙을 파보아야 얼마나 많이 번식했는지 알 수 있는 식물이었다. 그리고 칸나는 붉은 꽃이어야 했다. 붉은 꽃.

어머니 무덤 옆에는 붉은 칸나가 밭을 이루고 있다. 그러고 보니 어머니 산소에 가본 지가 언제인지 잘 기억되질 않는다. 올라가는 길에 조금 돌더라도 들러보아야겠다. 꽃을 좋아했던 어머니였다. 특히 칸나를 좋아해서 입버릇처럼 당신이 죽으면 무덤가에 칸나를 심어달라고 했다. 암이라는 사실을 알았을 때 어머니는, 바다가 보고 싶다고 말했다. 그때는 어머니가 인천에 살고 있을 때였다. 자유공원에 올라갔을 때 구청 직원들이 칸나 뿌리를 캐고 있었다. 어머니는 그것을 조금만 달라고 부탁했다. 당신이 암에 걸렸다는 이야기까지 하면서 기어이 얻어와 집 앞 마당에 심었다. 이미 우리 집 앞마당엔 붉은 칸나가 수십 개 있었다. 그리고 그 꽃이 살지 못하고 죽으면 당신도 죽을 것이라고 말했다. 가을만 되면 그것의 알뿌리를 캐내어 갈무리했다가 봄에 여러 조각으로 나누어 심었다. 동네사람들에게도 분양했다. 어머니는 온 몸에 붉은 반점을 피우고 죽었다. 나는 그것이 칸나의 정령이 살아난 것이라고 생각했다. 붉은 반점은 점차 보라색으로 변해갔다. 붉은 반점이 모두 보라색으로 변했을 때 어머니는 숨을 거두었다. 그로부터 붉은 색은 불의의 죽음을 예견하는 조짐으로 내게 다가왔다. 알 수 없는 일이었다. 병원에서는 패혈증이라고 말했지만, 나는 그들이 원인을 알지 못할 때 그렇게 말한다는 것을 이미 알고 있었다.

"물건物件이란 유체물有體物, 전기 기타 관리할 수 있는 자연력을 말한다."

민법 제98조에 규정되어 있는 그 내용을 설명할 때마다 나는 어머니 이야기를 했다. 고작 서너 평에 불과한 작은 방에서 우리 일곱 식구가 살았다. 금호동 달동네에 사는 사람들은 대부분 그랬으니, 서러워할 일은 아니었다. 그때 어머니는 전기 도둑질을 했다. 해질녘, 어머니는 이불더미 속에서 까만 소켓에 붙어 있는 하얀 전구와 회색 전선을 꺼냈다. 그리고 집 옆으로 지나가는 전 깃줄에 흠집을 냈다. 피복이 벗겨진 전깃줄에 전선을 연결하면 전구에 불이 들어왔다. 밝았다. 아침이면 전깃줄과 전구를 다시 걷어 이불속에 감추었다. 그러니까 나는 도둑질한 전깃불 아래 에서 공부를 한 것이라고 말한다. 그러나 사실 그 말은 조금 과 장됐다. 내가 그렇게 공부한 것이 아니고 형님과 누님이 그랬던 것이다. 나는 그때 너무 어려서 학교에 입학하기 전이었다. 그래 도 나는 강의할 때에는 극적 효과를 높이기 위해서 그렇게 말했 다.

호미로 땅을 파면서 수첩은 책장 어디엔가 꽂혀 있을 거라고 그녀가 말했다. 그녀는 고개를 숙이고 꽃만 바라보고 있었고, 나 는 선 채로 그녀를 내려다보고 있었다.

"물 좀 뿌려줄까…."

눌러앉을 요량으로 물통을 집어들었다.

"빨리 가, 논문 쓸 거 있다며…."

고개를 든 그녀가 웃지도 않고 말했다. 플라스틱 챙 밑으로 그 녀의 얼굴이 드러났다. 처음 고개를 든 것이 아닌가 하는 생각이 들었다. 나는 꺾은 목덜미로 햇살을 받으며 멍청히 그녀를 내려 다보고 있었다. 입이 조금 헤벌어져 있었다. 그녀의 굵은 손이 검게 갈라져 있었다. 다시 그녀의 모습이 흐릿해졌다. 다초점 안경에 적응하려면 아직 시간이 더 필요했다. 눈곱도 낀 것 같았다. 안경을 치켜들고 눈을 비볐다.

물통을 들고 뒤뜰 웅덩이로 갔다. 웅덩이의 물은 검은 흙탕물이었다. 맑은 물이었는데 어찌된 영문인지 몰랐다. 꿀꺽거리며 물이 통 안으로 기어들었다. 물통을 집어들자 이내 미끈하며 손잡이가 손아귀를 빠져나갔다. 물통이 물 속으로 빨려들어갔다. 물의 소용돌이와 함께 손잡이를 움켜쥐었던 손부터 내 몸뚱이가 빨려들어갔다. 물속에서 하얀 기포가 거세게 솟구쳤다. 그 기포 속으로 처박혔다.

붉은 동굴 속에서 늙은 내가 왼손으로 오른쪽 손목을 움켜쥐고 있었다. 움켜쥔 손가락 사이로 붉은 액체가 흘러나오고 있었다. 다친 것 같았다. 어쩌면 자해를 한 것인지도 몰랐다. 손가락 사이의 붉은 액체가 바닥으로 떨어져 슬금슬금 기었다. 아니었다. 피가 아니었다. 그것은…, 그것은…, 벌레였다.

붉은 벌레였다.

"안돼!!!!"

외마디소리가 동굴 속에 공명되어 울려퍼졌다.

"물이 흙탕물이야…."

"으응…, 메기하고 미꾸라지를 좀 사왔어…."

"……."

"살아 있는…, 움직이는 것을 보고 싶어서….'

"그런데…, 흙탕물을 만들어 숨어버리네…."

메기와 미꾸라지는 맑은 물에서는 살지 않는다. 흙탕물은 일종의 보호막이다. 검은 물속에 자신의 존재를 숨기고 있는 메기…. 물고기를 안락사시키는 방법도 여러 가지가 있다고 했다. 가장 간편한 방법은 칼로 목을 따는 것이라고 들었다. 조금 끔찍한 방법이었다. 약물요법도 있다고 했다. 물에 독약을 타는 방법. 그러나 나는 그녀에게 안락사 따위의 말은 결코 하지 않을 것이었다.

안락사에 대한 헌법적 고찰.

이것이 이번에 내가 써야 할 논문 제목이다. 이미 학술제 안내장은 인쇄되어 각 대학에 배포되었다. 최근 들어 세계 각국에서 생명의 존엄성과 함께 존엄사尊嚴死에 대해서도 논의가 거세지고 있었다. 인간의 존엄성은 인간답게 살 권리뿐만 아니라 인간답게 죽을 권리도 갖고 있다는 것이 주된 내용이었다. 논문을 쓰기 위해서는 우선 안락사에 대한 정의부터 내려야만 했다. 나는 노트북을 켜고 미리 복사해 온 논문자료를 읽어 내려가기 시작했다.

1. 안락사의 어원 및 정의

안락사의 영문표기는 Euthanasia로 'eu'는 영어로 'Good'의 의미이고, thanasia는 'Death'의 의미를 가지는 고대 그리스어이다. 우리나라의 고려장[1] 풍습이나 유대민족의 노인을 벼랑으로 떨어뜨리는 풍습 등도 안락사의 일종이라고 볼 수 있을 것이다. 이러한 고대의 풍습이 동양의 유교 문화나 서양의 기독교 사상이 대두됨에 따라 배척당한 이후, 서양에서는 새로운 안락사의 개념이 형성되었다. Euthanasia는 이때부터 쓰이기 시작했으며, 라틴어로는 '아름다운 꽃', 희랍어로는 '쉬운 죽음'을 의미한다. 따라서 안락사란 합리주의에 의하여 발상되어 어떤 개체에 죽음을 인위적으로 조정하려는 행위로써 죽음을 합리적으로 관리하려는 주장에서 출발한 것이다.

현재 사회적으로 통용되는 안락사의 의미를 살펴보면, 살아날 가망이 없는 환자가 통증으로 괴로워할 때 독극물이나 기타의 방법으로 빨리 죽음을 맞이하도록 도와주거나, 의식을 잃고 인공호흡장치로 겨우 목숨을 이어가는 식물인간과 뇌사로 판명된 사람에게 인공호흡기를 제거함으로써 고통 없이 죽음을 맞이할 수 있도록 도와주는 것을 의미한다.

히포크라테스의 선서에 "환자는 물론 어느 누구에게도 죽음의

---

1) 물론 나는 고려장이라는 풍습이 고려시대에 있었던 것이 아니라 일제강점기에 그들이 꾸며낸 날조된 역사라는 사실을 알고 있었다. 그러나 많은 문헌에서 고려장이 실재했던 것으로 기록하고 있었다.

약을 주지 않을 것이며, 그 어떤 자문에도 응하지 않을 것" 이라는 다짐 사항이 있는 것으로 보아, 안락사 논쟁의 역사도 꽤 긴 것으로 보인다. 삶과 죽음의 문제를 함께 포괄할 수 있는 논의 대상임과 동시에 병사, 아사, 익사 등과 같이 **'죽는 것'** 이 아니라, 어떠한 이유에서든 간에 **'죽이는 것'** 의 문제이기 때문에 더욱 논란의 대상이 되고 있는 것이다.

① 옥스퍼드 영어사전 : 조용하고도 안락한 죽음을 야기하는 행위

② 웹스터 '새 국어사전' : 치료할 수 없는 상황이나 질병으로 인하여 고통 받고 있는 사람을 아무런 고통도 주지 않고 죽여주는 행위나 관행

③ 합리주의적 견해 : 인간생명이 불가역적인 죽음의 방향에서 인식되었을 때 이를 인위적으로 단축시키려는 인간의 행위로서……[2]

눈이 아파왔다. 안경을 벗고 눈을 비볐다. 따가웠다. 자꾸 동굴 속의 늙은 내가 걱정되었다. 카운터 여자의 눈빛이 떠올랐다. 혼자 왔다는 말에 카운터 여자는 나를 다시 한 번 쳐다보았다. 나는 그 눈빛이 무얼 말하는지 알고 있었다. 그러나 나는 자살할

---

[2] 자료는 인터넷 검색 중에 발견한 리포트 자료였다. 문장이 길어 비문이 많았고, 논문 작성법에 있어서도 매우 미숙한 것이었지만 그 내용은 읽어볼 만한 것이었다. 안락사의 어원에 대한 이야기는 논문에 그대로 인용해도 좋을 내용이었다.

생각이란 전혀 없다. 어떻게든 살고 싶다. 그리고 죽을 때에도 우아하게 죽고 싶다. 그런데 이 지경이 되고 말았다. 만약 내가 이 모텔에서 내일 아침 시체로 발견된다면 어떻게 될까. 숨이 끊어져 있는 상태로 발견된다면 사람들은 자살했다고 수군거릴 것이었다. 지난해 가을 선희의 새남편이 죽었다. 자살을 했다는 소문도 있었다. 그때 나는 영구차에 몸을 실으며 그렇게 생각했다.

"이러다 내가 죽을지도 모른다."

일주일에 마흔 두 시간의 강의를 하는 시간강사. 지난 학기에도 나는 마흔 시간의 강의를 했다. 다들 미쳤다고 말했다. 그러면서도 그녀 남편의 장지까지 따라나선 참이었다. 참석을 반드시 해야만 하는 절박한 상황은 아니었다. 오히려 그녀는 내가 화장터까지 좇아오는 것을 꺼리는 눈치였다. 그럼에도 불구하고 따라나선 것은 '밀레니엄' 때문이었다. 천 년 동안 책임져야할 연대채무가 있었다. 그래야만 할 것 같았다.

선희는 이미 3년 전부터 남편과 별거중이었다. 별거중에 남편이 죽었다. 언제 결혼을 했는지는 말하지 않았다. 죽은 아기의 아빠가 아닌 것은 분명했다. 선희가 이곳 은곡마을로 내려온 것은 그때부터였을 것이었다.

"힘든데 그만 가."

"그래도…."

"그게 나도 편해."

그녀의 얼굴이 푸석했다. 사실 체력의 한계를 느끼고 있던 중이었다. 곧 쓰러질 것 같았다. 더 이상은 힘들 것 같았다. 그렇게 버텨온 것이 벌써 2년째였다. 시간강사를 처음 시작했을 때에는 강의시간이 일주일에 여섯 시간이었다. 입에 풀칠하기도 어려운 시기였다. 그때에 비하면 나도 우스갯말로 용 됐다. 그러나 언제 다시 시간이 줄지 모른다는 불안이 상존했다. 게다가 비정규직 법안 문제로 대학에서는 시간강의를 3년 이상 계속 주지 않으려는 경향이 생겨났다. 한번 남에게 넘어간 강의가 다시 내게로 돌아온다는 보장은 없었다. 사람이 죽으면 어찌되는 것일까. 그냥 사라지는 것일까?

"그만 가."

나는 쭈뼛거리며 사람들 사이를 빠져나왔다. 그들을 등 뒤로 하고 걷는 발걸음이 허방이었다.

붉은 칸나 꽃이 있는 모텔은 작은 방이었다.

지난 주 야간수업이 끝난 후 갔었던 천안 모텔방보다 조금 더 작았다. 그 모텔에는 섹스를 할 때 도움이 될 수 있는 이상한 구조의 의자도 있었다. 나무로 만든 로봇 같았다. 의자 위에는 '러브체어 설명서'가 코팅된 채 누워 있었다.

돈을 넣으면 움직이는 로봇. 달달거리는 로봇. 달달달….

창밖의 어선들은 여전히 움직임이 없다. 나는 이미 그 이유를 알고 있었다. 모텔 입구에도 안내문이 붙어 있었다.

이미 제출기한을 넘긴 날이었다. 은곡대교 건설로 바다는 이미 죽어가고 있었던 것이다. 갈매기도 보이지 않았다. 이곳에 갈매기가 없어졌다고 해서 갈매기가 모두 죽은 것은 아니다. 다른 어디엔가 살아 있는 것이다. 사람이 죽으면 그것으로 끝인가? 아니다. 몸을 구성하고 있는 원소들이 어디론가 이동하여 다시 다른 원소들과 합치면 새로운 생명체가 될 수도 있을 것이었다. 그러니 혹시 내가 죽는다고 해도 억울할 것은 없었다. 아주 죽는 것이 아닐 것이므로….

조금 위안이 되었다.

동굴 속의 늙은 내가 자꾸 걱정되었다. 그가 죽었을까? 아니면 응급조치를 했을까? 그 붉은 벌레는 어떻게 된 것일까…?

오른쪽 다리가 자꾸 저려왔다. 손은 왼쪽이 저렸다. 문득문득 풍風이 오는 것이 아닌가 걱정되었다. 학원에서 오래 강의한 사람은 뇌졸중에 잘 걸린단다. 금년 봄에 정년퇴직한 김 교수의 말이었다. 그래도 자기는 몸 관리를 잘 해서 괜찮다고 말했는데,

정년퇴임식을 마치자마자 쓰러졌다. 학원 강사의 뇌혈관이 잘 터지는 이유는 무엇일까? 아무튼 강의가 뼛골 빠지는 일인가보다. 다음 학기에는 시간을 조금 줄여야겠다. 생각 같아서는 반으로 줄이고 싶지만 그럴 수는 없다.

살아가는 게 아니라 살아지는 것이었다. 그러다 사라지겠지만….

나는 매일매일 학생들의 집중도를 높이기 위해 노력했다. 예로 드는 것이 주로 마누라 죽이기였다. 그것이 효과가 컸다. 콩나물을 끓여 주는 남편 이야기. 마누라의 말을 듣지 않으면 곧바로 어퍼컷이 들어온다는 이야기까지 나오면 자던 놈들도 고개를 들며 깔깔거렸다. 맥이 풀렸다. 지난주에는 자연법과 실정법을 설명하면서 소설 이야기를 했다. '너는 누구니?' 라는 문장으로 시작되는 매우 철학적인 소설이었다. 내가 좋아하는 소설이었다. 학생들이 이런 이야기를 이해할 수 있을까 하는 회의가 들기도 했다. 그저 황당한 소설이라는 생각 정도만 남을지도 모른다. 그 소설 이야기를 할 때면 아이들은 별로 재미없어했지만 나는 힘이 솟았다. 어쩌면 나는 누군가가 써놓은 소설 속의 인물인지도 모를 일이다. 그리고 내가 지금 자연법이니 실정법이니 하고 떠드는 것도 모두 내 의지가 아니라, 그 누군가가 그렇게 말하도록 적어놓은 것인지도 모른다. 만약에 그런 조물주가 있다면, 그 조물주가 정해 놓은 법이 있을 수도 있다. 영원히 변하지 않는

법. 사람의 목숨을 최고의 가치로 인정하는 법.

"자연법…."

창밖을 내다본다. 어느 틈에 해는 지고 바다는 사라졌다. 멀리 간척공사 구간에 불빛이 반짝였다. 갑자기 두려움이 엄습해왔다. 현관문이 잠겨 있는지 불안했다. 급하게 슬리퍼도 신지 않고 현관으로 달려갔다. 잠겨있었다. 쇠사슬 고리를 덧걸었다. 그래도 불안하기는 마찬가지다.

아침부터 굶었는데도 입안은 깔깔하다. 밥 생각은 없이 배가 고프니 물로 배를 채우고 있다. 선희와 첫 섹스를 했던 날 이후 그녀와 나는 며칠 동안 밥을 먹지 못했다. 이상한 일이었다. 좋은 것이 아니라 불안했다. 그녀는 밥맛이 없다고 말했지만 나는 아무 말도 하지 않았다.

"만약 내가 모텔에서 죽은 시체로 발견된다면…."

그래도 다행스러운 것은 죽은 후 오랜 시간이 지난 후에야 발견되지는 않을 것이라는 확신이었다. 예컨대 사나흘이 지나 구더기가 내 콧구멍에서 스멀스멀 기어 나오는 상황은 발생하지 않을 것이었다. 그러나 붉은 벌레가 기어나올지는 알 수 없다. 동굴 속의 늙은 내가 미래의 나라면, 현재의 내가 죽을 때에도 붉은 벌레가 나와야 마땅하다. 아아! 모르겠다. 도대체 나는 누구란 말인가? 동굴 속의 늙은이는 누구이며, 금호동의 그 사내는 누구란 말인가? 이 모텔에서 내가 죽으면, 내일 아침 혹은 저녁나절이면 발견되겠지. 그러면 곱게 화장을 할 수 있을 것이다. 선희의 죽은 남편처럼 피부가 벗겨지거나 팬티가 사타구니에 눌어붙고 썩은 내장의 부산물이 흘러나오는 일은 없을 것이다. 그녀의 남편은 죽은 지 열흘 만에 발견되었다.

'나는 누구인가?'

"……"

"나는 누구인가?"

"……"

"도대체 내가 누구란 말인가!"

"……"

주머니를 뒤져본다. 지갑이 어디에 있는지 찾을 수가 없다. 이상하다. 카운터 여자에게 돈을 건네주고 틀림없이 주머니에 넣었다. 아니다, 넣었을 것이다. 그런데 없다. 침대 위 이불더미를 들춰보았다. 양복저고리 주머니에도 없었다. 다리에 힘이 빠졌다. 침대에 털썩 주저앉았다. 창문 왼쪽에서 오른쪽으로 작은 불빛이 빠르게 지나갔다. 멀리 간척지의 크레인 위의 전등이 솟대처럼 흔들거렸다. 흔들거리는 솟대 사이로 2차원의 사내 얼굴이 언뜻언뜻 비쳤다.

지갑은 TV옆에 있었다. 지갑 속을 확인했다. 신분증이 있다. 다행이다. 내 시체를 발견하면 집으로 연락이 될 것이다. 실종처리는 되지 않을 것이었다. 그리고 동네에 당장 소문이 퍼지겠지…. 그녀가 뒷처리를 돕겠지…. 아니 아내가 오기 전에 그녀가 먼저 내 시체를 수습하겠지…. 모텔은 은곡마을에 있는 유일한 숙박시설이잖아….

그러니까…, 발견…, 되겠지….

교통사고로 죽은 형의 시체를 보았다. 염을 하는 형의 죽은 모습은 깨끗했다. 의외였다. 초등학교 6학년이었던 조카는 내게 물었다.

"삼촌…, 아버지 몸이 완전히 분해 됐어?"

조카는 더 이상 재조립이 불가능할 정도로 몸이 부서져야 사람이 죽는 것으로 생각했던 모양이었다. 염을 마친 형이 푸른빛을 띠며 냉동기 안으로 밀려들어갔다.

자외선 소독기가 푸른빛을 내뿜고 있다. 소독기 안에는 컵 두 개가 엎어져 있다. 탁자 서랍을 열어본다. 수 십 개의 콘돔이 들어 있다. 이런 모텔은 처음이다.

콘돔에는 미끌미끌한 액체가 묻어 있었다. 부드럽게 잘 낄 수 있도록 도움이 되기 위해서인 듯 했다. 수 십 번도 더 사용해 보았을 콘돔이 이런 모습이라는 사실을 처음 알았다. 콘돔으로 풍선을 불었다는 초등학교 동창 놈의 말이 떠올랐다. 콘돔을 휴지에 말았다. 기름기가 묻어났다. 콘돔을 입술에 가져다 댔다. 힘주어 바람을 불어넣었다. 머리통만 한 풍선이 되었다. 부드럽다.

병원 장례식장의 인부는 말했다.

"자지가 이만큼 쑥 빠져 있었지요."

사람이 죽은 뒤 시간이 지나면 그렇게 되는 모양이었다. 나는 잔뜩 쪼그라들어 사타구니 속으로 함몰될 것이라고 생각했었다. 왜 그렇게 생각했는지는 모르겠다. 아무런 근거도 없다. 아무튼 나는 그렇게 생각했었다. 선희는 말이 없었다. 친구들에게 모든 것을 맡기고 있었다. 그러나 친구들 중에는 남자가 없었다. 남자 라고는 나 혼자였다. 결국 그녀는 관과 수의도 나에게 알아서 하 라고 말했다. 싼 것을 쓸 수도 없었고, 비싼 것을 쓸 수도 없었 다. 이러다 비용이 부족하면 내가 채워 넣어야 하는 게 아닌가 하는 비겁한 생각까지 들었다.

정말 비겁했다.

'이것이 천 년의 사랑이란 말인가….'

콘돔의 종류는 Salama와 STELLAR 두 종류였다. Salama는 검은 글씨였고, STELLAR는 붉은 글씨였다. 나는 〈스텔라〉라 는 세례명을 가진 한 여자를 알고 있었다. 피부가 가무잡잡한 여 자였다. 나를 쫓아다니던 중년의 여자였다. 선희도 성당에 다녔 다. 남동생이 신부가 되었다고 했다. 그런데 나는 그녀의 세례명 을 모른다. 어떻게 그럴 수 있었을까…. 그녀에게 성당 이야기는 하지 말아야만 한다. 혹시 스텔라인가 하고 추측해본다. 아닐 것 같다. 그냥, 아닐 것 같다.

부끄럽다.

천 년 동안을 보호해주겠다던 내가 그녀의 세례명도 몰랐다니. EXP DATE 03/2008 유효기간 표시인 듯했다. MFG DATE 04/2003 제조연월일을 뜻했다. LOT NO.는 무슨 뜻인지 몰랐다. 나는 일없이 콘돔을 들었다 놓았다를 반복했다. 내 삶도 그렇게 반복될 것이었다.

신이 창조한 생명을 인간이 마음대로 처리할 수 있을까? 그럴 수 없을 것 같았다. 그래서는 안 될 것 같았다. 그러면 신이 만든 생명이므로 신만이 다시 빼앗아 갈 수 있어야만 한다. 그런데, 신이 우리들의 생명을 다시 빼앗아 가는 것이 당연한 일일까? 그것도 아닌 것 같았다. 억울했다. 웃기는 일이다. 감히 피조물인 주제에 신의 존재에 대해서 왈가왈부하다니. 인간이 어찌 창조자인 신에 대하여 판단할 수 있단 말인가. 그러나 많은 사람들은 법은 옳은 것이어야 하고 또한 영원불변의 어떤 진리가 있다고 주장한다. 현재 우리나라에서는 이러한 주장, 즉 자연법론을 주장하는 자가 대부분이다. 아니, 나 이외의 모든 학자들이 전부 자연법론자들이다. 오로지 나 혼자만 실정법론을 주장하고 있다. 그러나 아무도 내 주장에 주목하지 않는다.

그들은 자신들이 신의 법을 안다고 말하는 것 같았다. 신의 법에 배치되는 법은 악법으로 법이 아니라고 말하고 있었다. 신이 만들어 놓은 법이 무엇인지 인간이 알 수 있을까? 오만한 편견이었다. 그러나 그들이 내 목줄을 죄고 있다. 전임교수가 시간 강의를 내게 주지 않으면 나는 밥벌이를 할 수 없다.

전기 도둑질을 했던 어머니는 내가 처음으로 대학에서 강의하던 날 눈물을 흘렸다. 이제 성공했다고 말했다.

어떻게 인간이 신의 뜻을 알 수 있겠는가? 그것을 안다면, 그건 인간이 아니고 신이다.

그래서 나는 여전히 자연법설을 부정한다. 인간이 만든 것이 법이고 법 중에는 악법도 있다. 나는 법을 무척 하찮은 것으로 본다.

법이란 그 잘난 정치인들이 자신들의 지위를 확보하기 위해 만든 파렴치한 것이 아니던가.

그러나 그것이 무슨 상관이란 말인가. 내가 이곳에서 죽어나간다면 다 쓰잘데 없는 일 아닌가.

나는 일주일에 한 번 모텔에서 잔다는 것을 자랑처럼 친구들에게 떠벌였다. 동료 강사들에게도 말했고, 전임교수들에게도 자랑했다. 그들은 애인이 있으면 더 좋을 것이라고 말했다. 작은 집을 하나 두어야 한다고도 했다. 나도 그런 생각을 안 했던 건 아니다. 초등학교 동창 중의 누군가를 떠올리기도 했고, 유치원 여선생을 생각했고, 한때 결혼을 약속했었던 여자도 생각했다. 그러나 다 부질없는 노릇이었다. 그들이 나와 같이 모텔에서 하룻밤을 지낼 수 없음은 당연한 일이었다.

집을 떠나면 나는 잠을 못 잤다. 엎치락뒤치락거리다가 겨우 잠들었다가도 작은 소리에 잠이 깼다. 오늘도 어차피 그럴 판이었다. 차라리 논문을 시작하는 것이 좋을 듯싶었다. 그렇다면 뭔가를 먹어두어야만 했다. 중국집에 전화를 해서 짬뽕을 배달시켰다. 모텔에 비치된 티슈박스에는 음식점 전화번호와 메뉴가 빼곡히 인쇄되어 있었다. 다시 노트북의 자판을 두드렸다. 뻑뻑하던 손길이 조금 느슨해졌다. 초인종이 울렸다. 전화를 한 지 5분도 채 되지 않아서였다.

"딩동! 딩동!"

나는 멀거니 현관문을 바라보았다. 다시 초인종이 울렸다.

"딩동! 딩동! 딩동!"

대답을 하려고 했지만 목소리가 나오지 않았다. 나는 천천히 일어났다. 팬티바람으로 문을 열었다. 돈을 지불하고 짬뽕그릇을 집어 들었다. 그릇이 스르르 손에서 미끄러졌다.

"어어…."

오른손으로 맞잡으려 했지만 결국 바닥에 떨어졌다.

탕!

그릇 튕겨나가는 소리와 동시에 그릇을 감쌌던 랩이 찢어지며 내용물이 터져나왔다. 배달원이 눈을 동그랗게 뜨고 난감한 듯 서 있었다.

"아…, 아, 괜찮아요…."

괜찮다고 말은 했지만 사실 괜찮지 않았다. 무서웠다. 배달원이 검은 모자 밑으로 나를 쳐다보았다. 그와 눈길이 마주치자 나는 황급히 눈을 내리깔았다. 고개를 숙인 채 말했다. 남은 거 먹으면 되니까 그냥 가세요. 다 먹으면 그릇은 문 밖에 내놓을게요. 황급히 문을 닫는 시늉을 했다. 배달원이 뒤를 돌아보며 엘리베이터 쪽으로 걸어갔다.

그것은 한 순간이었다.

인생이란 이런 것이구나 하는 생각이 들었다. 모든 것을 내 마음대로 할 수는 없는 일이었다. 왼쪽 팔을 조금 든 채 오른쪽 다리를 끌며 걷는 내 모습이 그려졌다.

"이건 아니야!"

"이건…, 아니라구…."

나는 순간적으로 이건 아니라고 소리쳤다. 그것은 내가 뇌졸중환자가 되었다는 사실에 대한 분노와 부정을 함께 말하는 것이었다. 그러나 이내 그렇게도 살 수 있겠다는 생각이 들었다. 그러자 조금 마음이 편해지는 것 같았다. 그러나 다시 불안한 마음이 들면서 어찌해야할 바를 몰랐다. 참으로 어처구니없는 일이었다. 순식간에 내 감정은 분노와 부정을 거쳐 현실에 타협하다가 우울증에 빠져버리는 것이었다.

두 손으로 반쯤 쏟아진 짬뽕그릇을 든 채였다.

나는 안락사에 대한 생각에 가득 찬 채 젓가락을 간신히 집어 들었다. 짬뽕그릇을 잡은 왼손 손가락에 힘이 빠지면서 파르르 떨렸다. 붉은 짬뽕 국물이 흘러넘쳐 손을 적셨다. 따뜻했다. 가 날픈 손가락에 들린 그릇이 나무새처럼 흔들렸다.

검은 체를 흔들어 붉은 커피를 내리던 '밀레니엄' 의 선희를 떠 올렸다.

그때 붉은 짬뽕국물이 내 손등을 기어오르기 시작했다. 그것 은 붉은 벌레로 변하여, 내 손등을 타고 팔뚝으로 번져나갔다.

시간이 지나면 모든 것이 변한다고 그녀는 말했었다. 카페 밀 레니엄에 꽂혀 있던 붉은 프리지어가 공중으로 떠올랐다. 내 몸 이 점차로 붉은 꽃잎처럼 얇아졌다. 금호동의 2차원 사내가 나 였고, 동굴 속의 늙은 내가 나였다. 늙은 내가 젊은 나에게 손을 흔들고 있었다.

손을 흔드는 늙은 나와 눈이 마주친 순간 불빛들이 급격하게 푸른빛을 더하며 밝아졌다가 사라졌다. 그리고 벌레들이 그 자 리에 남았다. 벌레들에게서는 서서히 날개가 돋아나고 날개 돋 은 벌레는 하나 둘 하늘로 날아올랐다. 그때 무엇인가 내 머리를 섬광처럼 휙 스치고 지나가는 것이 있었다. 그것이 무엇인지 모 르지만 나는 알 수 없는 격정에 휩싸였다. 몸이 걸터앉은 침대 매트 속으로 빨려들어가는 듯하더니 다시 그 벌레구멍 같은 동 굴이 나타났다.

눈앞이 희붐했다. 흐릿한 안개 속에서 늙은 내가 뒤돌아 손을 흔들고 있었다. 흔드는 손목에 붉게 물든 헝겊이 묶여 있었다. 벌레는 더 이상 쏟아져나오지 않았다. 헝겊에 묶여 있는 손을 계속해서 흔들었다. 손목에서 붉은 헝겊이 떨어져 바람에 날렸다. 그것이 내 앞에 굴러떨어졌다. 무언가가 빼곡이 적혀 있는 헝겊이었다.

법法 앞에 문지기 한 사람이 서 있다. 시골 사람 하나가 와서 문지기에게 법으로 들어가게 해달라고 청한다. 그러나 문지기는 지금은 입장을 허락할 수 없다고 말한다. 그 사람은 이리저리 생각해보다가 그렇다면 나중에는 들어갈 수 있게 되느냐고 묻는다. "그럴 수는 있지만" 하고 문지기는 말한다. "그렇지만 지금은 안 되오" 문은 언제나 그렇듯이 열려 있고, 문지기가 옆으로 물러섰기 때문에 그 사람은 문을 통해 안을 들여다보려고 몸을 굽힌다. 문지기가 그것을 보고는 웃으면서 말한다. "그렇게 마음이 끌리거든 내 금지를 어기고라도 들어가도록 해보구려. 그렇지만 명심하시오. 내가 막강하다는 것을. 그런데 나로 말하면 최하급 문지기에 불과하거든. 방을 하나씩 지날 때마다 문지기가 서 있는데 갈수록 막강해지지. 셋째 문지기만 되어도 나조차 쳐다보기도 어렵다구." 그런 어려움을 그 시골 사람은 예기치 못했다. 법이란 누구에게나 언제나 개방되어 있어야 마땅한 것이거늘 하고 생각했지만, 지금 털외투를 입은 문지기를 좀더 찬찬히, 그의 커다란 매부리코며 길고 성긴 시커먼 타타르인 같은 턱수염을 뜯어보자 차라리 입장 허가를 받을 때까지 기다리는 게 낫겠다고 결심한다. 문지기가 그에게 등받이 없는 걸상 하나를 주고 문 곁에 앉아 있게 한다. 여러 날 여러 해를 거기에 그는 앉아 있는다. 들어가는 허락을 받으려고 그는 여러 가지 시도를 해보고 자주 부탁을 하여 문지기를 지치게 한다. 문지기는 이따금씩 간단한 심문을 하는데, 고향이니 기타 여러 가지를 묻지만, 그것은 높은 양반들이 으레 던지는 것 같은 관심 없는 질문들이고, 끝에 가서는 언제나 다시금 아직 들여보내줄 수 없다고 한다. 그 사람은 이번 여행을 위해 이것저것 많이 지니고 왔다. 그 사람은 가진 것을 문지기를 매수하기 위해 제아무리 값진 것일지라도, 모두 써버린다. 문지기는 주는 대로 다 받기는 하면서도 "받아두기는 하지만, 그건 다 당신이 뭔가 해볼 일을 안 해봤다는 생각이 들지 않도록 받는 거요."라고 말한다. 이 여러 해 동안 그 사람은 문지기를 거의 끊임없이 관찰한다. 그는 다른 문지기들은 잊어버리고, 이 첫 번째 문지기가 법으로 들어가는 데 있어서 단 하나의 장애라고 생각한다. 이 불행한 우연을 그는 처음 몇 년 동안은 큰 소리로 저주하다가 후에, 나이 들어서는 그저 혼자서 속으로 투덜거린다. 그는 어린아이같이 되어, 문지기를 여러 해를 두고 살펴보다 보니 외투 깃 속에 있는 벼룩까지도 알아보게 된 까닭에 벼룩에게까지 자기를 도와 문지기의 기분을 돌려달라고 청한다. 마침내 시력이 약해져 그는 자기의 주위가 정말로 어두워지는지 아니면 눈이 자기를 속이는 것인지 분간을 못한다. 그런데 이제 어둠 속에서 그는 분명하게 알아본다. 법의 문들로부터 끌 수 없게 비쳐 나오는, 사라지지 않는 한 줄기 찬란한 빛을. 이제 살 날이 얼마 남지 않은 것이다. 죽음을 앞두고 그의 머릿속에서는 그때까지의 모든 경험이, 그가 지금껏 문지기에게 던져보지 못한 하나의 물음으로 집약된다. 굳어가는 몸을 이제는 일으킬 수가 없어서 그가 문지기에게 눈짓을 한다. 문지기는 그에게로 깊이 몸을 숙일 수밖에 없다. 그 사람의 몸이 워낙 오그라들어 두 사람의 키 차이가 그에게 불리하게 벌어졌기 때문이다. "지금 와서 도대체 뭘 더 알고 싶은 거요?" 하고 문지기가 묻는다. "당신 욕심이 많군." "모든 사람들이 법을 얻고자 노력할진대." 하고 그 시골사람이 말한다. "이 여러 해를 두고 나 말고는 아무도 들여보내 달라는 사람이 없으니 어쩐 일이지요?" 문지기는 이 사람이 임종에 임박해 있음을 알아차린다. 그리하여 그의 스러져가는 청각에 닿게끔 고함질러 이야기한다.

3) 프란츠 카프카, 법(法) 앞에서 전문, 변신 · 시골의사, 민음사, 2002. 167면 이하

"여기서는 다른 그 누구도 입장 허가를 받을 수 없었어, 이 입구는 오직 당신만을 위한 것이었으니까. 나는 이제 문을 닫고 가겠소."[3]

천 년 후에…, 내가 다시 이 문 앞에 설 수 있을까?

붉은 벌레의 세계선

붉은 벌레의 세계선

벌레는 애초부터 붉은 벌레였다. 하나의 유전자에서 시작했고, 그 유전자는 붉은 색이었다. 그러므로 최초의 생명체는 붉은 색이어야 마땅하다. 왜 붉은색이어야만 하느냐고 묻지 말라. 내가 왜 이렇게 태어났느냐고도 묻지 말라. 그냥 그렇게 시작된 것이다. 어쩌면 그 시작은 천 년에 한 번씩 반복되는지도 모른다. 그렇게 희망을 가져보자. 아니면 절망하거나….

아인슈타인의 세계선이론이라는 것이 있다. 그 세계선 이론에 의하면 우리들의 인생은 이미 결정되어 있는 것이다. 다만 그 세계선을 이루는 각의 범위 내에서만 인생 변경이 가능하다. 물론 θ는 예각이다. 과거를 변경할 수 없듯이 우리가 도저히 도달할 수 없는 미래가 있다는 말이다.

"나는…."

"벌레다, 붉은 벌레…."

꿈꾸기가 불가능한 시대의 절망적 꿈꾸기

고 인 환(문학평론가, 경희대 교수)

1.

정승재의 소설은 꿈꾸기가 불가능한 시대의 절망적 꿈꾸기를 다양한 서사적 방식으로 모색하고 있다. '현실 속에서 현실 너머를 꿈꾸는' 서사의 모순적 운명을 체현하고 있어 반갑고 믿음직스럽다. 근대적 일상을 탈주하려는 조급한 욕망이 어느덧 주류 담론이 된 시대, 그의 소설은 냉혹한 근대적 일상을 차분하게 응시하며 '지금 여기'에서 다시 소설(서사)이란 무엇인가를 진지하게 심문한다. 자본의 논리에 동화될 수밖에 없으면서도, 이를 넘어서야 하는 서사의 아이로니컬한 운명은 근대적 일상의 허구성을 타고 넘는 계기를 마련한다. 서사를 통한 진리란, 근대의 메커니즘을, 근대적 양식인 소설로 폭로하는 작업이기 때문이다.

정승재가 펼쳐 보이는 서사의 모험은 정공법인 리얼리즘에서 알레고리, 풍자에 이르기까지 그 범위가 다채롭다. 먼저, 근대적 일상의 딜레마를 표상하는 결혼제도의 모순을 해부하고 있는 「짜와즈 그리고 딸라끄」를 살펴보기로 하자. 결혼과 이혼 사이에서 길항拮抗하는 화자의 미세한 내면의 파동과 공명共鳴하는 차분한 어조와 탄탄한 문체는 사실주의 문학의 한 전범을 보여주기에 부족함이 없다.

작가는 아랍어인 '짜와즈(결혼)'와 '딸라끄(이혼)'를 작품의 전면에 내세움으로써 여전히 전근대적인 우리의 가족제도를 심문하고 있다. 가족의 붕괴와 재결합 문제는 자아의 정체성, 나아가 우리 사회의 정체성에 대한 근원적 성찰이라는 점에서 주목을 요한다. 가족은 근대 사회의 안녕과 체제의 존속성을 보장하는 신화로 기능한다. 「짜와즈 그리고 딸라끄」는 근대적 일상과 해체된 가족의 실체를 정직하게 응시하며, '지금 여기'에서 가족의 현실적 의미를 탐문하고 있는 수작秀作이다.

여기 마흔 하나가 된 지금, 자신의 존재를 어디에서도 찾을 수 없는 한 주부가 있다. 그저 김밥아줌마, 아니면 누구 엄마, 혹은 503호 아줌마라는 이름으로 살고 있는 주인공은, '짜와즈'와 '딸라끄' 사이에서 길을 잃고 방황한다. 혼자 서고 싶고, 혼자 주인이고 싶지만 현실적으로 쉽지 않다. 열아홉에 시집와 자식을 일곱이나 낳은 친정 엄마의 삶을 되새김질할 때마다, 어느덧 그녀처럼 모든 일을 참고 견뎌야만 일상을 유지할 수 있는 자신의 처지가 안타깝기만 하다. 이혼이라는 현실을 감당할 자신이 쉽게 생기지 않는 이유도 이와 무관하지 않다. 한편으로 이혼을 생각하면서, 다른 한편으로는 남편이 조금만 내 곁에 있어주었으면 하는 소망도 갖고 있는 것이 지금의 솔직한 심정이다.

이러한 결혼 생활에 잔잔한 파문이 인다. 초등학교 동창이 일주일에 세 번 정도 찾아와 '남편에게서 느낄 수 없는 편안함'을 제공해주기 시작한다. 이 동창과 함께 한 여행이 작품의 주된 서사 구조를 이룬다. 여행은 감옥 같은 일상에 신선한 바람을 일으킨다. 동창은 비가 오는 주차장에서 화자가 차를 탈 때까지 우산을 들어주기도 하고, 남편에게서는 상상도 할 수 없는 감미로운 키스를 선사하기도 한다. 그녀가 남편에 대한 불만을 털어놓자, '결혼제도란 권력을 유지하기 위한 전제조건'이라며 이혼을 권유하기까지 한다.

여행의 종착지인 휴전선 부근의 펀치볼 마을에 와서도 화자의 마음은 여전히 '짜와즈(결혼)'와 '딸라끄(이혼)' 사이에서 맴돈다. 차분하게 전개되던 이야기는 마지막에 와서 극적인 반전을 준비한다. 남녘북녘 할 것 없이 구름이 몰려들고 있는 전방 마을을 배경으로 기념사진을 찍으려 포즈를 취하는 순간, 군인 둘이 급히 뛰어온다.

"북쪽을 배경으로 해서는 사진을 찍을 수 없습니다. 사진은 저쪽 펀치볼 마을을 배경으로 해서 찍으시기 바랍니다."

군인의 목소리는 강경하다.

"그렇게 하면…, 저는… 북쪽을 바라보는 모습이… 되는데
요…."

"제가… 북쪽을 보면서… 사진을… 찍어도 돼나요…?"

나는 말을 더듬는다. 안내원이 말하던 국가보안법이 떠오른
다. 손이 떨린다. 내 물음에 군인은 잠시 멍한 시선을 지었지만,
얼굴을 붉히며, 빠른 어조로 말한다.

"아무튼 사진은 펀치볼 마을 쪽으로만 찍을 수 있습니다."

북쪽을 바라보고 선다. 등 뒤로 감춘 오른손에 빛바랜 헝겊조
각이 쥐어져 있다. 갑자기 눈물이 난다. 그의 눈앞에서 디지털카
메라가 반짝하고 빛난다. 나는 헝겊이 묶여 있는 철책을 통해 북
녘 땅을 바라보고 있다. 사진에는 내 등 뒤에 있는 돼지가 편안
한 마을이 찍혔을 것이다. 구름과 바람도 찍혔을 것이다. 어쩌면
더 멀리 503호에서 잠자고 있는 남편도 찍혔을지 모르는 일이
다. 다시 나는 입술을 딸싹거린다.

"딸라끄…." (「짜와즈 그리고 딸라끄」)

화자의 내면에서만 맴돌던 '결혼/이혼'에 대한 자의식이 외부
(세계)로 투사되는 장면이다. 남편과 화자의 결혼 관계가 남북의
분단현실과 접속하는 순간이기도 하다. 나아가 결혼제도는 허울

뿐인 국가보안법과 포개진다. 북쪽을 바라보며 선 화자의 모습(마음)과 사진의 배경이 될 뿐인 남녘의 모습(풍경)은 화해가 쉽지 않은 모순적 분단 현실을 표상한다. 마음과 풍경이 엇갈린 이 그로테스크한 장면을 연출하며 화자가 '딸라끄…' 라고 속삭인다는 점은 곱씹어 볼 일이다. 주인공이 처한 현실, 나아가 우리 분단 현실에 대한 새로운 인식의 알레고리로 해석할 수 있기 때문이다.

2.

「카페 밀레니엄」에서 「붉은 구멍」에 이르는 「벌레구멍」 연작은 작가가 추구하는 소설 세계의 원형질을 함축하고 있다는 점에서 이번 작품집의 몸통에 해당한다고 해도 과언이 아니다. 작가는 서사의 해체와 재구성을 통해 근대적 일상의 견고함에 균열을 내고 있다. 「벌레구멍」 연작의 주인공은 근대적 일상의 감옥에서 벗어나려는 몸부림을 현실과 환상의 긴장을 통해 탐구하고 있다는 점에서 카프카와 이상의 인물을 연상시킨다. 꿈꾸기가 불가능한 시대의 절망적 꿈꾸기를 관념적이면서도 구체적인 이미지로 진지하게 탐색하고 있기 때문이다. 작가는 추상적인 것에 형상을 입혀 구체화하는 알레고리 기법으로 근대적 일상의 감옥을 해부하고 있는 셈이다.

루카치는 이러한 알레고리를 모더니즘의 내재적이고 경향적인 특질로 파악한 바 있다. 우리가 발 디디고 있는 현실 세계를 사실적으로 보여주기보다는 작가 자신의 관념을 비유적으로 드러내는데 주력하기 때문이다.

이러한 점을 염두에 둘 때, 「벌레구멍」 연작은 혼란과 모순으로 가득 찬 근대적 일상을 우의적 기법으로 포착한 작품이라 할 수 있다. 개인의 힘으로는 어찌할 수 없는, 꿈꾸기가 불가능한 시대의 절망을, 작가는 알레고리적 기법으로 포착한 것이다. 부조리하고 모순적인 삶이 알레고리적 방법을 불러온 셈이다.

알레고리 소설이 그러하듯 이야기는 간단하다. 「벌레구멍」 연작은 부조리한 세상과 모순된 운명에 맞선 인물이 근대적 일상의 감옥을 탈출하기 위해 고투하는 내용을 담고 있다.

물리학자를 꿈꾸던 한 소년이 있었다. 그는 망나니의 후예라는 화인火印과 가난이라는 환경으로 인해 꿈을 포기하고 법학과를 선택했다. 사법시험에 연이어 실패하며 좌절감을 맛보던 중 선희라는 한 여인을 만난다. 상실의 아픔을 지닌 선희와 꿈을 잃고 방황하던 화자는 급속히 가까워진다. 하지만 이들의 사랑은 오래 유지되지 못한다. '붉은 색을 간직하고 있다가 뜨거운 물에 붉은 빛깔을 내놓는 커피 원두 같은', '천년이 지나도 변하지 않는 감동'으로 다가오는 사랑은 현실 속에서 성취될 수 없기 때문이다.

작가는 이러한 사랑의 불가능성을 자아의 분열과 통합을 통해 성공적으로 포착하고 있다. 그 궤적을 따라가 보자. 화자는 가끔 선희를 버린 '그 사내'의 실루엣을 감지하곤 하는데, '그 검은 그림자가 낯설지 않다'는 느낌을 받는다. 선희의 아이를 빼앗아 죽게 한 남자, 즉 선희와 아이를 버린 남자와 자신의 아버지가 겹쳐진 탓이다. 아버지는 과학 선생을 꿈꾸는 화자에게 법학과를 강요했다. 자신의 꿈을 짓밟은 아버지는 선희와 아이를 버린 '그 사내'와 별반 다를 바 없다.

그렇다면 화자는 어떠한가? 선희는 화자에게 고시공부를 강요한다. 하지만 고시공부로 표상되는 현실은 '잊고 싶은' 화자의 '실체'를 환기한다. 다시 공부를 시작했지만 실패한다. 그는 '밀레니엄'으로 돌아가지 못한다. 아버지가 자신을 버렸듯, 그 사내가 선희와 아이를 버렸듯, 화자도 선희를 버린 셈이다. 여기에서 아버지, 그 사내, 화자는 한 몸이 된다. 이러한 자아의 분열과 통합은 사랑의 성취를 끝없이 연기하는 기능을 하는데, 냉혹한 현실의 벽 앞에 붕괴되는 '밀레니엄 사랑'을 선명하게 부각시키는 역할을 한다.

화자는 물리학의 꿈을 소환하여 '블랙홀로 빨려 들어가 새로운 세계'에 도달하려는 꿈을 꾼다. 하지만 이 또한 여의치 않다. 다른 세계로 통하는 '벌레구멍'의 양가적 의미는 이를 잘 보여주는 예이다. 여기에서 벌레구멍은 새로운 세상을 꿈꾸게 하는 환상이면서 동시에 이의 불가능성을 깨닫게 해주는 절망적 지표이다. 아이를 떼기 위해 병원에 갔다가 너무 늦어 어쩔 수 없이 그를 태어나게 한 어머니의 자궁(붉은 동굴), 즉 생명과 저주를 동시에 품은 동굴이기도 하다.

① 몸에서 힘이 빠져나가고 급기야 몸이 벌레구멍으로 빠져들면서 하얗게 부서지는 하늘이 보였다. 블랙홀에 빨려들어가는 빛처럼 시험 답안지의 '同一人'이라는 구절에 나의 몸이 흡수되는 듯한 강렬한 힘이 느껴졌다. 나의 몸과 선희의 몸이 하나로 합치되면서 모든 것이 안개처럼 흩어졌다. 시험장 안에서 나의 분신이, 아니 바로 내가 선희의 자리에서 시험을 치르고 있었다.(「카페 밀레니엄」)

② 밀레니엄 창가에 어른거리던 사내가 책상 밑에서 솟아올랐다. 검은 사내가 내 자리에 앉았다. 그리고 나는 까무룩히 벌레구멍 속으로 빠져들었다.(「카페 밀레니엄」)

벌레구멍은 선희와 하나 되는 환상을 가능케 하는(①) 동시에, 밀레니엄 창가에 어른거리던 '그 사내'가 결국 자신의 그림자라는 사실을 뼈아프게 인식하게 하는(②) 매개체이기도 하다. 꿈꾸기와 이에 대한 좌절을 동시에 함축하는 이미지인 셈이다. 하여 「벌레구멍」 연작은 현실 너머에 대한 꿈꾸기가 끝없이 좌절된다는 사실을 고통스럽게 환기하고 있는 작품이라 할 수 있다.

「혼자 남은 방」은 꿈꾸기가 불가능한 절망적 현실을 일상을 규율화하는 통제의 메커니즘에 갇힌 화자의 모습으로 알레고리하고 있다. 민방위 훈련을 비난하는 글을 썼다는 이유로 주인공은 지하실의 어두운 사무실에 끌려가 구청 직원들에게 사과할 것과 시말서 쓰기를 강요받는다. 그는 어떤 세력에 의해 점차로 길들여지는 느낌, 즉 조작된 기계처럼 하루하루를 살아가고 있다는 생각에 사로잡힌다. 심지어 사랑마저도 기계처럼 행해진다. 그들은 회사에서 부여한 업무 이외에는 서로에 대해서 아는 것이 없으며 스스로 아무것도 결정할 수 없다.

이러한 모습은 「붉은 뇌」에서 사랑이 없는 결혼 생활로 변주된다. 고시 준비생인 동시에 애 보는 남자가 된 화자는 '사방이 돌로 꽉 막힌' 골방(가정)에서 더 잃을 것이 없는 모습으로 살아간다. 사회 또한 마찬가지다. 꽤 유능한 샐러리맨이었던 화자는 늘 불안에 시달렸다. 그럴수록 더욱 열심히 일했다. 하지만 불안한 마음은 더욱 커져갔다. 결국 나이 마흔에 직장에서 해고되고, 사방에 출구라고는 없는 집(감옥)에 갇히게 된다.

이러한 절망적 현실에서 벗어나기를 꿈꾸는 주인공의 모습은 혼자만의 골방에서 탈출하는 모습으로 반복되어 나타난다.

골방을 나와 계속해서 걸었다. 깜깜한 동굴은 끝날 줄 모르고 내가 갇혀 있던 골방 비슷한 곳도 없었다. 그렇게 얼마를 걸었을까, 갑자기 공간이 넓어지며 주위가 조금 밝아졌다. 주위가 밝아졌다고 해서 대낮 같이 밝아진 것은 아니었다. 시계가 삼사십 미터를 넘지 못하는 것도 여전했다. 많은 집들과 골목길 때문에 눈은 오히려 혼란스러웠다. 동굴의 천정은 어느 틈에 사라졌는지 보이지 않았다. 그러나 길은 여전히 뱀 허리처럼 구불구불했고 차가웠다. 동굴과 달리 굽어진 길모퉁이에는 집들이 빼곡히 들어서 있었다. 움막처럼 지붕이 매우 낮은 작은 집들이었다. 그 집들 안에는 누군가가 살고 있을 것이 틀림없었으나 막상 문을 두드리려고 하니 겁이 났다. 그들은 틀림없이 나를 동굴 속 골방에 가둔 인종들일 것이었다. 누군가를 만나고 싶다는 바램과 나를 골방에 가둔 그들과 마주칠 수도 있다는 두려움이 나를 이러지도 저리지도 못하게 만들었다. 나는 계속해서 골목길을 걸었다. 길은 두 사람이 마주치면 한 사람이 조금 비켜서야 지나갈 수 있을 정도로 좁았다. 마을의 분위기는 검은 하늘을 이고 있는 장마철 잿빛 저녁 같은 느낌이었다. 누군가를 만날 수 있으리라는 기대를 갖고 걸으면서도 한편으로는 그들을 만나면 다시 골방으로 끌려갈 것이라는 두려움을 떨쳐버릴 수가 없었다. 모든 집들은 문이 굳게 닫혀 있었다.(「혼자 남은 방」)

하지만, 어렵게 골방을 탈출했다고 느끼는 순간, 그를 맞이한 것은, 그토록 벗어나고자 했던 금호동 골목의 풍경이다. 기껏 탈출한 곳이 망나니의 후예라는 주홍글씨가 선명한 자신의 과거인 셈이다. 운명에서 벗어나려고 노력했으나 다시 그 운명의 출발점에 선 형국이다.

그렇다면 금호동은 화자에게 어떤 의미를 지니는가? 그는 금호동에만 오면 물리학자가 된다. 그러나 아버지와 어머니는 검사가 되어야 한다고 강요했다. 그때부터 화자는 인간과 로봇 사이를 넘나들며, 과학자지망생과 검사지망생 두 개의 자아로 분열되었다. 여기에서 법학은 현실(일상)을, 물리학은 꿈(환상)을 상징한다. 벌레구멍은 이 둘을 왕복하는 추의 이미지로 기능한다.

금호동에서 화자는 아버지의 이미지가 투영된 또 다른 자아를 만난다. 카페 '밀레니엄'에서 선희의 주변을 배회하던 사내가 아버지이자 자신의 분신이었듯, '금호동이 지긋지긋해서 도망치고 싶어하는 줄 알았지만 막상 떠나게 되니 떠날 수가 없다'고 말하는 사내 또한 아버지의 짝패이자 자신의 도플갱어이다.

아버지는 '어떻게 금호동을 떠날 수 있을까?' 하는 희망으로 살았다. 아버지는 운명을 믿는 마음이 굉장히 강해 모든 것을 운명 탓으로 돌리곤 했다. 그게 싫어 물리학을 공부한 화자는 아인슈타인의 세계선 이론과 만나면서 절망에 빠진다. 아인슈타인의 상대성 이론과 점쟁이의 운명론은 야누스처럼 얼굴을 맞대고 있었기 때문이다. 이렇듯, 다시 금호동으로 회귀할 수밖에 없는 상황에서 물리학 이론은 무력하기만 하다.

금호동에서 화자는 벌레구멍을 통해 작은 골방에 갇혀 강제노역을 당하고 있는 자신의 미래를 본다. 이 늙은 사내는 과거와 현재에 갇혀 신음하는 화자의 닫힌 미래를 상징한다.

운명(과거)과 일상(현재)으로부터의 탈출이 오히려 감옥(미래)인 아이러니. 사정이 이러한데, 어떻게 새로운 삶을 꿈꿀 수 있겠는가? 다만 탈출의 불가능함을 알면서도 꿈꾸기를 포기하지 않는 시지포스의 노역만이 가능할 뿐이다. 「벌레구멍」 연작은 이에 대한 절망적 알레고리인 셈이다.

"여기서는 다른 그 누구도 입장 허가를 받을 수 없었어. 이 입구는 오직 당신만을 위한 것이었으니까. 나는 이제 문을 닫고 가겠소."(카프카, 「법 앞에서」)

작가는 '천 년 후에는 내가 다시 이 문 앞에 설 수 있을까?'라고 자문하며 소설을 마무리한다. 이는 그때가 되어도 다른 세계로 통하는 문 앞, 꼭 거기까지만 도달할 수 있다는 디스토피아적 절망을 표상한다. 천년의 사랑을 약속했던 연인(선희)과의 재회도, 붉은 동굴 속의 늙은 화자(불안한 미래)의 죽음도, 결코 이

문을 열 수 없다는 사실을 작가는 「벌레구멍」 연작을 통해 보여주고 있지 않은가!

3.

「내 남편이 대통령이었으면 좋겠다」는 경쾌한 어조와 우울한 현실을 교차시키면서 풍자소설의 한 진경을 펼쳐 보인다.

주지하듯, 풍자는 꿈꾸기가 불가능한 시대, 즉 앞으로 나아가지도, 그렇다고 뒤로 물러설 수도 없는 딜레마적 상황에서 부정적이고 혼란한 현실을 슬쩍 비껴 선 자세로 응전하는 문학적 방식이다. '대상을 공격하여 우스꽝스럽게 만드는 작업'이 풍자인 셈이다.

이 작품에서 풍자의 시선은 크게 두 갈래로 진행된다. 먼저, 혼란한 시대상에 대한 풍자이다. 여기에서 화자와 남편의 시선은 가까워진다. 로또에 당첨되어 남편을 대통령에 출마시키려는 화자의 의지는 이를 잘 보여주는 예이다.

'내가 대통령이 되면, 우선 조폐공사에서 돈을 마구 찍어서 모든 국민들에게 1인당 5억원씩 나누어 주겠어' 혹은 '대학도 평준화를 시켜서 추첨으로 학교를 배정하겠어' 나아가 '내가 퇴임하는 날 인터넷 신임투표를 하는 거야. 그 결과가 50% 이상의 지지를 받지 못하면 퇴임식장 앞에 설치되어 있는 자동소총에서 총탄이 수없이 발사된다.' 등 남편의 황당한 발언은 '로또를 사는 사람들, 경마장에 가는 사람들, 그들은 모두 자신들이 정상적으로는 부자가 될 수 없다는 것을 몸으로 체득한 사람들이거든요. 오로지 기대할 수 있는 것은 하늘의 은총 뿐이지요. 우연 말예요. 어제 밤 저는 이런 생각을 했지요'라는 아내의 말과 짝패를 이룬다. 이는 고시공부를 포기하고 중소건설업체에 취직하여 어렵게 박사학위를 받았지만 회사의 근무시간 때문에 외부로 강의를 나가지 못하는 남편과, 결혼 후 직장을 옮겨 17년째 비정규직으로 일하는 아내의 삶이 더 이상 나아질 수 없다는 사실에 대한 절망의 판타지이다. 이들이 강남에 있는 33평짜리 아파트를 마련할 수 있는 방법은 오로지 로또에 당첨되는 것 이외에는 아무것도 없다.

다음으로 인물에 대한 풍자이다. 여기에서 남편을 바라보는 화자의 시선을 유심히 고찰할 필요가 있다. 남편은 앞서 살펴보았듯이 현실을 풍자하는 주체이다. 하지만 풍자의 대상이 되기도 하다. 우선 남편이 실현 불가능한 돈키호테(피터팬)식의 꿈을 꾸고 있다는 점을 지나칠 수 없다. 특히, 아들을 폭행하는 장면은 남편의 꿈이 지닌 허구성을 보여주는 대표적인 예이다.

"권력을 잡은 사람들은 그 권력을 서민들을 위해 쓰지 않고,

자기들의 부귀영화를 위해 쓰잖아요. 그렇게 하기 위해서 약자들을 착취하고요. 나쁜 놈들…. 저는 착취를 하느니 차라리 당하겠어요. 힘들더라도 나쁜 짓은 하기 싫단 말예요!"(「내 남편이 대통령이었으면 좋겠다」)

이러한 아이의 말에 남편은 '착취당하는 자의 삶이 얼마나 힘든지 보여주겠다' 며 사정없는 폭력을 가한다.

"그래 이놈아! 우리 집에선 내가 지배자고 넌 피지배자지! 그러니까 나는 너를 패고, 너는 맞을 수밖에 없지? 계속 맞아라. 너의 운명은 맞게끔 결정되어 있고, 내 운명은 너를 때리게 결정되어 있으니 그대로 하자. 너는 남 때리기를 싫어하는 착한 놈이니 계속 얻어맞고, 나는 때리기를 좋아하는 나쁜 놈이니 계속 때리고. 그런 세상이 계속되어야 하겠지. 너는 계속 맞고…, 나는 계속 때리고…."(「내 남편이 대통령이었으면 좋겠다」)

이러한 모습은 모순적이고 폭력적인 사회의 권력구조를 가정에서 재생산하는 남편의 이중적 태도를 시사한다. 또한 자전거를 좋아하는 화자를 위해 한강변을 개발해서 서울에서 양평까지 자전거도로를 만들어 주겠다는 말이나, 중소기업이나 비정규직의 파업은 어느 정도 이해하지만 대기업 노조의 정치적인 파업은 인정할 수 없다는 발언 등은 지극히 주관적이며 이기적인 태도이기도 하다. 이러한 남편의 태도는 풍자의 대상이 되기에 충분하다.

나아가 현실에 대한 풍자의 시선이 화자 자신에게로 전이되고 있다는 점은 주목을 요한다. 화자는 케이마트 매장 점거농성에 참여하지 못하는 자신의 비겁함에 대한 자의식을 여러 번 강조하고 있다. 안 가면 혹시 회사에서 자신을 정규직으로 채용해 줄지도 모른다는 생각이 들었기 때문이다. 이러한 자신의 불편한 내면을 로또 복권이 당첨되어 남편이 대통령 선거에 나가야 한다는 사실로 합리화하고 있는 셈이다. '아무리 점거농성을 해봐라, 되나. 역사는 항상 강자의 편이었다'고 되뇌는 자신을 한심하다고 여기기도 한다.

'내일 회사를 가면 어떻게 될지 모른다. 아니다. 확실하다. 이미 그들은 비정규직을 모두 해고하기로 결정했다. 순이 엄마들은 그것을 안다. 그런데도 자꾸 미련이 남는다. 혹시 아닐지도 모른다는 미련이다.'

주머니에서 음악소리가 들려오네요. 핸드폰 소리요. 가슴이 덜컹 내려앉네요. 순이 엄마 전화일 거예요. 경쾌한 음악이에요. 빠른 음악소리가 계속해서 들려오네요. 아들은 왜 이렇게 빠른 음악을 벨소리로 했을까요. 전화를 받을 수가 없어요. 음악소리가 멈추질 않네요. 그래도 받을 수가 없어요. 아, 생각이 복잡해요.

'잘못했다. 나도 순이 엄마 옆에 있어야 했는데 잘못했다. 삼천 원이라도 남겼더라면, 라면이라도 사가지고 들어갈 수 있었는데, 왜 모두 다 로또를 샀는지 모르겠다. 아니다. 대통령에 출마하려면 모든 것을 다 걸어야만 한다. 그런데 라면 값을 남기다니 말도 안 되는 일이다. 기왕 걸 거면 모두 걸어야 될 것 아닌가. 순이 엄마 옆에 있어야 한다니 말도 안 된다.'

남편에게 대통령선거에 출마하라고 말할까요? 그러면 남편은 저를 용서할까요? 순이 엄마는 저를 용서할까요?

로또가 당첨되었으면 좋겠어요. 제 남편이 대통령이었으면 좋겠어요.(「내 남편이 대통령이었으면 좋겠다」)

자기 자신을 대상으로 삼지 못하는 풍자는 그 자체로 한계를 지닐 수밖에 없다는 사실을 고려할 때, 타인과 현실에 대한 비판의 칼날을 자신에게 들이대는 인용문의 모습은 우리 문학사에서 보기 드문 풍자의 한 진경을 보여주고 있다.

이번 작품집을 통해 정승재는 일상의 감옥을 집요하게 파고드는 진지함, 혼자만의 방에서 칼날(펜)을 벼리는 무사와도 같은 진중함 그리고 삶의 이면을 꼬집는 경쾌한 풍자의 시선 등 다채로운 서사의 스펙트럼을 연주하고 있다. 근대적 일상을 탈주하려는 조급한 욕망 혹은 자본의 메커니즘에 노골적으로 몸을 섞는 속물적 태도가 주류적 경향이 된 시대, 일상의 감옥에서 벗어날 수 없다는 사실을 인정하면서도, 어쩔 수 없이 그 너머를 꿈꿔야 하는 서사의 모순된 운명을 끌어안고 기꺼이 모험에 나서는 정승재의 작가정신이 빛을 발하는 지점은 바로 여기이다.